REZENSIONEN

„[Jan Moran] ist eine fesselnde Stimme, die man im Auge behalten sollte." — *Booklist*

„Romantik-Fans werden von diesem Pageturner mit seiner liebenswerten Heldin begeistert sein! " — *Library Journal*

„Dieser Roman berührt das Herz. Man wünscht sich, dass er nie endet." — *Book Queen Reviews*

„Eine hinreißend erzählte Geschichte über zwei starke, bemerkenswerte Frauen." — *Luxury Reading*

„Einen Toast auf diesen atemberaubend schönen Roman – Familiengeheimnisse und Romantik pur!" *One Book At A Time*

„Jan Moran ist die neue Königin der epischen Liebesgeschichten." — *USA Today*-Bestsellerautorin Rebecca Forster

„Liebe, Schicksal und zweite Chancen vor der prächtigen Kulisse des Comer Sees. Ein wunderbarer Roman." — *USA Today*-Bestsellerautorin Kristy Woodson Harvey

„So sinnlich und atmosphärisch, dass man beim Lesen das Gefühl hat, mitten im Napa Valley und in Italien zu sein." — *The Booktrail*

„Ein wunderbarer Roman um Wein, Liebe und Wiedergutmachung. Jan Moran ist ein Fest für die Sinne gelungen." —— *Hook Of A Book*

„Jedes von Jan Morans Büchern ist fesselnd und spiegelt ihre Liebe zum geschriebenen Wort sowie ihre unersättliche Neugierde wider." —— Andrea S.

„Ich liebe es, dass die Heldinnen in Jans Geschichten mutige, intelligente Geschäftsfrauen sind. Und im Zentrum aller ihrer Bücher steht eine starke, eng verbundene Familie." —— B.J.T.

BÜCHER VON JAN MORAN

DEUTSCH

Rückkehr ins Coral Cottage

Neuanfang im Coral Cottage

Weihnachten im Coral Cottage

Hochzeit im Coral Cottage

Sommerfest im Coral Cottage

Die Chocolatière

Die Zeit der Traubenblüte

Im Sturm der Jahre

Sterne über dem Comer See

INGLES

Summer Beach Series

Seabreeze Inn

Seabreeze Summer

Seabreeze Sunset

Seabreeze Christmas

Seabreeze Wedding

Seabreeze Book Club

Seabreeze Shores

Seabreeze Reunion

Seabreeze Honeymoon

Coral Cottage

Coral Cafe

Coral Holiday

Coral Weddings

Coral Celebration

Beach View Lane

Sunshine Avenue

The Love, California Series

Flawless

Beauty Mark

Runway

Essence

Style

Sparkle

20th-Century Historical

Hepburn's Necklace

The Chocolatier

The Winemakers: A Novel of Wine and Secrets

The Perfumer: Scent of Triumph

NEUANFANG IM

Coral Cottage

JAN MORAN

USA TODAY BESTSELLING AUTHOR

NEUANFANG IN CORAL COTTAGE

CORAL COTTAGE DEUTSCH
BUCH 2

JAN MORAN

Übersetzt von
IVONNE SENN

Library of Congress Cataloging-in-Publication-Daten
Moran, Jan.
/ by Jan Moran

ISBN 978-1-64778-151-4 (ebook)
ISBN 978-1-64778-152-1 (Taschenbuch)
ISBN 978-1-64778-181-1 (Gebundenesbuch)

Herausgegeben von Sunny Palms Press. Umschlaggestaltung von Sleepy Fox Studio. Copyright Titelbilder: DepositPhotos.

Sunny Palms Press
9663 Santa Monica Blvd STE 1158
Beverly Hills, CA 90210 USA
www.sunnypalmspress.com
www.JanMoran.com

Für alle meine den Strand liebenden Leserinnen und Leser

Mein tiefster Dank geht an Ivonne Senn für ihre Akribie bei der Übersetzung dieses Romans. Es ist ein wahres Vergnügen, mit dir an diesem und den anderen Büchern der Reihe zusammenzuarbeiten. Ich freue mich, dass ich die Geschichte mit meinen Leserinnen und Lesern auf Deutsch teilen kann.

1

Summer Beach, Kalifornien

Obwohl die vom Meer kommende Brise noch frisch war, wärmte die Morgensonne Marinas Schultern, als sie das frisch gebackene Brot auf dem Tisch ihres Spezialitätenstands arrangierte. Sie winkte einem Rentnerpaar zu, das sich seinen Weg durch die Menge auf dem Bauernmarkt bahnte. Anne und Charles waren ihre ersten Kunden gewesen – dank Marinas Schwester Kai, die an jenem Tag darauf bestanden hatte, Kostproben anzubieten.

Auch wenn sie die ursprüngliche Entscheidung, ihren Job als Nachrichtensprecherin in San Francisco aufzugeben und sich selbstständig zu machen, nicht aus freien Stücken getroffen hatte, konnte Marina sich nicht mehr vorstellen, in den stressigen Beruf zurückzukehren, den sie jahrelang ausgeübt hatte.

„Ich habe das Rosmarin-Knoblauch-Focaccia, das Sie bestellt haben", begrüßte sie das Pärchen. Mit ihren stylish geschnittenen grauen Haaren, Segelschuhen und lässig um die Schultern gelegten, dunkelblauen Baumwollpullovern sahen Anne und Charles aus, als wären sie gerade einem Werbespot für Vermögensverwaltung entsprungen. *Sie sind beinahe zu perfekt.*

Marina hatte die beiden einst das Jacht-Pärchen genannt – und sie hatte recht gehabt. Die glänzend weiße Jacht – die viel zu groß für die meisten Bootsslipanlagen in Summer Beach waren – ragte am Ende des Hafens weit über dem bescheidenen Boot von Bürgermeister Bennett auf. Die beiden hatten ihr erzählt, dass sie Freunde von Carol Reston waren, der örtlichen Berühmtheit, und hier angelegt hatten, um Carol und andere Freunde aus Los Angeles zu besuchen, die den Sommer hier verbringen würden.

Am Vorabend hatte Marina lange an der großen Bestellung gearbeitet und sichergestellt, dass für ihre besten Kunden alles perfekt war.

Es war wichtig, dass sie diesen Sommer Erfolg hatte. Nicht nur für sich selbst, sondern auch für ihre Kinder. Die Zwillinge würden diesen Sommer neunzehn. Heather stand kurz davor, ihr Collegestudium zu beenden, und Ethan versuchte, herauszufinden, was er im Leben tun wollte. Ja, sie waren junge Erwachsene, aber auf so vielen Ebenen auch immer noch Kinder. Und sie war der einzige Elternteil, den die beiden noch hatten.

Doch Marina hatte einen Plan. Es war nicht das erste Mal, dass sie sich einer großen Herausforderung gegenübersah.

„Auf Sie kann ich immer zählen", sagte Anne. Die diamantenen Ohrstecker funkelten, als die ältere Frau die Bestellung betrachtete. „Das riecht köstlich, meine Liebe. Unser Koch fand, es wäre die perfekte Beilage für unsere Party heute."

Kai hielt ihr einen Teller mit Kostproben hin. „Marina hat diesen Sommer Quiche Lorraine ins Angebot aufgenommen. Ich nenne es anspruchsvolles Trostessen. Probieren Sie doch mal ein Stück."

Marina und Kai hatten sich wegen der Quiche ein wenig in die Haare bekommen. In einer Welt voller Grünkohl, Quinoa und Avocadotoasts wirkte eine so deftige Eierspeise beinahe bizarr. „Das sehe ich nicht so", hatte Kai gesagt. „Martinis haben ein Comeback hingelegt, und das wird die Quiche auch schaffen."

Und so war die Quiche die Spezialität des Tages.

Anne probierte ein Stück. „Marina, meine Liebe, die ist himmlisch. Sie haben es wieder getan." Sie deutete auf ihren Mann. „Charles, du musst Marinas Quiche probieren. Sie erinnert mich an das kleine Café an der Croisette mit Blick über das Mittelmeer."

„Leg mir ein Stück zurück", sagte Charles, weil in diesem Moment sein Handy klingelte. Er entfernte sich ein Stück, um den Anruf entgegenzunehmen.

Kai stieß Marina an und flüsterte: „Ich habe dir doch gesagt, dass die Quiche ein Hit sein wird. In den Ferien schlemmen die Leute gerne mal."

„Ja, sie verkauft sich ziemlich gut", gab Marina zu. „Ich habe sie auf Basis eines klassischen Rezepts von Julia Child entwickelt und ein wenig leichter gemacht, ohne dass sie dabei an Geschmack verliert." Während sie Anne eine Papierserviette reichte, dachte sie daran, wie sie gelernt hatte, dieses Rezept nachzukochen.

Ihre Großmutter Ginger Delavie hatte als junge Frau in Boston gelebt und sich dort mit Julia Childs angefreundet, der berühmten Köchin und Kochbuchautorin. Die gemeinsame Arbeit für die Regierung hatte die Frauen zusammengebracht. Einige von Marinas liebsten Erinnerungen waren an die Zeiten, zu denen Ginger sie und ihre Schwestern in der Küche versammelt hatte, um ihnen die Rezepte ihrer Freundin beizubringen.

„Das hier war eines von Julias Lieblingsrezepten", hatte

Ginger gesagt. Oder: „Das hier war Julias spezielles Omelett – das erste, das sie im Fernsehen zubereitet hat." Nach dem Tod ihrer Eltern wurden diese Versammlungen in der Küche für Marina, Kai und Brooke nur noch wichtiger. Und da Ginger schon immer ein Mathegenie gewesen war, hatte sie Marina und ihren Schwestern Maßeinheiten und Brüche in der Küche beigebracht, bevor die drei in die Schule gekommen waren.

Annes Ehemann kam wieder zu ihr zurück, und Anne reichte ihm eine Kostprobe von Marinas Quiche. „So köstlich wie die beste Quiche, die ich je hatte", sagte er nickend. „Vergesst aber nicht die Kekse", fügte er an, wobei sein Lächeln nicht bis zu seinen Augen reichte.

„Wir sollten beide die Kekse vergessen", gab Anne zurück. „Aber das können wir einfach nicht. Wir nehmen ein Dutzend – je zur Hälfte Haferkekse und Schoko-Chips." Sie hielt inne und sah ihren Mann an, der ungewöhnlich still war. „Wer war das eben am Telefon?"

„Jean-Luc", antwortete Charles. „Seine Mutter hatte einen Unfall. Er reist sofort ab."

„O nein." Anne zog mitfühlend die Stirn kraus. „Ist es schlimm?"

„Ich fürchte ja."

Anne nickte. „Natürlich muss er dann sofort los. Tja, das war es dann mit der geplanten Party. Ich rufe unsere Gäste an und sage ab. Ohne Koch bleibt uns nichts anderes übrig. Außer, wir servieren lediglich Cocktails und das Focaccia", fügte sie nachdenklich an, den Blick auf das Brot gerichtet, das Marina für sie gebacken hatte. Dann ging ein Strahlen über ihr Gesicht. „Wir haben auch noch Unmengen an Kaviar."

„Es gibt keinen Grund, die Party abzusagen", erklärte Charles. „Wir können alle in ein Restaurant einladen."

„Das ist aber nicht der Sinn dieser Dinnerparty. Außerdem bezweifle ich, dass wir so kurzfristig für heute

Abend noch einen Tisch für so viele Leute bekommen." Anne seufzte. „Was für eine Schande. Es war so viel Arbeit, einen Termin zu finden, an dem alle Zeit haben. Ich hasse es, meine Freunde zu enttäuschen."

Marina hatte nicht lauschen wollen, doch das Paar stand nur eine Armeslänge von ihr entfernt. *Eine Party heute Abend.* Sie warf Kai einen Blick zu, die in Richtung des Pärchens nickte und eine Augenbraue hochzog. Marina schüttelte den Kopf. Sie hätte nicht viel Zeit für die Vorbereitungen, und es könnte eine Katastrophe werden. „Kai, kannst du Anne und Charles mit den Keksen helfen, während ich die Quiche einpacke?"

„Ich bin so froh, dass Sie heute so früh gekommen sind", sprang Kai ohne zu zögern in ihre Rolle. „Auch wenn wir oft ausverkauft sind, versuchen wir, alle Wünsche zu erfüllen. Selbst die kurzfristigen."

Früh an diesem Morgen hatte Kai das Strandhaus ihrer Großmutter verlassen, um sich mit Shelly am Seabreeze Inn für eine Yogastunde zu treffen. Deshalb trug sie auch immer noch ihre Yogahose mit Leopardenmuster und dazu ein locker fallendes Top. Ihre dicken, rotblonden Haare hatte sie zu einem Pferdeschwanz zusammengebunden. Ob auf der Bühne mit ihrer Musicaltruppe oder auf dem Bauernmarkt: Kai stach immer aus der Menge heraus.

„Ja, wir haben gelernt, vor dem großen Ansturm zu kommen", erklärte Anne. „Letzte Woche hatte Marina alle unsere Lieblingssachen bereits verkauft. Deshalb haben wir dieses Mal vorher angerufen und unsere Bestellung aufgegeben."

Kai packte die Kekse, auf die Anne zeigte, in eine Tüte. „Es dauert nicht mehr lange, dann können Sie Marinas neues Café am Strand besuchen", sagte sie und warf ihrer Schwester noch einen gezielten Blick zu.

„Ja, davon hat Mitch vom Java Beach erzählt." Charles

nickte zu dem Logo auf ihrer neuen Schürze. „Das Coral Café, nehme ich an. Guter Name."

Marina lächelte, während sie die Quiche einpackte. „Meine Großeltern haben das Häuschen am Strand vor Jahrzehnten gekauft. Das war kurz nach ihrer Hochzeit. Sie haben es Coral Cottage genannt. Vermutlich haben Sie es vom Strand aus schon mal gesehen."

„Man kann es nicht verfehlen", sagte Kai. „Es ist gerade frisch in Korallenrot gestrichen worden."

„Dort bieten wir entspannte Dinnerpartys auf der Terrasse mit Blick aufs Meer an", fügte Marina an. Kurz überschlug sie die Zeiten. Vielleicht könnte sie doch etwas Einfaches für die beiden und ihre Gäste zusammenstellen. Ein Salat und Pasta würden selbst für eine größere Gruppe nicht lange dauern.

Marina hatte die neue Terrasse mit der Abfindung vom Fernsehsender bezahlt, bei dem sie gearbeitet hatte. Gingers Versicherung hatte die Kosten für die Reparatur der Schäden übernommen, die eine vom Meer kommende Windhose vor einigen Wochen verursacht hatte. Der Sturm hatte das Dach vom Gästehaus abgedeckt und ein fürchterliches Chaos im Garten angerichtet. Erst kürzlich waren sie damit fertig geworden, frische Büsche und Blumen zu pflanzen. Zum Glück war die neue Terrasse verschont geblieben.

Jack Ventana, ein Schriftsteller, der das Gästehaus von Ginger für ein kurzes Sabbatical gemietet hatte, war mit seinem Labrador Scout in ein Zimmer im Seabreeze Inn gezogen. So nervtötend Jack und Scout auch sein konnten, Marina vermisste die gelegentlichen morgendlichen Spaziergänge am Strand mit den beiden.

Doch das war gewesen, bevor Jack abgetaucht war. Nach einem romantischen Poolabend im Seabreeze Inn – dem historischen Herrenhaus, das ihre alte Freundin Ivy Bay restauriert hatte –, hatte er versprochen, sie anzurufen. Sie hatten einander sogar geküsst. Doch dann war eine

Woche vergangen und noch eine, und er hatte sich kein einziges Mal bei ihr gemeldet.

Egal, dachte sie. Sie hatte sowieso keine Zeit für eine Beziehung.

Marinas Gedanken rasten, als sie die Tüte zuklebte. Vermutlich hätte sie sogar Zeit, um mehr als nur einen Salat und Pasta zuzubereiten. Ja, sie könnte es schaffen. „Ich konnte nicht anders, als Ihre Unterhaltung mit anzuhören. Sie haben für heute Abend eine Dinnerparty geplant?"

„Ja, das hatten wir", bestätigte Anne niedergeschlagen.

„Wir könnten Sie und Ihre Gäste auf unserer Terrasse bewirten", setzte Marina an.

Anne schüttelte den Kopf. „Der Sinn des Ganzen war, dass unsere Freunde unsere Jacht sehen wollten." Als ihr Blick auf Marinas Schürze fiel, legte sie nachdenklich einen Finger an die Lippen. „Charles, meinst du …?"

Das ist meine Chance, dachte Marina. Sie reckte das Kinn, um eine Frage zu stellen, doch Kai kam ihr zuvor.

„Wie es der Zufall so will, hatten wir eine Stornierung für heute Abend, deshalb könnten wir das Catering für eine Dinnerparty übernehmen. Mit wie vielen Gästen rechnen Sie?" Kai war für das Marketing und die Reservierungen ihres Pop-up-Dinners zuständig.

„Zwölf", antwortete Anne lächelnd. „Ich glaube, das könnte funktionieren. Carol hat mir erzählt, dass Ihr mit Krebsfleisch gefüllter Lachs und Ihre Mango-Käsetorte zum Dahinschmelzen sind."

„Das wäre perfekt", warf Charles strahlend ein. „Jean-Luc hat mir gesagt, dass die Zutaten alle geliefert wurden, Sie müssten sie also nur noch zusammenschmeißen." Er unterstrich seine Worte mit einer Geste, als wäre so ein Essen einfach aus dem Handgelenk zu schütteln.

„Marina kann alles", sagte Kai und schaute Marina an.

Zwölf Leute, dachte sie. Das würde sie hinkriegen. Vor allem, wenn die Zutaten bereits vorhanden waren. „Ich bin mir sicher, dass ich etwas für Sie auf die Beine stellen kann. Was hatte Ihr Koch denn geplant?"

„Irgendeinen Hummer", sagte Anne. „Jean-Luc ist ein Zauberer mit Schalentieren."

Marina lächelte. „Die sind auch eine meiner Spezialitäten." Oft hatte sie mit ihrer Großmutter zusammen Julia Childs *Hummer Thermidor* gemacht, eines der Lieblingsrezepte von Ginger. *Trockener Weißwein, Parmesan, Champignons, Cognac.* Ja, das würde sie hinbekommen.

„Wir haben im Ort noch ein paar Besorgungen zu machen, werden aber ab vierzehn Uhr wieder an Bord sein", sagte Anne. „Das müsste von der Zeit her doch ausreichen?" Sie streckte eine Hand nach Marina aus. „Gott sei Dank haben Sie Zeit. Zu versuchen, zwölf Paare terminlich unter einen Hut zu kriegen, hat mich fast in den Wahnsinn getrieben. Es freut mich, dass die Mühe nicht vergebens war."

„Zwölf Paare?", fragte Marina mit einem Mal besorgt. „Dann sind es also vierundzwanzig Leute?" Sie warf Kai einen besorgten Blick zu, die sie jedoch aufmunternd anlächelte und hinter Annes und Charles Rücken die Daumen in die Luft reckte.

„Und wir. Das sind dann sechsundzwanzig", berichtigte Charles. „Jean-Luc kauft immer ausreichend ein, um auch kurzfristig von den Gästen mitgebrachte Freunde bewirten zu können. Also sollten wir mit um die dreißig Personen rechnen. Bei gutem Wetter essen wir auf dem Deck."

Ein Schauder überlief Marina. Noch nie hatte sie für so viele Personen gleichzeitig gekocht. Die meisten ihrer Dinner waren für sechs oder acht Gäste. „Kein Problem. Kai ist heute Abend meine Sous-Chefin."

Kai riss protestierend die Augen auf und schüttelte den Kopf, doch Marina ignorierte sie.

„Das wissen wir sehr zu schätzen", sagte Charles. „Wir bezahlen Sie natürlich gut, vor allem, weil das Ganze so kurzfristig ist." Er nahm die Tüten mit ihren Einkäufen in die Hand.

Marina sah dem Pärchen zu, als es in der Menge verschwand. Die Dinnerparty würde eine denkwürdige Veranstaltung, dessen war sie sich sicher. Seitdem sie vor ein paar Wochen mit ihren Pop-up-Brunches, -Lunches und -Dinners angefangen hatte, hatte sie immer viel zu tun gehabt. Doch das hier war ein sehr wichtiger Auftrag.

Marina brauchte das Einkommen – und außerdem würde es ihr die Referenzen geben, die sie benötigte, um mit den anderen Restaurantbesitzern im Ort über ihre Idee für eine neue Veranstaltungsreihe zu reden, die sie *Der Geschmack von Summer Beach* nannte. Aufgrund der gestiegenen Konkurrenz durch große Restaurantketten in den angrenzenden Gemeinden mussten sie auf irgendeine Weise neue Kunden anziehen.

Sie wandte sich an ihre Schwester. „Ich zähle auf dich, Kai. Was auch immer du für Pläne hattest, sag sie ab. Angesichts der Größe der Jacht und der Anzahl der Gäste wird das ganz schön viel Arbeit, und die schaffe ich nicht allein."

„Okay. Es ist ja nicht so, als hätte ich ein Date oder so." Kai lehnte sich an den Tisch, den sie mit einem neuen, korallenfarbenen Tuch gedeckt hatte, das zu Marinas Schürze passte. „Außerdem sterbe ich vor Neugierde, wie ihre Jacht von innen aussieht. Und natürlich frage ich mich, wer auf der Gästeliste steht."

„Das ist mir relativ egal. Ich wünschte, wir könnten früher in die Kombüse. Wir müssen das Menü anschauen und die Zutaten so schnell wie möglich vorbereiten." Marina schnitt noch ein Stück von der Quiche ab und legte es auf ein Holzbrett. „Wo wir gerade von Dates sprachen, hast du was von Dimitri gehört?"

„Er ist damit beschäftigt, von einem Meeting zum nächsten zu fliegen", antwortete Kai. „New York, Chicago,

Miami. Geld für eine neue Theaterproduktion zusammenzubekommen ist viel Arbeit."

„Meinst du, er schafft es, herzukommen? Ginger würde den Mann, mit dem du verlobt bist, sicher gerne kennenlernen." Marina schnitt das Quiche-Stück in kleine Probierhappen und arrangierte diese auf dem Servierteller. Dabei dachte sie an den Auftrag heute Abend und hoffte, dass Jean-Lucs Menü nicht allzu aufwendig wäre.

„Was das angeht …" Kais Stimme verebbte, und sie wickelte sich eine Haarsträhne um den Finger.

Marina hörte einen Anflug von Unsicherheit in der Stimme ihrer Schwester. „Das klang nicht gerade, als wäre es beschlossene Sache."

„Ich will einfach nur sicher sein."

„Das verstehe ich. Ihr kennt einander erst ein paar Monate, und die Hälfte der Zeit hast du hier verbracht." Marina machte sich darüber auch Sorgen. Dennoch wollte sie ihre Schwester unterstützen.

Kai schürzte die Lippen. „Ich werde die Hochzeit noch etwas aufschieben."

„Ich dachte, das hättest du schon. Hast du es Dimitri noch nicht gesagt?" Marina legte einen Apfel-Zimt-Muffin auf das Brett und begann, auch diesen in kleinere Stücke zu schneiden. Noch immer trug Kai nicht den beeindruckenden Ring, den Dimitri ihr gegeben hatte, weil sie meinte, dass der für den Strand zu klobig wäre.

„Das habe ich, aber ich meine noch weiter", sagte Kai. „Wir haben so viel gemeinsam, aber je mehr Dimitri drängt, desto mehr ziehe ich mich zurück. Vielleicht liegt es auch nur daran, dass wir so lange getrennt sind. Ist das verrückt oder normal?"

„Ginger rät uns immer, auf unser Bauchgefühl zu hören", sagte Marina, während sie die Muffinstücke neben der Quiche arrangierte. „Auf dem Papier ist Dimitri perfekt, und deine biologische Uhr tickt. Aber ihr müsst mehr Zeit miteinander verbringen, Kai. Das hier ist eine Rolle, die du lange spielen wirst, und nicht nur ein Wochenendauftritt in Cleveland. Gebt euch die Chance, einander über die erste Verliebtheitsphase hinaus besser kennenzulernen."

„Das ist noch so eine Sache", erwiderte Kai und füllte die Kekse unter den Glaskuppeln auf, die Marina im Geschirrschrank ihrer Großmutter gefunden hatte. „Dimitri will, dass ich die Theaterkompanie aufgebe. Er meinte, ich wäre ihr entwachsen und sollte mich bemühen, größere Rollen in New York an Land zu ziehen."

„Und? Ist das nicht genau das, was du auch willst?" Kais Musical-Tournee befand sich gerade in der Sommerpause.

„Doch, das ist es. Also stimmt es schon, was er sagt. Aber ich will, dass es meine Entscheidung ist." Kai faltete die Hände und lehnte sich gegen den Tisch. „Die Musicalkompanie ist wie meine Familie. Andererseits werden Dimitri und ich nach der Hochzeit vermutlich in New York leben, also ist es vielleicht an der Zeit, an meine Zukunft zu denken." Ein nachdenklicher Ausdruck huschte über ihr Gesicht. „Ich werde es allerdings vermissen, meine Sommer hier zu verbringen."

Marina hob die Servierplatte an und hielt inne. „Das hat doch nichts mit unserem Freund Axe zu tun, oder?" Der Bauunternehmer und seine Crew waren gerade dabei, das Gästehaus zu reparieren.

„Der ist nicht an mir interessiert." Kai senkte den Blick. „Wir sind nur Freunde."

„Viele der besten Beziehungen beginnen als Freundschaft."

„So wie bei dir und Jack?"

„Ha, guter Witz." Marina schürzte die Lippen. Das leichte Flattern in ihrem Brustkorb, wann immer sie an ihn dachte, nervte inzwischen. Sie war nicht bereit, ihr Leben für einen Mann auf den Kopf zu stellen. Mit fünfundvierzig hatte sie diesen Punkt längst überschritten. Was er vermutlich gespürt hatte und was erklären würde, warum sie nichts mehr von ihm gehört hatte. Dennoch hätte er mal anrufen können. Gut, das hätte sie vermutlich auch gekonnt, aber sie wollte, dass es von ihm kam.

Entschlossen wischte sie ein paar Fingerabdrücke von einer der Glaskuppeln. Vielleicht hatten sie beide nach jenem Abend kalte Füße bekommen.

Im Gegensatz zu Kai wusste Marina, wie eine Ehe funktionierte. Vor seinem Tod war sie ihrem Mann von einer Militärbasis zur nächsten gefolgt. Jetzt war ihr Leben im Wandel begriffen, und ihre Kinder verließen sich noch immer auf sie. Wobei sie Heather und Ethan zugutehalten musste, dass sie beide immer verantwortungsvoller wurden – wenn auch aus reiner Notwendigkeit. Nachdem Marina ihren Job verloren hatte, hatten sie zu dritt ein ernstes Gespräch über ihre Finanzen geführt.

Nun hatte Marina nicht viel Zeit, um wieder auf die Füße zu kommen, und eine Beziehung würde ihr nur wertvolle Zeit stehlen, die sie für ihr neues Café brauchte. Sie musste klug handeln und diesem neuen Unternehmen alles geben.

Außerdem war da noch Jacks besondere Situation. Sie biss sich auf die Unterlippe und zog die Stirn kraus.

„Hey, was ist das für ein Blick?", fragte Kai.

„Was meinst du?"

Kai verschränkte die Arme und nickte. „Der Jack-Blick."

„Ich habe keinen Jack-Blick." Marina wischte sich die Hände an einem Geschirrtuch ab und zog sich ein frisches Paar Einweghandschuhe über. „Und hör auf, vom Thema abzulenken."

Kai zuckte mit den Schultern. „Ginger meint, ihre Arbeit an dem Buch geht gut voran. Und Jack hat viel Zeit mit Leo verbracht."

„Wie es ein Vater tun sollte", gab Marina zurück. „Jack hat zehn Jahre aufzuholen."

„Und mit Leos Mutter.“

Marina presste die Lippen zusammen. „Das hier ist kein Wettbewerb. Jack sollte die Zeit schätzen, die er mit Vanessa hat, bevor …“ Sie hielt inne und dachte an die Krankheit der armen Frau. „Es gibt noch viel, was er über seinen Sohn lernen muss. Da ist es nur richtig, dass er sich Zeit für die beiden nimmt.“

Kai seufzte. „Glaubst du, dass es für Vanessa noch Hoffnung gibt?“

„Ich wünsche es mir … für Leo.“ Marina hatte bis heute nicht wirklich verstanden, warum Vanessa sich erst so spät bei Jack gemeldet und ihm von ihrem gemeinsamen Sohn erzählt hatte. Denn so, wie sie Jack immer anschaute, schwärmte sie ganz eindeutig noch für ihn.

Vielleicht war ja auch Jack das Problem gewesen.

Noch eine rote Flagge.

Kai berührte Marina an der Schulter. „Hey, Grady war ein Arsch, der dich nie verdient hat. Und es ist achtzehn Jahre her, dass Stan gestorben ist. Es ist in Ordnung, sich von jemandem angezogen zu fühlen und es noch mal zu probieren.“

„Jacks Situation ist für mich zu kompliziert“, wehrte Marina ab. „Ich habe viel zu tun, und er kommt auch ohne mich mit seinem Leben gut klar.“ Sie drückte Kai die Servierplatte in die Hand. „Los, wirke deine Magie. Wir brauchen Kunden. Je schneller wir ausverkauft sind, desto schneller können wir abbauen und den Abend planen. Außerdem habe ich noch ein paar Lebensmittel abzuholen.“

Marina schirmte sich die Augen mit der Hand ab und schaute sich um. Trotz ihrer Worte fühlte sie mit den dreien mit – mit Jack, Vanessa und vor allem mit dem jungen Leo. Jack sollte Zeit mit ihnen verbringen. Und dieses Gefühl in ihr konnte doch mit Sicherheit keine Eifersucht sein, oder?

Kai grinste. „Wir werden in Nullkommanichts ausverkauft sein.“ Sie fing an, die ersten Töne eines Musicalsongs zu summen, nahm den Servierteller und trat in den Gang des Marktes, als würde sie ins Scheinwerferlicht treten.

Marina lachte, als sie ihre Schwester beobachtete. So etwas konnte nur Kai durchziehen. Sie dachte darüber nach, wie lange es her war, dass sie und Kai so viel Zeit miteinander verbracht hatten. Wenn Kai bald heiraten würde, wäre das hier vermutlich ihr letzter gemeinsamer Sommer – abgesehen von gelegentlichen Ferien. Sehnsucht schnürte ihr die Kehle zu. Gerade jetzt, wo Marina dabei war, ihre Freiheit zu finden, schlug Kai den entgegengesetzten Weg ein. Sie schürzte die Lippen. *Unser letzter Sommer.*

„Frische Backwaren!", rief Kai aus. „Probieren Sie, probieren Sie."

Marina wusste Kais Bemühungen wirklich zu schätzen. Seitdem sie in Summer Beach angekommen war, hatte Marina ihren von Grady verletzten Stolz gepflegt. Es war noch nicht lange her, dass ihr Zukünftiger sich mit einem Pop-Star verlobt hatte – und sie hatte davon nur erfahren, weil sie diese Neuigkeit als eine der Nachrichten im Frühstücksfernsehen bei ihrem Sender in San Francisco hatte verlesen müssen. Dabei hatte sie live vor der Kamera die Fassung verloren und gekündigt, bevor ihr Chef sie vor versammelter Mannschaft hatte rausschmeißen können.

Am Ende des Tages war Marinas geschockte Reaktion zum Social-Media-Hit geworden. In den Late-Night-Shows hatte man den Clip, wie sie vom Stuhl fiel, begleitet von Gelächter in Endlosschleife gezeigt. Den Schmerz verschlimmert hatte die Tatsache, dass Grady der erste Mann war, mit dem sie seit Stans Tod eine ernsthafte Beziehung geführt hatte.

Sie wischte sich die Hände ab und reckte das Kinn. Das alles lag hinter ihr, und sie hatte inzwischen größere Sorgen als die Gradys und Jack Ventanas dieser Welt.

Zum Beispiel die Zubereitung von dreißig Hummern. Und was hatte Annes Bemerkung bezüglich Ernährungsvorlieben bedeutet? Vermutlich gluten- oder laktosefreie Speisen. Vielleicht waren einige der Gäste aber auch Veganer oder hatten eine Allergie gegen Meeresfrüchte?

Sie war sicher, allen gerecht werden zu können, aber bis sie nicht gesehen hatte, wie Jean-Lucs Menü aussah, hatte sie keine Ahnung, was sie austauschen konnte. Sie hoffte, dass er bereits die entsprechenden Vorkehrungen getroffen hatte.

Sie atmete tief ein und ging ihre Optionen durch.

Als Moderatorin im Frühstücksfernsehen hatte sie ihre Routine gekannt. Zuerst hatte sie die schriftliche Zusammenfassung der Nachrichten gelesen und sichergestellt, dass sie alle Namen und Orte richtig aussprach. Danach hatte sie sich geschminkt, angezogen und die Haare gemacht – ihr Aussehen war ständig kommentiert worden. Sie hatte sich das Mikrofon angesteckt und den Knopf im Ohr gerichtet, um die Anweisungen des Produzenten oder Regisseurs hören zu können. Im Kontrollraum konnte manchmal das reinste Chaos herrschen, doch sie war immer ruhig geblieben.

Sie atmete aus. Genauso würde sie ihre Küche führen. Sie würde sich auf das Unerwartete vorbereiten. Risotto, dachte sie. Oder Pasta. Gedämpftes Gemüse. Sie ging im Kopf all die leichten Gerichte durch, die sie vorbereiten und für den Fall der Fälle bereithalten konnte. Sie würde es schaffen. Was konnte schon schiefgehen?

Mit einem Mal zog jemand an den Bändern ihrer Schürze und brachte sie aus dem Gleichgewicht. Sie stolpert einen Schritt zurück. Überrascht und verärgert drehte sie sich um. „Hey, was gibt dir das Recht …"

Ein gelber Labrador hatte die Schürzenbänder im Maul und sah Marina mit schiefgelegtem Kopf an. Sein Schwanz schlug gegen die Kühlboxen aus Kunststoff, die neben ihrem Stand aufgestapelt waren. Die Leine hing an seinem Halsband, und seine Pfoten waren nass und sandverkrustet.

„Aus, Scout", sagte sie energisch und versuchte, ihm die Schürzenbänder aus dem Maul zu ziehen, doch der Hund verstand das als Aufforderung zum Spielen und biss fester zu. Es gelang Marina nicht, ihr Lachen zu unterdrücken, während der Hund ein Zerrspiel mit ihr begann. „Wo ist dein Daddy?"

Ein großer Mann in einem verblichenen T-Shirt und Jeans eilte durch die Menge. „Hey, Junge, lass das." Als Jack bei seinem Hund angekommen war, zeigte er auf die Schürzenbänder und befahl: „Aus. Sitz."

Scout gehorchte mit traurigem Blick, konnte seinen Enthusiasmus aber immer noch nicht ganz zügeln. Die Zunge hing ihm seitlich aus dem Maul, und seine Rute schlug nun gegen Marinas Waden. Sie streckte die Hand aus und kraulte Scout hinter den Ohren. „Ich habe dich lange nicht gesehen, Kumpel."

„Wir dich auch nicht." Jack strich sich durch die dichten braunen Haare, die dringend geschnitten werden mussten.

Marina schaute hoch und fing seinen Blick auf. Seine Augen funkelten interessiert. Oder bildete sie sich das nur ein? „Deinetwegen muss ich mir jetzt die Hände waschen gehen." Was ihr eine Entschuldigung bieten würde, sich von Jack zu entfernen.

Sie hielt inne. Warum wollte sie vor ihm fliehen?

Weil er gefährlich ist. Deshalb. In seiner Nähe drohte ihr Herz, ihren gesunden Menschenverstand zu überschreiben. Und es gab keine Garantie, dass er nicht auch den Grady machen und in ein paar Tagen mit einer jungen Bikinischönheit auftauchen würde. Davon gab es hier genügend. Der einzige Nachteil am Leben in einem Strandort war die junge, gut gebaute Konkurrenz.

Nicht, dass sie mit irgendjemandem in Konkurrenz stand. Marina richtete sich auf und sah Jack an. Sie war nicht auf der Suche nach einem Ehemann. Sie hatte das Rennen mit jüngeren Frauen, die ihren Job am Nachrichtenpult haben wollten, hinter sich gelassen. Und ganz sicher brauchte sie keine Männer, die wie Hologramme einfach verschwanden.

„Wie läuft es mit dem Buch?", fragte sie.

„Gut. Ginger ist großartig."

„Ja, das ist sie." Marina verlagerte das Gewicht und versuchte, nicht in diese Augen zu schauen, die so blau waren, dass es ihr den Atem raubte. „Und wie geht es Leo?"

„Er ist ein tolles Kind – dank Vanessa natürlich. Ich habe ihn nicht verdient."

Ein unangenehmes Schweigen senkte sich auf sie herab.

Marina überlegte, ob Vanessa wirklich alle Behandlungsmöglichkeiten ausprobiert hatte, dachte dann aber, dass sie das nichts anging.

Scout kratzte mit einer Pfote an ihrer Schürze und legte den Kopf schief.

„Er hat das gleiche Grinsen wie du", sagte sie und kraulte den Hund erneut hinter den Ohren, die ebenfalls feucht waren und nach Meerwasser rochen. Scout presste den Kopf gegen ihre Hand. Er war unwiderstehlich, vor allem mit seinem seltsamen Gang, der von einer Verletzung stammte, die ihn jedoch nicht aufzuhalten schien.

„Hör mal, ich hatte fürchterlich viel zu tun, aber ich dachte, du hättest vielleicht Lust, heute Abend mit mir zusammen zu essen …"

„Heute Abend? Sorry, da habe ich schon etwas vor." Sie war ein wenig gereizt ob dieser kurzfristigen Einladung, vor allem angesichts dessen, dass er sich nach ihrem letzten Treffen nicht gemeldet hatte.

„Wie wäre es dann mit …"

„Ich habe fürchterlich viel zu tun", gab sie ihm seine eigenen Worte zurück. Dann nahm sie Scouts Leine in die Hand und reichte sie Jack. „Die solltest du benutzen. Oder ist das deine Art, die Mädels rumzukriegen?"

„Ich schätze, das habe ich verdient." Jack nahm die Leine. „Komm, Scout. Wir müssen noch arbeiten."

Vielleicht war sie zu harsch gewesen – auch wenn er es verdient hatte. Immerhin arbeitete er mit ihrer Großmutter zusammen. „Jack", setzte sie an.

Er wirbelte zu ihr herum, und die Hoffnung war ihm ins Gesicht geschrieben.

„Du solltest deine Zeit mit Vanessa verbringen."

Verwirrt blinzelte er und nickte, bevor er mit Scout von dannen zog.

Marina trat hinter ihrem Stand hervor und ging zu Kai, die ein Stück den Gang hinunter Kostproben verteilte.

„Macht es dir etwas aus, einen Moment den Stand zu übernehmen? Ich muss mir die Hände waschen." Sie streckte die Hände aus und nickte in Richtung Scout. „Eau de nasser Hund."

Kais Augen leuchteten auf. „Du hast mit Jack geredet?"

„Tja, da gibt es nichts Neues. Ich bin gleich wieder zurück." Damit ging sie zu den öffentlichen Waschräumen am Strand neben dem Markt. Selbst wenn sie an diesem Abend nichts vorgehabt hätte, hätte sie Jacks Einladung nicht angenommen. Der Mann hat Nerven, mich so kurzfristig zu fragen, dachte sie. Vielleicht war sie altmodisch, aber sie hatte nicht vor, für irgendjemanden der Notnagel zu sein.

Kopfschüttelnd verbannte sie alle Gedanken an Jack. Heute Abend wartete ein kritischer Auftrag auf sie, der ihren Ruf in Summer Beach festigen könnte – oder zerstören. Davon würde sie sich von niemandem ablenken lassen.

Und ganz sicher nicht von Jack Ventana, dem Meister des Verschwindens.

2

Marina hievte einen riesigen Sack Mehl auf die Arbeitsfläche in Gingers Küche. Sie und Kai hatten alle Backwaren und Quiches in Rekordzeit verkauft, genau, wie Kai vorhergesagt hatte. Danach hatten sie die bestellten Lebensmittel abgeholt. Inzwischen kaufte Marina beim Großhandel, was nicht nur ihre Gewinnspanne stärkte, sondern auch die Muskeln in ihren Armen.

Während sie ausluden, sagte Kai: „Wir müssen Anne und Charles bitten, uns eine Führung durch ihre schwimmende Villa zu geben, bevor wir mit dem Kochen anfangen."

„Ich weiß nicht, ob wir dafür Zeit haben", sagte Marina stirnrunzelnd. „Ich mache mir Sorgen um die vorhandenen Zutaten und die Vorbereitung. Ganz zu schweigen davon, dass ich mich erst einmal in der Küche zurechtfinden muss."

Kai verzog das Gesicht. „Ach komm schon. Das könnte unsere einzige Chance sein, mal so ein großes Boot zu sehen."

„Eine Jacht", korrigierte Marina sie. „Ein Boot ist so etwas wie das Tenderboot, das sie an Bord haben und mit dem sie herumcruisen können."

Marina hatte italienischen Reis für ein Risotto gekauft, dazu Butternutkürbis, der sich hielt, falls sie nicht alles davon brauchen würde. Sie hoffte, dass der Koch ihrer Kunden noch mehr vorrätig hatte, aber wenigstens hatte sie so alle Zutaten für ein Gericht, das sie den Gästen mit Allergien oder Unverträglichkeiten servieren konnte.

„Den Reis können wir im Auto lassen, aber das Gemüse sollten wir reinbringen", sagte sie. „Ich will nicht, dass es in der Hitze welkt."

Kai trug eine Kiste mit Kürbissen hinein und stellte sie hinter der Küchentür ab. „Das war der Rest. Ich gehe jetzt duschen und mich umziehen. Bis gleich."

Marina lehnte sich gegen die Arbeitsplatte und atmete tief durch. Seitdem die Zwillinge dem Kleinkindalter entwachsen waren, war sie körperlich nicht mehr so aktiv gewesen. Es fühlte sich gut an, Muskeln zu benutzen, die in ihrem Job hinter dem Nachrichtenpult ein wenig verkümmert waren. Jetzt wachte sie jeden Morgen voller Vorfreude auf einen neuen Tag auf, anstatt sich davor zu grauen. Und an diesem Punkt in ihrem Leben bedeutete ihr das alles.

„Du hast ja eine regelrechte Fließbandfertigung aufgebaut", sagte Ginger, die in diesem Moment in die Küche kam.

Marina grinste. Außer Ginger kannte sie niemanden, der seine Jeans noch bügelte, aber mit ihrer beeindruckenden Haltung standen sie ihrer Großmutter gut.

Ginger hatte hohe Standards, die genauso anspruchsvoll waren wie ihre mathematischen Berechnungen. Oft trug sie gestärkte weiße Hemden und auf Hochglanz polierte Slipper, selbst wenn sie nur in den Ort ging. Manchmal trug sie fließende Gewänder, die sie auf ihren Reisen gekauft hatte. Oder Yogaklamotten mit einer Daunenjacke, um die Klippen hinaufzuwandern und dort zu meditieren. Ginger hatte einen ganz eigenen Stil, der je nach ihrer Laune zwischen extravagant und klassisch schwankte. Heute hatte sie ihr Outfit mit einer dicken roten Korallenkette und passenden Ohrringen aufgehübscht.

„Ich versuche, mit der Nachfrage mitzuhalten", sagte Marina. „Wir hatten einen guten Tag. Auf dem Markt haben wir alles verkauft, und heute Abend übernehmen wir das Catering für dreißig Leute auf einer riesigen Jacht im Hafen."

Ginger zog eine Augenbraue in die Höhe. „Sei vorsichtig."

„Wieso sagst du das?" Marina legte den Kopf schief. „Die Besitzer sind Kunden von mir auf dem Markt."

„Großer Reichtum birgt oft Gefahren. Habe ich dir nicht beigebracht, deine Umwelt mit allen Sinnen wahrzunehmen?"

Während andere dies für einen seltsamen Kommentar halten würden, war es für Ginger, die Marina und ihre Schwestern in jungen Jahren in einen Selbstverteidigungskurs gesteckt hatte, nicht ungewöhnlich. Vor allem nicht, nachdem Marina vor Kurzem erfahren hatte, dass Ginger während des Kalten Krieges eine herausragende Code-Knackerin gewesen war. Ginger spielte ihre Rolle zwar immer noch herunter, doch Jack hatte mehrere Leute interviewt, die Loblieder auf sie gesungen hatten.

Jetzt hatte Marina jedoch keine Zeit, um darüber zu reden. Sie schaute sich in der Küche um, wo alle Arbeitsflächen mit Zutaten zugestellt waren. „Kai duscht gerade, aber ich muss das alles hier organisieren und wegpacken."

„Ich habe viel über deine Café-Idee nachgedacht", sagte Ginger und stemmte die Hände in die Hüften.

„Und ich würde deine Gedanken dazu gerne hören." Marina pustete sich eine Strähne aus dem Gesicht, während sie fortfuhr, die Lebensmittel auszupacken. „Aber vielleicht können wir das später machen?"

„Wir können uns unterhalten, während ich dir zur Hand

gehe." Ginger öffnete einen Schrank und schob ein paar Sachen nach hinten, um Platz zu schaffen.

„Dazu sage ich nicht nein." Marina lächelte. Ihre Großmutter war effizient – und überzeugend.

„Auch wenn ich es genossen habe, diesen Sommer den bisher interessantesten Gast in unserem Gästehaus beherbergt zu haben", fing Ginger an. „Habe ich beschlossen, das Haus einem besseren Nutzen zuzuführen. Ich bin mir sicher, dass Bennett keine Probleme haben wird, für Jack eine andere Unterkunft für den Rest seines Sabbaticals zu finden. Außerdem hat Jack jetzt den kleinen Leo und sollte in Summer Beach bleiben, damit der Junge hier zur Schule gehen und Jack ein echter Vater für ihn sein kann."

Bei dem Gedanken biss Marina sich auf die Unterlippe. Sie hatte geglaubt, zwischen ihr und Jack würde sich langsam eine Beziehung entwickeln, doch da hatte sie sich geirrt. Wer wusste schon, was in den Köpfen von Männern vor sich ging?

„Was Jack angeht …" Ein sehnsüchtiger Ausdruck trat in Gingers Augen. „Als Bertrand im diplomatischen Dienst war, gab es einen unverantwortlichen jungen Mann, der seinen Neffen bei sich aufgenommen hat, den er bis dahin nicht gekannt hatte. Das hat ihn in Nullkommanichts Verantwortung gelehrt. Er sagte selbst, dass es das Beste war, das ihm hatte passieren können. Auch wenn er sich natürlich wünschte, sein Neffe hätte nicht so ein schweres Schicksal erlitten. Doch was Jack angeht …"

„Entschuldige mich bitte", unterbrach Marina sie. Ginger liebte es, von der Vergangenheit zu erzählen, und auch wenn Marina ihre Geschichten normalerweise genoss, hatte sie weder die Zeit noch den Wunsch, zuzuhören, wie ihre Großmutter von Jack redete. Sie und Kai hatten geplant, vor Anne und Charles am Hafen zu sein, für den Fall, dass die beiden früher zurückkämen. Sie brauchten jede Minute für die Vorbereitung.

„Du hast gesagt, dass du über das Café nachgedacht hast", sagte sie. „Diesen Sommer reicht die Terrasse aus, aber ich hoffe, nächstes Jahr ein richtiges Lokal zu finden. Und auch wenn ich deine Großzügigkeit zu schätzen weiß, kann ich nicht für den Rest meines Lebens in deiner Küche arbeiten."

Ginger lächelte. „Dann sollte ich dir sagen, dass ich diese Woche im Rathaus war und mich lange mit Boz aus der Planungsabteilung unterhalten habe. Bertrand und ich haben zuerst dieses Haus und dann das Grundstück gekauft, auf dem wir das Gästehaus gebaut haben. Dieses Grundstück liegt außerhalb der Ortsgrenze von Summer Beach. Technisch gesehen kann ich darauf machen, was ich will. Deshalb habe ich vor, die Küche im Gästehaus zu erweitern, sodass du dein Café dort eröffnen kannst. Dann kannst du quasi von zu Hause aus arbeiten."

„Wirklich?" Marina konnte kaum glauben, was Ginger da sagte. Das könnte die Lösung für ihr Dilemma sein. Aufregung sprudelte in ihr hoch, doch dann übernahm ihre pragmatische Seite. Besorgt zog sie die Augenbrauen zusammen. „Mehr Platz wäre natürlich schön, aber was ist mit den Kosten und den Umständen für dich?"

Ginger reckte das Kinn. „Laut meinen Berechnungen würde die Zahlung der Versicherung den Großteil der Kosten decken. Wobei du vielleicht der Küche ein Upgrade gönnen möchtest."

„Die Kosten übernehme ich", sagte Marina schnell und dachte an die Geräte und die erhöhte Kapazität, die sie bald bräuchte, um ihr Geschäft auszubauen. Ihre wenigen Ersparnisse zu investieren war riskant, aber bedeutet nicht jedes neue Unternehmen ein gewisses Risiko? Sie atmete tief ein, um ihre Nervosität in den Griff zu bekommen. „Ich habe noch Geld von meiner Abfindung."

Solange Marina diesen Sommer einigermaßen Profit machte, hätte sie das Geld für den Teil von Heathers Studiengebühren, der nicht von dem Stipendium der Duke University abgedeckt wurde. Die Investitionen in ihr neues Unternehmen waren notwendig, um ihr altes Einkommen zu ersetzen, da ihre Agentin es nicht geschafft hatte, einen neuen Job für sie zu finden.

Marina musste realistisch sein. In ihrem Alter wurden die Positionen vor der Kamera immer weniger – auch wenn sie selbst das Gefühl hatte, in der Blüte ihres Lebens zu stehen.

Doch ein Café war für sie mehr als eine Notlösung – von so etwas hatte sie schon seit Jahren geträumt. Und dort wäre *sie* die Chefin und nicht irgendein Trustfonds-Hipster, der in einer der Firmen seines Milliardärvaters den Fernsehproduzenten spielte.

Ihr Ex-Boss Hal war mehr an hübschen Frauen vor der Kamera interessiert gewesen als daran, Nachrichten zu bringen. Doch als alleinerziehende Mutter von zwei Kindern hatte Marina damals die Sicherheit eines festen Gehalts gebraucht. Am Ende war diese Sicherheit nur eine Illusion und sie Hals Launen ausgeliefert gewesen. Es hätte sie vermutlich Jahre gekostet, das zu erkennen, aber nun war sie entschlossen, sich selbst eine verlässlichere Zukunft aufzubauen.

Die ersten Schritte zur Erfüllung ihres Traums hatte sie bereits getan: Sie hatte ihre Rezepte verfeinert, eine Vision erschaffen und sich auf dem Markt einen Kundenstamm aufgebaut. Abgesehen von ein paar kleineren Katastrophen – darunter ihr Debüt im Seabreeze Inn – lief ihr Geschäft ziemlich gut an. Dennoch musste sie aufpassen, keine Fehler zu begehen oder sich ablenken zu lassen.

„Über die Finanzen können wir später reden", sagte Ginger und sah auf ihre Uhr. „Komm, schauen wir uns das Gästehaus einmal an. Ich dachte, du würdest vielleicht gerne anfangen, deinen Arbeitsplatz zu planen, bevor du losmusst."

„Ich habe nicht viel Zeit, Ginger." In dem Moment hörte Marina die Sopranstimme ihrer Schwester einen Musicalsong singen.

„Kai nimmt ein langes Bad. Und sie hat gerade erst mit *The Sound of Music* angefangen." Ginger sah erneut auf die Uhr. „Axe Woodson kommt auch jeden Moment."

„Dann los."

Die beiden Frauen gingen an den Bougainvilleas vorbei, die sie als Ersatz für die vom Tornado dahingerafften Büsche gepflanzt hatten. Als sie die Tür des Gästehauses erreichten, hielt ein Pick-up-Truck neueren Baujahrs auf der Einfahrt an. Ein großer, gut aussehender und kräftiger Mann in einem Karohemd stieg aus. Seine Cowboystiefel stachen in Summer Beach heraus – was in seinem Heimatstaat Montana vermutlich nicht der Fall war.

„Wir sind hier drüben, Mr. Woodson!", rief Ginger ihm zu und winkte.

Mit einem Bündel an gerollten Zeichnungen unter dem Arm kam Axe auf sie zu. Sein sonnengebleichtes Haar bildete einen Kontrast zu seinem leicht wettergegerbten Gesicht. „Ich habe die Pläne mitgebracht, damit wir die gewünschten Veränderungen notieren können."

Kais Stimme, die durch das offene Badezimmerfenster schallte, zog Axes Aufmerksamkeit auf sich. Er hielt inne und nickte dann nachdenklich. „Das ist mal ein Song."

„Nicht wahr?" Ginger lächelte stolz.

Axe rieb sich mit der Hand übers Kinn. „Ich wusste nicht, dass Kai so talentiert ist." Seine tiefe Stimme rumpelte in seiner Brust.

„Mit ihrem Talent und ihrem Flair könnte sie problemlos am Broadway auftreten." Ginger nickte zu den Plänen. „Marina wird sicher auch Anmerkungen zu den neuen Entwürfen haben."

Marina begrüßte Axe, dessen Crew das beschädigte Dach repariert hatte. Gemeinsam betraten sie das Gästehaus, das komplett ausgeräumt worden waren. Das alte Sofa war vollkommen durchnässt gewesen und der hölzerne Schreibtisch verzogen. In der Luft hing immer noch ein leicht muffiger Geruch.

„Es war sowieso an der Zeit, zu renovieren", sagte Ginger.

„Summer Beach kann ein Restaurant so nah am Strand gut gebrauchen. Ich könnte mir vorstellen, dass es sehr gut besucht wird."

„Das ist der Plan", antwortet Marina. „Aber als ich vor ein paar Wochen mit Boz sprach, meinte er, dass die Restaurantketten im Nachbarort einige spezielle Angebote hätten, um die Gäste aus Summer Beach anzulocken. Das schadet vielen der Restaurants im Ort." Das war die einzige Unbekannte in ihrer Gleichung, die ihr ernsthaft Sorgen machte. „Kennst du Rosa vom Fisch-Taco-Stand im Dorf?"

Axe grinste. „Ich bin mehrmals in der Woche Kunde bei ihr. Meine Crew sogar noch öfter. Sie serviert gutes, hausgemachtes Essen."

„Wusstest du, dass eine nationale Taco-Kette ein Stück den Strand hinunter ihr die Kunden abwirbt? Sie musste ihren Angestellten schon die Arbeitszeiten kürzen."

Marina hatte sich länger mit Rosa unterhalten. Sie führte ihr Geschäft schon lange in Summer Beach und war Teil der Gemeinschaft. Jeden Morgen kaufte Rosa am Hafen frischen Fisch direkt von den Kuttern. Ihre Familie baute biologisch-dynamisches Gemüse an, und sie fertigte ihre Salsa und die Tortillas ohne irgendwelche Zusätze. Außerdem bot sie viele vegane Alternativen an. Marina fand, dass Rosas Tacos den der Fast-Food-Kette um Meilen überlegen war – und außerdem waren sie für das, was man bekam, günstiger.

„Das wusste ich nicht, aber es überrascht mich nicht." Axe schüttelte den Kopf. „Die Leute entscheiden sich oft für das, was sie schon kennen. Es wird an dir und den anderen

Restaurantbesitzern in Summer Beach sein, einen Weg zu finden, um die Besucher im Ort zu halten. Ihr braucht gutes Marketing und gute PR."

„Darin ist Kai sehr gut", warf Ginger ein.

„Ich habe sie auf dem Markt in Aktion gesehen." Axe massierte sich den Nacken und lachte leise.

„Wir sollten Summer Beach als Ziel für Genießer etablieren", sagte Marina. „Ich habe vor, ein jährliches Festival namens *Der Geschmack von Summer Beach* zu organisieren, um Besucher anzuziehen. Natürlich mit Kais Hilfe."

„Ja, das hat Kai erwähnt", sagte Axe gedankenverloren. „Das ist eine gute Idee – wenn du einige der anderen Restaurantbesitzer dazu animieren kannst, mitzumachen."

„Ich glaube, sie sind bereits animiert." Marina nickte in Richtung Küche. „Wollen wir hier anfangen?"

Als sie sich in dem Raum umschaute, stellte Marina sich vor, was sie alles bräuchte. „Ich muss noch ausführlicher darüber nachdenken, aber ich weiß, dass ich wesentlich mehr Arbeitsfläche benötige." Sie tippte gegen die Wand, die die Küche von dem kleinen Esszimmer trennte. „Wenn wir diese Wand einreißen, könnten wir die Küche in diese Richtung erweitern. Ich brauche einen großen Herd, mehrere Öfen und Platz für einen großen Industriekühlschrank." Der alte, normale Kühlschrank war zu klein.

„Das ist alles möglich." Axe zeigte auf einen der Pläne und schrieb etwas auf einen Block, den er aus der Hosentasche zog. „Das hier ist der Name eines Zulieferers für Gastronomiebedarf. Sie haben viele gebrauchte Artikel von hochklassigen Restaurants, die schließen mussten. Da findet man immer einen guten Deal, und manchmal veranstalten sie sogar Auktionen."

Marina strahlte. „Das schaue ich mir sofort an." Sie zeigte nach draußen. „Das mit der Terrasse hast du so super gemacht. Deshalb dachte ich, ob wir so etwas nicht auch hier bauen und die beiden miteinander verbinden können.

Das würde die Sitzplätze verdoppeln und uns besseren Zugang verschaffen." Da es nur selten regnete, vor allem in den Sommermonaten, könnte sie sich die Kosten für einen Innenraum sparen. Die meisten Gäste zogen es sowieso vor, am Strand draußen zu essen.

„Gute Idee. Außenplätze sind außerdem günstiger." Axe machte sich noch eine Notiz. „Später werde ich ein paar Maße nehmen." Er klickte mit seinem Kugelschreiber. „Was hast du mit dem Wohnbereich vor?"

Marina sah sich um. Ein großer Kamin, der die einzige Wärmequelle in dem Gästehaus bot, hielt den Raum zusammen. Generell war das Wetter in Summer Beach das ganze Jahr über mild, auch wenn es ab und zu mal eine Kaltwetterfront gab. Ginger hatte gerade noch erzählt, dass es letztes Jahr zu Weihnachten sogar einen Anflug von Schnee gegeben hatte, der jedoch geschmolzen war, sobald er auf dem Strand aufgekommen war.

Marina strich mit der Hand über den alten Kamin. „Den will ich behalten. Und ich dachte, ich könnte das Wohnzimmer als flexiblen Raum nutzen − entweder, um einen speziellen Tisch für Gäste aufzustellen, von dem aus sie beim Kochen zugucken können, oder für Kochkurse oder so." Mit dem offenen Layout könnte sie Freunde und Familie bekochen und an ihnen neue Rezepte ausprobieren.

Ethan könnte seine hungrigen Freunde mitbringen, und Ginger und Heather könnten miteinander plaudern, während Marina kochte und servierte. Der Gedanke erfüllte sie mit einem nie gekannten Glücksgefühl, und sie konnte sich genau vorstellen, wie das alles aussehen würde.

„Ein Tisch, von dem aus man die Köchin beobachten kann, ist eine wundervolle Idee", sagte Ginger und presste die Hände zusammen.

„Wäre es möglich, das große Fenster durch Türen zu ersetzen, die man öffnen kann? Das würde die Küche zur

Terrasse hin öffnen." Und es würde es leichter machen, die Gäste zu managen und zu unterhalten.

„Das ist kein Problem."

Axe schaute sich im Raum um. Er stellte ein paar Fragen, und sie besprachen Sicherheitsvorkehrungen und die Notwendigkeit, weitere Stromleitungen zu verlegen, um alle neuen Geräte versorgen zu können.

Sobald Axe alles hatte, was er brauchte, kehrte er zu seinem Truck zurück. Als er gerade losfuhr, tauchte Kai auf. Sie hatte sich geschminkt und ihre Haare waren perfekt zurechtgemacht, wie für die Bühne. Sie schaute zu Axe Truck und wirkte enttäuscht, dass sie ihn verpasst hatte. Axe winkte ihr zum Abschied zu.

Kai drehte sich zu Ginger und Marina um. „Warum hat mir keiner gesagt, dass Axe hier ist?"

„Ich wusste nicht, dass wir das sollten", antwortet Marina.

Kai verdrehte die Augen. „Ihr seid mir ja eine große Hilfe."

„Also, wann wird Dimitri uns mit seiner Anwesenheit beehren?", fragte Ginger und zog eine Augenbraue hoch.

„Ich werde ihn mal fragen", erwiderte Kai, doch sie klang vage.

Ginger berührte sie an der Schulter. „Wenn er Teil der Familie sein wird, ist das nur angebracht. Sag ihm, dass ich mich darauf freue, ihn kennenzulernen. Meiner Meinung nach ist das schon lange überfällig, findest du nicht?"

Kai nickte, wobei sie über die Schulter dem davonfahrenden Axe hinterherschaute.

Marina wusste, dass Kai hin und her gerissen war zwischen dem idealen Leben, das sie sich mit Dimitri vorstellte, und der Anziehung, die Axe auf sie ausübte. Sie fragte sich, ob Kai wirklich eine tiefe Verbindung mit Dimitri hatte – oder ob ihre Schwärmerei für ihn bereits abnahm.

„Ich mache mich dann mal fertig", sagte sie. „Anne und Charles haben mir versichert, dass die Zutaten für das Menü bereits geliefert wurden, deshalb glaube ich, dass wir alles an Bord haben, was wir benötigen. Und Kai, vergiss nicht, deine Bootsschuhe anzuziehen. Und achte darauf, dass die Sohlen sauber sind."

„Aye, aye", sagte Kai.

Während Marina ihre Sachen und Geräte einpackte, die sie für den Abend brauchte, fragte sie sich, was sie wohl an Bord der *Princess Anne* erwartete.

3

ack saß an einem Tisch auf der Terrasse des Seabreeze Inn und starrte über den Strand aufs Meer, wobei er versuchte, die richtigen Worte in seinem Kopf zu finden, um sie aufs Papier zu bannen. Seine Hände lagen bewegungslos auf der Tastatur und warteten auf das Stichwort seines Gehirns.

Er war investigative Arbeit gewohnt, mit tiefgehenden Recherchen, Interviews und präzise geschriebenen Artikeln. Mit Ginger Delavie – einer Legende in den Kreisen der Top-Coder – eine Reihe von Kinderbüchern zu schreiben und zu illustrieren verlangte eine Neuverkabelung seiner grauen Zellen.

So hatte er sich seine halbjährige Auszeit mit Sicherheit nicht vorgestellt.

Andererseits hatte er auch nicht damit gerechnet, zu erfahren, dass er einen Sohn hatte. Oder damit, sich einen Hund zuzulegen.

Scout wimmerte zu seinen Füßen einer Möwe hinterher, die über sie hinwegflog. Jack streckte die Hand aus, um ihn hinter den Ohren zu kraulen.

In dem Moment vibrierte das Handy auf dem Tisch. Er

hatte es eigentlich beim Schreiben ausschalten wollen, denn Gingers Originaltext zu editieren und sich Notizen für die Illustrationen zu machen erforderte seine gesamte Aufmerksamkeit. Seufzend nahm der das Handy auf und sah den Namen eines Reporterkollegen auf dem Display.

„Hank, was gibt`s?", begrüßte er seinen Freund grinsend. Hank war der Typ, der den Leuten vom Tierheim erzählt hatte, dass sie bei sich im Büro Hundemassagen anboten und einen Hundespielplatz mitten in Manhattan hatten.

„Bist du deine Auszeit noch nicht leid?"

Jack hielt das Handy in Richtung Meer. „Hörst du die Wellen? In Summer Beach zu arbeiten ist unschlagbar."

Hank lachte. „Ich dachte, dir wird langsam langweilig. Ich kann mir nicht vorstellen, dass sich dort viele Storys finden lassen. Vermisst du es nicht, vorbeifliegenden Kugeln auszuweichen?"

„Nur manchmal. Also, was ist los?"

„Ich habe einen neuen Auftrag und könnte dich im Team gebrauchen."

„Ach ja?" Die feinen Härchen in Jacks Nacken stellten sich auf. Hank klang enthusiastisch, und ein bekanntes Gefühl der Aufregung breitete sich in seiner Brust aus. Er sollte Nein sagen, aber er war neugierig.

„Ich habe gerade meine Tasche für einen Nachtflug gepackt. Du könntest deinen Hund in Pflege geben und dich morgen mit mir treffen. Das ist eine große Sache, Jack. Da könnte ein weiterer Pulitzer für deinen Kaminsims drinstecken."

„Ich habe keinen Kaminsims."

„Okay, dann könnte es eben helfen, einen Kamin zu kriegen."

Jack kaute nachdenklich auf seiner Unterlippe. „Wo fliegst du hin?"

Hank nannte ein Land, in dem gerade viel passierte und

es gefährlich war. Jacks Herzschlag beschleunigte sich. „Hast du Quellen?"

„Ausreichend, um anzufangen. Jennifer kann dir einen Flug buchen. Die Story ist wichtig, Jack. Wir haben auch nie zuvor dagewesenen Zugang zu allen wichtigen Spielern."

„Wen hast du noch im Team?"

„Niemanden, der so gut ist wie du. Also sehen wir uns morgen?"

„Darüber muss ich nachdenken." Jack ballte und streckte seine Finger. „Ich muss erst noch was checken."

„Du hast eine Stunde. Wenn du nicht kannst, muss ich jemand anderen suchen." Hank hielt inne. „Was ist da bei dir los? Normalerweise bist du immer der Erste an der Front. Sag mir nicht, dass du in deiner Auszeit weich geworden bist."

Jack war noch nicht bereit, sich Hank anzuvertrauen. „Es ist kompliziert. Ich rufe dich zurück."

Er legte auf und presste sich eine Hand aufs Herz, das vor Vorfreude hämmerte. Dann schaute er sich auf der Terrasse um. Hinter ihm sah er Vanessas Freunde Denise und John mit Leo und Samantha. Sie unterhielten sich mit Ivy Bay, der Inhaberin des Inns.

Jack hatte nicht viel Zeit.

Wie es Ginger gelungen war, ihn davon abzubringen, ein Buch zu schreiben, und stattdessen mit ihr an der Kinderbuchreihe zu arbeiten, war ihm immer noch nicht ganz klar. Was nicht heißen sollte, dass er das Projekt nicht mochte, aber er fragte sich, ob Hank recht hatte. War er dabei, seinen professionellen Ruf zu verspielen, für den er so hart gearbeitet hatte?

Immerhin verdiente er sich damit seinen Lebensunterhalt.

Leo fing seinen Blick auf und winkte ihm zu. Mit seinen zehn Jahren war er der beinahe perfekte Doppelgänger von Jack in dem Alter. Es gab keinen Zweifel daran, dass Leo sein Sohn war. Jack sollte sich glücklich schätzen, dass der Junge ihn nicht dafür hasste, in seinem Leben gefehlt zu haben. Das war Vanessas Entscheidung gewesen, und in ihrem derzeitigen Zustand brachte er es nicht über sich, ihr das vorzuwerfen.

„Hey Dad!", rief Leo. „Ich habe meine Sachen dabei." Er hielt seine Schnorchelausrüstung sowie eine Rettungsweste in den Händen.

„Gut gemacht." Jack fuhr sich mit der Hand durch die Haare. Er hatte seinem Sohn versprochen, dass sie am Nachmittag, sobald er mit dem Schreiben fertig war, schnorcheln gehen würden.

Mein Sohn. Jack fragte sich, ob es Leo leichtfiel, ihn *Dad* zu nennen, oder ob es für ihn noch genauso fremd war wie für Jack.

Er hatte eine Stunde, um eine Entscheidung zu treffen.

Würde er sein Versprechen Leo gegenüber brechen oder seine Verpflichtung gegenüber seinem Job?

Er klappte den Laptop zu und packte ihn in seinen Rucksack. Von einer Minute auf die andere aufzubrechen war das, was Jack sein ganzes Leben lang getan hatte. So hatten er und Vanessa einander kennengelernt. Kameraden mit Stiften, die ein Licht auf die Wahrheit und die Konflikte in der Welt warfen.

Denn irgendjemand musste es tun.

Er schlang sich den Rucksack über die Schulter und stand auf. Es würde einen anderen Tag geben, an dem sie schnorcheln könnten. Er musste mit Denise und John sprechen, bevor die beiden aufbrachen. Sie würden es verstehen. Und Ginger auch, dessen war er sich sicher.

Scout tollte um Leo herum, als dieser den Weg zur Terrasse hochkam. Dann lief Leo los und warf sich Jack in die Arme, wobei er seine Ausrüstung zu Boden fallen ließ.

„Hey, hey", sagte Jack um den Kloß herum, der sich auf einmal in seiner Kehle gebildet hatte.

„Kann Samantha mitkommen? Ihre Eltern müssen nach Los Angeles."

„Was das angeht …", setzte Jack an, während die Schuldgefühle in ihm aufstiegen.

Denise und ihr Mann stießen zu ihnen. Nachdem sie Jack begrüßt hatten, zog John ihn beiseite und senkte die Stimme. „Vanessa fühlt sich nicht gut. Wir bringen sie zu ihrem Arzt nach Los Angeles. Würde es dir etwas ausmachen, wenn wir Samantha hier bei Leo lassen?"

Jack wurde das Herz schwer. „Ich habe auch gerade einen Anruf erhalten. Ehrlich gesagt hatte ich gehofft …" Er warf einen Blick in Leos Richtung. Jack hatte sich eingeredet, dass Leo es verstehen würde, dass es andere Tage gäbe. Doch das entsprach nicht immer der Wahrheit. Und er hatte bereits so viele dieser Tage verpasst.

„Wir würden nicht fragen, wenn …"

„Ist schon gut", sagte Jack, vielleicht ein bisschen zu abrupt und schluckte seine Enttäuschung herunter.

John sah ihn stirnrunzelnd an. „Du sagtest gerade, du hättest auch einen Anruf erhalten. Ebenfalls von Vanessa?"

„Nein, von einem alten Kollegen. Aber es ist nichts." Jack zuckte mit den Schultern. „Wirklich. Fahrt nur. Ich passe auf die Kinder auf."

„Es könnte ein paar Stunden dauern." John nickte in Richtung seiner Frau. „Denise hat Kleidung zum Wechseln und Snacks für nach dem Schnorcheln eingepackt."

„Ich kümmere mich um die beiden." Was hatte er sich nur gedacht? Vater zu sein ging mit echter Verantwortung einher. Es ging nicht nur darum, Leo ein neues Fahrrad zu kaufen oder sich mit ihm über Sport zu unterhalten. Er hatte geschworen, für Leo da zu sein, und das hier war das, was mit diesem Versprechen gemeint war.

Vielleicht hätte Hank nicht anrufen sollen, weil er wusste, dass Jack sich eine Auszeit nahm. Doch Jack wusste auch, dass er dasselbe getan hätte. Das lag in der Natur ihrer Arbeit.

John und Denise verabschiedeten sich von den Kindern und eilten davon. Jack blieb mit einer Tasche voller Kleidung und Snacks für die Kinder zurück.

„Wartet mit Scout hier", sagte er zu Leo und Samantha. „Ich ziehe mich eben um, dann gehen wir los, um meine Ausrüstung zu leihen. Ich zähle darauf, dass ihr beide mir sagt, was ich zum Schnorcheln brauche."

Er ging auf sein Zimmer, stellte die Tasche und seinen Rucksack ab und tätigte den Anruf. Er hörte, dass Hank auch enttäuscht war.

„Das passt so gar nicht zu dir", sagte sein Freund. „Du hast dich doch wohl nicht verliebt oder so?"

„Das nicht. Aber es ist wichtig", antwortete Jack. Mit einem Schlag wurde ihm klar, dass das, was er da gerade gesagt hatte, falsch war. Er hatte sich verliebt. In Leo. In Summer Beach. Vielleicht sogar in eine Frau. „Ich erzähle es dir später, Hank. Viel Glück da draußen – und halte den Kopf unten."

Zuerst würde er mit seinem Boss sprechen müssen. Erst jetzt wurde ihm wirklich klar, was es bedeutete, Vater zu sein. Vielleicht würde er nach seiner Auszeit nicht in seinen alten Job zurückkehren können. Sicher, er könnte Leo nach New York mitnehmen, aber Denise und John waren für den Jungen wie Familie. Jetzt war nicht der richtige Zeitpunkt, um dieses Band zu brechen.

Bennett Dylan, der Bürgermeiste von Summer Beach, der auch Immobilienmakler war, hatte angeboten, ihm zu helfen, eine neue Unterkunft zu finden, in der er und Scout mehr Platz hätten. Und Ginger drängte ihn, den Posten als Redakteur der kleinen, ums Überleben kämpfenden Lokalzeitung anzunehmen.

Jack dachte über seine Optionen nach. Ob er bereit war,

die Aufregung der Großstadt hinter sich zu lassen oder nicht, Leo brauchte ihn.

Er konnte sich nicht erinnern, wann er sich das letzte Mal gebraucht gefühlt hatte. Wenn er weiter als Freiberufler Geschichten für Gingers Buchreihe schreiben würde, könnte es ihm gelingen, in Summer Beach zu bleiben.

Und auch wenn Leo die Hauptantriebsfeder hinter dieser Entscheidung war, konnte Jack nicht leugnen, dass ihn noch etwas anderes in Summer Beach anzog. Bereits beim ersten Mal, als er Marina mit ihrem verstauchten Knöchel ins Seabreeze Inn hatte humpeln sehen, hatte er sich auf unbeschreibliche Weise von ihr angezogen gefühlt. Er, ein Mann der Worte, fand nicht die richtigen, um dieses Gefühl zu beschreiben – außer, er würde sich an die Sprache der Romantik halten, was ihm jedoch schwerfiel, nachdem er so viel über die Tragödien zwischen Menschen geschrieben hatte, die behaupteten, einander zu lieben.

Doch so seltsam es auch anmutete, dieses wachsende Gefühl, dass es Schicksal war, schien ihn immer fester im Griff zu haben. Schnell schüttelte er den Kopf.

Nein. So sehr er Marina auch mochte – ja, nun hatte er es zugegeben –, er konnte nicht zulassen, dass sie die Entscheidung, die er nach seinem Sabbatical treffen musste, verkomplizierte. Er schloss die Augen. Und doch konnte er nicht vergessen, wie es sich angefühlt hatte, als ihre Finger sich im Pool miteinander verschränkten, ihre warmen Lippen sich aneinandergepresst hatten … Oder sein Versprechen, sie anzurufen.

Wie oft hatte er das zu einer Frau gesagt, ohne es zu tun?

Quasi über Nacht Vater zu werden war eine Sache, aber sich auf eine Beziehung einzulassen, die ernst werden könnte, war eine ganz andere. Jack glaubte nicht, dass Marina eine Frau war, die mit einem Mann eine lockere Affäre haben würde – dazu war sie zu klug. Außerdem hatte sie gerade eine schlechte Beziehung hinter sich. Er hoffte, dass die schmerzhaften Memes über sie bald verschwinden würden.

Was die Sache noch komplizierter machte, war, dass sein Sohn Marina mochte. Doch angesichts der Tragödie, die Leo bevorstand, ertrug Jack den Gedanken nicht, ihm zweimal das Herz zu brechen. Wenn eine Beziehung mit Marina nicht halten würde – und Jacks Erfolgsbilanz war nicht gerade ermutigend – würde Leo den Verlust ebenfalls spüren.

Den Großteil seines Lebens war Jack vor romantischen Verwicklungen davongelaufen – wichtige Storys hatten immer Priorität gehabt –, doch als er in das junge Gesicht geschaut hatte, das ein Spiegelbild von ihm war, hatte er beschlossen, dass er sich dieser besonderen Verpflichtung nicht entziehen konnte oder wollte.

Nachdem er seine Badehose angezogen und die Sachen der Kinder zusammengepackt hatte, fuhr Jack mit Leo und Samantha zu dem Laden, der Tauchausrüstungen verlieh. Mit vernünftigen Schnorchelsachen ausgestattet, fuhren sie weiter zu einer geschützten Bucht ein paar Meilen entfernt, von der Mitch vom Java Beach ihnen erzählt hatte. Die Kinder hatten Spaß daran, im kühlen, flachen Wasser zu schnorcheln und die hin und her flitzenden Fische zu beobachten. Scout spielte in der Brandung, und Jack genoss die Unbeschwertheit dieser Stunden.

Scout kam auf Jack zugerannt und ließ ein Stück Treibholz auf seine Füße fallen. „Autsch, genau auf den großen Zeh, du Tollpatsch." Scout hechelte fröhlich, was ihn immer aussehen ließ, als würde er grinsen.

Leo und Samantha lachten und winkten, und Jack warf den Stock in ihre Richtung.

Scout raste hinterher. Er lief so schnell, dass er nicht rechtzeitig anhalten konnte und über seine Beute stolperte.

„Alberner kleiner Hund." Jack lachte.

Als er sein Handy zur Hand nahm, um ein paar Fotos zu machen, die er Vanessa schicken wollte, sah er, dass Denise angerufen hatte. Er rief sie zurück.

„Dem Himmel sei Dank, Vanessa kommt wieder auf die Beine", sagte Denise statt einer Begrüßung. „Aber die Ärzte möchten noch weitere Tests durchführen, was bedeutet, wir müssen länger bleiben. Kannst du dich um das Abendessen für die Kinder kümmern? Der Feierabendverkehr aus Los Angeles raus wird furchtbar werden."

„Dann bleibt doch länger und esst dort zu Abend. Dann könnte ihr fahren, wenn das Schlimmste vorbei ist." Das bedeutete, dass Jack die Dinnerparty absagen musste, auf die er eingeladen war. Er fühlte sich schlecht, weil es so kurzfristig war, aber was sollte er sonst tun?

„Gute Idee", sagte Denise. „Ich hätte dir die Schlüssel zum Haus dalassen sollen."

„Keine Sorge. Wenn die Kids müde werden, veranstalten wir eine Pyjamaparty."

Denise lachte. „Sie können gerne länger aufbleiben. Es sind schließlich Sommerferien. Vanessa möchte vermutlich gern in eines ihrer Lieblingsrestaurants gehen, auch wenn sie nicht viel isst."

„Dann macht das", sagte Jack. Der Gedanke fühlte sich gut an. Er mochte Vanessa, und er hatte ihr Talent und ihren Mut schon immer bewundert – und derzeit mehr als je zuvor.

Während Leo und Samantha spielten, rief Jack die Gastgeber der Dinnerparty an. Mitch hatte ihn eines Morgens im Java Beach mit dem Pärchen bekannt gemacht. Summer Beach war ein Ort, in dem die Leute schnell Anschluss fanden. Sofort hatten sie ihn zu der Party eingeladen. Jack wusste, ein Mann seines Alters, der Single war und die Gäste mit Geschichten aus aller Welt unterhalten konnte, war immer willkommen. Er mochte es, neue Leute kennenzulernen, ertrug aber nur eine Handvoll von solchen Partys pro Jahr.

Und ja, es war arschig von ihm gewesen, zu glauben, er könnte Marina in letzter Minute einladen.

Jack wählte die Nummer.

Als Charles ranging, sagte er: „Es tut mir leid, dass ich mich so spät melde, aber es ist etwas dazwischengekommen." Im Hintergrund lachten Leo und Samantha, die für Scout Stöcke warfen.

„Ich hoffe, es ist nichts Ernstes?", fragte Charles. „Höre ich da im Hintergrund eine Frau schreien?"

Jack lachte leise. „Das sind nur mein Sohn und seine Freundin. Ich hatte nicht damit gerechnet, mich heute Abend um die beiden kümmern zu müssen, aber seine Mutter hatte einen Notfall."

„Dann bring sie doch mit", sagte Charles mit einem herzhaften Lachen. „Es ist ein lockerer Abend, und Freunde von uns bringen ihre Tochter und die Nanny mit. Wir haben ein Spielzimmer an Bord und ausreichend zu essen. Vermutlich werden die beiden die Rettungsübung lieben."

„Bist du sicher, dass das keine Umstände macht?" Jack warf einen Blick zu den Kindern. Sie waren ein glückliches Bündel aus Sand und Meerwasser und würden vorher duschen müssen, aber das mussten sie sowieso. Außerdem mussten sie was essen, und er hatte sich auf den Abend gefreut.

„Anne liebt Kinder. Wir wären enttäuscht, wenn du sie nicht mitbringst."

Schließlich stimmte Jack zu und legte auf. Es kam nicht oft vor, dass er auf eine Jacht von dieser Größe eingeladen wurde. Er winkte Leo und Samantha. „Eure Eltern kommen heute ein bisschen später nach Hause. Aber ich habe eine Überraschung. Wer will heute Abend eine große, fette Jacht anschauen?"

„Wie cool!", sagte Leo und wirbelte einmal um die eigene Achse.

Samantha riss die Augen auf. „Die im Jachthafen? Meine Mom und mein Dad meinten, es wäre eine der größten Jachten, die sie je gesehen haben."

„Wir werden mit ein paar neuen Freunden an Bord zu Abend essen. Aber vorher müssen wir alle unter die Dusche. Samantha, du zuerst. Und jetzt helft mir mal mit den ganzen Sachen. Und jemand muss den sandigen Hund abspülen."

Als hätte er das Kommando erkannt, kam Scout auf sie zugetrottet und schüttelte sich. Schreiend liefen die Kinder davon.

Jack lachte. „Angeber", sagte er zu Scout.

Während sie den Van beluden, dachte Jack darüber nach, wie sehr sich sein Leben in den letzten paar Monaten verändert hatte. So aufregend es auch gewesen war, Hanks Anruf zu bekommen und an einen neuen Auftrag zu denken, musste er doch zugeben, dass er froh darüber war, sich zum Bleiben entschieden zu haben. Was eine langfristige Veränderung seines Lebensstils anging, war er sich jedoch noch nicht so sicher. Im Laufe eines Sommers konnte viel passieren.

4

„Willkommen auf der *Princess Anne*", sagte Charles und führte Marina und Kai auf die am Ende des Hafens ankernde Jacht. „Wir nennen sie auch unser Fluchtfahrzeug."

„Ach Charles, bei dir klingt das so dramatisch", warf Anne ein. Sie schlüpfte aus ihren Schuhen und legte sie in einen Korb, der am Ende der Gangway stand. Ihr Ehemann tat es ihr gleich.

„Sollen wir unsere Schuhe auch ausziehen?", fragte Kai.

„Ich respektiere die Sitten, aber in der Küche könnte sich das als unklug herausstellen." Marina machte sich Gedanken, wie es wäre, barfuß zu kochen. „Wir haben die Sohlen gereinigt, bevor wir hergekommen sind", fügte sie an. In einer Küche konnten viele Unfälle passieren – von einem fallen gelassenen Messer bis zu kochend heißen Töpfen, die einem aus der Hand glitten.

„In der Küche ist das kein Problem", versicherte Charles. „Aber zuerst das Sicherheitsbriefing." Er zeigte auf die Rettungsboote und -westen. „Seid nicht überrascht, wenn wir eine Rettungsübung durchführen. Unser Kapitän achtet sehr auf die maritimen Gesetze und die

Anforderungen der Versicherungen", fügte er zwinkernd an.

Marina konnte sich nicht vorstellen, wie viele Millionen diese Jacht wert war oder wie hoch das Budget sein musste, um sie zu unterhalten. Ein Kapitän, ein Koch – sie fragte sich, wie viel Personal es an Bord noch gab, und rückte die schwere Tasche mit ihren Utensilien auf ihrer Schulter zurecht.

Charles führte sie an Bord, und sie gingen an einem überdachten Sitzplatz und einem Whirlpool vorbei. Drinnen ließen sie eine Bar und einen Kinosaal, der in Cremeweiß gehalten und mit Akzenten aus exotischen Hölzern eingerichtet war, hinter sich. Ziemlich unpraktisch für ein Boot, dachte sie. Aber das schien hier keine Rolle zu spielen. Wo sie auch hinschaute, sah sie Anzeichen von Reichtum – von den neuesten Geräten über die stimmungsvolle Beleuchtung bis zu den Kunstwerken.

„Wir genießen unseren Spielplatz auf See", sagte Anne und winkte ab, wobei ihre goldenen und mit Diamanten verzierten Armreifen klimperten. „Hier entlang geht es in die Kombüse."

Als sie die Küche betraten, glitt Marinas Blick über die großen, modernen Geräte aus Edelstahl, die Arbeitsflächen und Glasschränke. Durch die seitlich eingelassenen Fenster strömte das Sonnenlicht.

„Wo befinden sich die Zutaten für das Dinner?", fragte sie.

„Sowohl im Kühlraum als auch in den Tiefkühltruhen", erklärte Charles und zeigte auf eine Flügeltür am Ende der Küche. „Dort finden Sie alles, was Sie brauchen." Ein Funkeln trat in seine Augen, und er senkte die Stimme. „Wir sind immer gut ausgestattet, um schnell abhauen zu können."

„Bestimmt mitten in der Nacht", warf Kai lachend ein.

„Ganz genau." Charles grinste.

Irgendwie erinnerte er sie an Ginger. „Haben Sie mal in England gelebt?"

Charles wirkte überrascht. „Nur ab und zu in den Ferien. Lustig, dass Sie fragen." Marina kam wieder aufs Geschäftliche zu sprechen. „Wo finde ich das Menü und die Rezepte?"

Anne sah sie hilflos an. „Darum kümmert sich Jean-Luc. Ich habe nie gesehen, dass er irgendetwas aufgeschrieben hat. Er sagt mir einfach nur, was er geplant hat."

„Es ist Hummernacht", warf Charles ein.

„Können Sie ein wenig genauer werden?" Marinas Nerven summten, ein sicheres Signal für drohende Gefahr. Sie warf Kai einen Blick zu, die sich des Dilemmas nicht bewusst zu sein schien. „Wie mögen Sie Ihren Hummer zubereitet? Vielleicht haben Sie ein Lieblingsrezept?"

Charles lachte leise. „Anne schwört, dass sie nie in ihrem Leben auch nur eine einzige Mahlzeit zubereitet hat. Aber sie ist abenteuerlustig und probiert alles."

„Das stimmt. Ich mag Überraschungen." Wieder wedelte sie mit der Hand. „Jean-Luc weiß, was wir mögen, also nutzen Sie einfach das, was er bestellt hat. Wir sind hier an Bord ziemlich entspannt."

„Darf ich ihn anrufen, um zu hören, was er geplant hatte?" Marinas Puls raste. Sie betrachtete sich nicht als Küchenchefin; sie war noch nicht mal eine Restaurantbesitzerin. Wenn es hochkam, könnte man sie als solide Köchin bezeichnen.

„Wir wollen ihn nicht stören, während er bei seiner kranken Mutter ist", sagte Anne. „Ich bin mir sicher, dass Sie mit Jean-Lucs Zutaten gut zurechtkommen. Werfen Sie sie einfach zusammen." Wie Charles am Morgen, machte auch Anne nun eine Handbewegung, als würde sie Zutaten zusammenwerfen und voilà — fertig ist das Gericht. Es war offensichtlich, dass sie glaubte, diese Anweisungen würden ausreichen. Marina überlegte, ob man das an Bord einer Jacht wie dieser vielleicht wirklich so machte.

Anne strahlte, als freute sie sich darüber, geholfen zu haben. „Wenn Sie uns jetzt entschuldigen würden, wir müssen uns für unsere Gäste fertigmachen."

Nachdem die beiden gegangen waren, lehnte Marina sich gegen die kühle Arbeitsplatte aus Edelstahl und wischte sich mit der Hand übers Gesicht. Ohne ein Menü als Anhaltspunkt – oder auch nur ein Telefonat mit dem Koch – fühlte sie sich überwältigt. „Worauf haben wir uns hier nur eingelassen?"

Kai zog die Augenbrauen hoch. „Was meinst du damit? Sieh dir diesen Raum an. Das sollte für dich doch ein Klacks sein."

„Um die Küche mache ich mir keine Sorgen." Marina nahm die Schürze aus ihrer Tasche und machte sich daran, die verwickelten Bänder zu lösen. „Kai, ich bin keine Köchin. Ich bin eine Hausfrau mit Ehrgeiz. Wir müssen ein ziemlich kompliziertes Essen für dreißig Personen vorbereiten und servieren."

„Warum hast du dann zugesagt?", fragte Kai perplex. „Lass dich von diesem schwimmenden Palast nicht einschüchtern. Du hast doch schon mal Hummer zubereitet, oder?"

„Natürlich." Marina straffte die Schultern und zwang ihren Mut, zurückzukehren, auch wenn ihr Herz heftig klopfte. Was stimmte nur nicht mit ihr? In den letzten Wochen hatte sie mehrere Abendessen für acht Personen zubereitet. Aber da hatte sie Rezepte benutzt, die sie gut kannte, und es hatte eine lockere Atmosphäre unter den Gästen geherrscht. Sie hatte nicht denselben Druck verspürt, der ihr nun den Brustkorb zusammendrückte. Und die rollenden Bewegungen des Boots halfen auch nicht gerade. Obwohl es nur leicht schwankte, reichte es, damit sie sich ein wenig aus dem Gleichgewicht gebracht fühlte.

Kai umfasste ihre Hände. „Erinnerst du dich noch, wie nervös du warst, als du das erste Mal vor die Kamera getreten bist?"

„Meine Zunge fühlte sich an wie ein Stück Karton."

„So wie bei meinem ersten Mal auf der Bühne", sagte Kai. „Ich konnte kaum singen, geschweige denn tanzen. Aber nach ein paar Takten bin ich reingekommen. Wirklich, was ist das Schlimmste, das passieren kann?"

„Sie lassen alles liegen und bestellen sich Pizza."

Kai grinste. „Also erspare ihnen die Mühe und mach eine Hummerpizza."

„Ich meine das ernst."

„Ich auch. Habe ich dir mal erzählt, wie das Team von Wolfgang Puck das Catering bei einer unserer großen Eröffnungsshow geliefert hat? Die Leute sind durchgedreht wegen seiner Meeresfrüchte-Pizza. Der geräucherte Lachs mit Kaviar war zum Sterben lecker."

„Vielleicht ist das gar keine so schlechte Idee." Marina stieß ein nervöses Lachen aus. „Immerhin haben sie gesagt, hier an Bord ginge es locker zu." Sie zeigte auf den eingebauten Backsteinofen. „Und sie haben einen Pizzaofen."

Kai drehte sich um. „Und einen Drehspieß. Sieh dir nur all diese kulinarischen Spielzeuge an. An jedem anderen Tag würdest du dich hier im Himmel glauben. Wir werden das sinkende Schiff nicht verlassen." Besorgt schaute sie Marina an. „Aber ich glaube, du brauchst ein bisschen Yoga-Atmung. Komm, nimm meine Hand."

Marina gehorchte und erinnerte sich daran, was Ginger ihr einst erzählt hatte, als sie noch ein Kind gewesen war. Wie sie die Seekrankheit und Panik in den Griff bekommen konnte, die sie bei ihrem ersten Bootsausflug überkommen hatten. *Konzentriere dich auf den Horizont. Finde einen Punkt und atme.*

Sie richtete ihren Blick durch eines der Fenster zum Horizont. Seit jenem Tag war sie nicht mehr seekrank gewesen, aber das hier fühlte sich ein wenig so an. Vielleicht war es eine Panikattacke, auch wenn sie in ihrem Leben schon schlimmere Situationen überstanden hatte. Worum ging es hier also wirklich?

Kai drückte ihre Hand. „In den letzten Wochen hat es in deinem Leben viele Veränderungen gegeben. Da ist es normal, sich überwältigt zu fühlen."

Marina nickte. Sie hatte nicht nur ihren Job, sondern ihr ganzes Leben zurückgelassen, war von San Francisco nach Summer Beach gezogen, hatte ein neues Unternehmen aufgebaut – und sich darüber Sorgen gemacht, welche Auswirkungen diese Veränderungen auf Heather und Ethan haben würden. Ihr Gehirn war so voll wie eine gefüllte Paprika. Während sie darüber nachdachte, merkte sie, dass ihre Gefühle vermutlich eine Anhäufung all dieser Dinge waren. Doch sie musste sich zwingen, weiterzumachen.

Kai sah sie an. „Erinnere dich daran, was Ginger immer sagt: Fühle die Angst und tue es trotzdem."

„Ein Zitat ihrer Freundin Eleanor Roosevelt." Marina nickte.

„Manchmal frage ich mich, ob es irgendjemanden gibt, den Ginger nicht kennengelernt hat", überlegte Kai laut. „Grandma ist ziemlich beeindruckend. Genau wie du. Du solltest dir wirklich Anerkennung dafür zollen, dass du alleinerziehende Mutter und erfolgreiche Nachrichtensprecherin warst. Bei dir hat das immer so leicht ausgesehen, aber ich weiß, dass es das nicht war. Ich denke, es gibt keinen Grund, warum du es nicht mit ein paar Hummern aufnehmen kannst."

„Danke, dass du mich daran erinnerst, Kai." Marina drehte den Kopf und sah ihre Schwester an. „Vielleicht sollte ich auch bei Shellys Yogaklassen im Inn mitmachen."

Kai grinste. „So will ich das hören. Und jetzt werde ich mir die Hände waschen und mir mal den Kühlraum anschauen. Wir sollten gucken, was wir dahaben."

Ihr Herzschlag fing an, sich zu normalisieren, und Marina hatte langsam das Gefühl, wieder die Kontrolle innezuhaben. „Ich bin dabei. Wir schaffen das."

Im Inneren des Kühlraums schauten die Schwestern sich um. Alle angelieferten Lebensmittel waren in den entsprechenden Kisten hineingestellt worden, sodass es ein Leichtes war, die Zutaten für den Abend zu finden.

„Das hier reicht für Monate", sagte Marina, nachdem sie sich einen Überblick über die Vorräte in dem Kühlraum, der Kühltruhe und der Vorratskammer verschafft hatte. „Ich schätze, man muss gut vorbereitet sein, wenn man auf hoher See unterwegs ist."

In dem Moment kam ein junger Mann, der kaum älter als ein Teenager sein konnte, mit einer Kiste in der Hand in die Küche. Er war groß und drahtig mit sonnengebräuntem Gesicht. „Hi. Sie müssen die Köchin für heute Abend sein. Ich bin Len, Juniormatrose an Bord. Wo wollen Sie die Hummer haben?"

Marina beäugte die Kiste. Aus einem der Luftlöcher schaute ein haariger Fühler heraus. „Die sind nicht gefroren?"

„Das würde der Koch niemals zulassen. Sie sind für heute Abend frisch aus Maine eingeflogen worden."

„Ich würde sagen, dass wir sie freilassen", sagte Kai. „Auf keinen Fall bereite ich die zu."

Len verlagerte unbehaglich das Gewicht. „Entschuldigen Sie, Ma'am, aber sie sind aus dem Salzwasser raus und stehen deshalb sowieso unter Schock. Außerdem ist der Pazifik wesentlich kälter als der Atlantik. Und sie wären Fremdkörper in diesen Gewässern. Ich fürchte, ihre Zukunft sieht, so oder so, nicht gut aus."

Kai seufzte und drohte Marina mit dem Finger. „Das ist das letzte Mal, dass ich so etwas mache. Ich schwöre dir, wenn wir hiermit durch sind, werde ich zur Vegetarierin."

„Ich habe weder das Menü zusammengestellt noch die Zutaten eingekauft", wehrte Marina sich.

Len schaute schüchtern zu Kai. „Ich kann Ihnen helfen, Ma'am. Meine Eltern haben in Maine ein Restaurant, und ich habe dort in der Küche gearbeitet. Solange ich zurückdenken kann, habe ich Hummer und Austern vorbereitet."

„Okay. Aber nur wenn du aufhörst, mich Ma'am zu nennen", sagte Kai. „Ich bin nicht viel älter als du."

Marina verdrehte die Augen. „Kümmere dich darum, Kai. Ich muss mich für ein Menü entscheiden."

„Warum arbeitest du hier nicht in der Küche?", fragte Kai und sah Len an.

„Ich wollte etwas anderes machen. Aber der Koch holt mich ran, wenn er Unterstützung braucht. Heute hat der Kapitän mich hergeschickt, um zu fragen, ob ich helfen kann."

„Sonst hast du nichts zu tun?", fragte Marina.

Len schüttelte den Kopf. „Erst später. Der Kapitän meinte, ich solle heute beim Servieren helfen. Wir haben alle einen Job, aber wir helfen einander auch aus. Wir sind hier an Bord wie eine Familie."

Das gefiel Marina. „Hast du schon viel von der Welt gesehen?"

„Das kann man so sagen. Aber noch nie haben wir in einem so kleinen Hafen angelegt. Normalerweise ziehen die Besitzer geschäftigere Orte vor." Er nickte in Richtung eines Küchenschranks. „Da drin bewahrt der Koch die Garkörbchen auf."

Marina atmete erleichtert aus. „Willkommen im Team, Len."

Während Len und Kai die Hummer vorbereiteten, machte Marina eine Bestandsaufnahme. Parmigiano Reggiano, Mozzarella und Fontina. Frischer Römersalat, Rucola, Champignons und Unmengen an frisch gezupftem Basilikum. In der Vorratskammer entdeckte sie Olivenöl,

Mehl, Hefe und Salz. Sie fand kleine Auflaufformen, Servierplatten und Schüsseln sowie eine Flasche Grand Marnier.

„Ein schlichtes Menü", verkündete sie mit Blick auf die Uhr. „Rustikale Hummer- oder Champignonpizza mit einem Caesar Salad. Beginnen können wir mit einer Auswahl an Gemüsespießen und Melonenbällchen mit Parmaschinken. Es sollte kein Problem sein, die Pizzen für die Vegetarier, Veganer, Laktoseintoleranten oder die Leute, die keine Meeresfrüchte essen, anzupassen."

„Klingt, als hättest du alles im Griff", sagte Kai. „Was ist mit Nachtisch?"

Marina schaute noch einmal auf die Uhr. „Ein Tiramisu wäre nett, aber das soll sechs Stunden kühl stehen. Das wird zu knapp, und wir haben noch viel vorzubereiten. Vielleicht eine Auswahl an Grand-Marnier-Soufflé, Früchten und Eiscreme."

„Raffiniert", sagte Kai und strahlte. „Soufflés an Bord – du bist mutig. Aber ich wusste, dass du das hier packen würdest."

„Wenn ich es mir recht überlege … Ich lasse mir etwas anderes einfallen." Marina legte einen Arm um ihre Schwester. „Danke, dass du hier bist. Wir sind ein gutes Team."

„Heißt das, ich bin die beste Schwester?"

Marina lachte. „Dazu hätte Brooke vermutlich auch noch was zu sagen. Sie hat heute früh versucht, mich zu erreichen, aber wir haben einander immer verpasst."

Len hörte interessiert zu. „Entschuldigen Sie, Ma'am. Sie sind Schwestern?"

„Ganz genau", bestätigte Marina.

Kai zeigte mit dem Daumen auf sie. „Sie ist die Ältere. Und hat definitiv das Sagen."

„Das ist so cool", sagte Len. „Mein Bruder und ich haben uns oft in die Haare gekriegt, aber ich vermisse ihn."

„Und er dich vermutlich auch", sagte Marina. „Okay, unser Plan für den Abend lautet wie folgt: Kai, du assistierst mir in der Küche. Und Len, kannst du servieren?"

„Ja, Ma'am."

Im Gegensatz zu Kai machte Marina das *Ma'am* nicht aus. Vielleicht war sie auch nur mehr daran gewöhnt, weil sie älter war. Kai sah immer noch wesentlich jünger aus, als sie war.

„Kai, solange hier alles unter Kontrolle ist, hätte ich gerne, dass du Len beim Servieren hilfst. Das sind ganz schön viele Teller, die wir da rausbringen müssen." Sie dachte an den Tisch. „Len, weißt du, wo das Dinner stattfindet und wie der Tisch gedeckt wird?"

„Ja, Ma'am. Wir hatten eine Kellnerin, doch die hat gekündigt, sobald wir im Hafen waren. Sie hat mir aber gezeigt, wie alles geht."

„Gott sei Dank." Marina rieb sich die Hände. „Len, wenn du die Hummer dünsten und aufbrechen könntest, kann Kai mir helfen, den Teig zuzubereiten."

Während Len sich um die Hummer kümmerte, rührten Marina und Kai den Pizzateig an. Danach übertrug Marina ihrer Schwester die Aufgabe, das Gemüse für die Spieße zu schneiden, während sie sich Notizen zu den Zutaten machte und die Arbeitsfläche herrichtete. An diesem Abend würde alles schnell gehen müssen, deshalb musste alles an seinem Platz sein. Wenn ihnen irgendeine Zutat fehlte, würde sie die jetzt ersetzen müssen.

Der Nachmittag verflog nur so, und schon bald hörte Marina das Geplapper und Lachen der ankommenden Gäste. Bislang lagen sie und ihr kleines Team noch perfekt in der Zeit. Kai hatte die Gemüsespieße zubereitet, Len war noch mit den Hummern beschäftigt, und Marina hatte den Caesars-Salat angerichtet. Sie musste nur noch ihr hausgemachtes Dressing darüber geben, dann konnte er nach der Vorspeise serviert werden.

Sie hätte die Reihenfolge geändert, wenn es sich bei den Gästen um Europäer gehandelt hätte, die den Salat lieber nach dem Hauptgang aßen. Doch Marina schätzte, dass Anne und Charles es als Amerikaner gewohnt waren, den Salat bei einem mehrgängigen Menü früher zu essen.

Der Pizzateig war ebenfalls fertig, und die Zutaten waren abgewogen und der Reihenfolge nach aufgestellt oder lagerten noch im Kühlschrank. Marina lächelte.

Sie hatte das hier im Griff.

Mit einem Mal knackte der Lautsprecher an der Decke, was Marina zusammenzucken ließ. „Achtung, hier spricht der Kapitän.“

Len sprang von seinem Hocker auf. „Rettungsübung.“ Er zeigte auf einen Schrank. „Die Rettungswesten befinden sich da drin.“

„Jetzt?“ Marina schaute auf und zog konsterniert die Stirn kraus. Das würde ihren gesamten Zeitplan durcheinanderbringen.

„Befehl des Kapitäns.“ Len holte die neonfarbenen Westen aus dem Schrank.

„Damit meint er doch sicherlich nicht uns“, sagte Marina. Es war ja nicht so, als ob sie heute Abend den Hafen verlassen würden.

Stirnrunzelnd biss Len sich auf die Unterlippe. „Wenn Sie nicht hoch an Deck gehen, bekomme ich Ärger.“

„Ich schätze, Charles hat vorhin nicht gescherzt“, sagte Kai und wusch sich die Hände. „Komm, ziehen wir die schicken Dinger über.“

„Und bringen es hinter uns“, fügte Marina an.

Während der Kapitän Befehle gab, half Len den Schwestern, die Rettungswesten überzuziehen und zu schließen.

„Davon brauche ich ein Foto“, sagte Kai lachend. „Mit so etwas habe ich definitiv nicht gerechnet.“

„Beeilen wir uns", drängte Len. „Wir dürfen nicht zu spät kommen."

Kai machte ein paar Fotos, bevor sie ihr Handy wieder einsteckte. Dann eilten sie nach oben, und Len führte sie zu einer Stelle, wo sich die anderen Angestellten versammelt hatten.

„Hier kommt der Kapitän", sagte Len. „Macht euch bereit für eine Inspektion."

„Du machst Witze", sagte Kai, bevor Len sie mit einem strengen Blick zum Schweigen brachte.

„Ehrlich gesagt sollten wir froh sein, dass der Kapitän so sorgfältig ist", sagte Marina. Auch wenn sie über die Unterbrechung nicht glücklich war, verstand sie, wie wichtig die Übung war.

„Das Dinner wird sich verspäten", sagte Kai.

„Was war das?", fragte der Kapitän mit einem nicht einzuordnenden Akzent und stellte sich vor Kai.

Sie reckte das Kinn. „Ich sagte, dass Dinner wird sich verspäten. Nur damit Sie es wissen."

Er räusperte sich und wippte auf den Fußballen. „Würden Sie nicht zustimmen, dass die Sicherheit der Passagiere und der Crew wichtiger ist?"

Len hüstelte, und die versammelte Mannschaft verstummte. Marina stupste ihre Schwester warnend an.

„Ja, Sir", sagte Kai leise.

Der Kapitän ging weiter und schien mit dem Rest der Crew zufrieden zu sein, auch wenn Marina nicht verstand, was sie sagten. Sie vermutete, dass sie Russisch sprachen. Dann wechselte der Kapitän wieder ins Englische und sagte ein paar Worte über Sicherheit und zeigte den kürzesten Weg zu den Rettungsbooten.

Danach entließ er sie und ging hinüber zu den Gästen, die sich ebenfalls an Deck versammelt hatten und an ihren Cocktails nippten, während Charles und Anne Fotos von ihnen machten.

Marina hielt inne und warf einen Blick über die Schulter, um zu sehen, wen sie heute Abend bedienen würden. „Sieht nach einer fröhlichen Gruppe aus."

Kai nickte. „Ich denke, deine Hummerpizza wird bei ihnen gut ankommen."

„Sieh nur, wie süß die Kinder in ihren Rettungswesten aussehen." Marina blinzelte gegen die Sonne. Ein kleines Mädchen kam ihr irgendwie bekannt vor. „Sag mal, ist das da Samantha? Dann müssen Denise und John hier sein."

Kai stieß sie mit dem Ellbogen an, der an Marinas dicker Weste abprallte. „Jack und Leo sind auch da."

Neben Jack stand eine junge, schlanke blonde Frau, der Leo gerade schüchtern die Hand schüttelte. In dem Moment wurde Marina klar, dass das hier das Abendessen war, zu dem Jack sie am Morgen eingeladen hatte. Der jüngeren Frau schien ein Date in letzter Minute offensichtlich nichts auszumachen.

Marina wandte sich ab. Sie hatte einen wichtigen Job zu erledigen. Schnell löste sie die Bänder der Rettungsweste.

„Sind die Gemüsespieße fertig?", fragte sie und hörte selbst, wie gereizt sie klang.

„Beinahe", antwortete Kai. „Hey, was hat dir die Rettungsweste nur angetan?"

Marina drückte Len die Weste etwas zu fest in die Hand. „Oh, tut mir leid", sagte sie schnell, als Len ein wenig das Gleichgewicht verlor. Sie durfte nicht zulassen, dass Jack ihr den Kopf vernebelte. „Könntest du die für mich wegpacken? Ich muss kochen."

Im Weggehen straffte Marina die Schultern. Als sie das letzte Mal zugelassen hatte, dass ein Mann ihr zu nahekam, hatte sie das ihren Job gekostet. Das würde ihr nicht noch einmal passieren.

„Wir sollten die Vorspeisen während der Cocktailstunde servieren", sagte sie zu Len. „Sobald dann alle Platz genommen haben, bringen wir den Caesar Salad raus." An

Kai gewandt fügte sie an: „Wir müssen uns mit den Gemüsespießen beeilen. Sind die Melonen-Schinken-Bällchen fertig?"

„Aye, aye", sagte Kai.

Marina machte sich daran, letzte Hand an die Spieße zu legen. Sie und Kai arbeiteten flink, spießten die Zucchini, Champignons und roten und gelben Cherrytomaten auf, die Kai in Olivenöl und Zitronensaft mariniert hatte. Dazu kamen kleine, runde Mozzarellakugeln und Basilikumblätter.

„Fertig?", fragte Kai.

„Streuen wir noch ein wenig frisches Basilikum für die Farbe darüber", antwortete Marina.

Gemeinsam gaben sie klein geschnittenes Basilikum auf die Spieße, dann trat Marina zurück und wandte sich an Leo. „Der erste Gang ist fertig. Das hier sind Gemüsespieße nach Caprese-Art. Für jeden Gast gibt es einen." Als Len die Servierplatte hungrig betrachtete, lächelte sie. „Ich habe ein paar für uns zurückbehalten."

„Was soll ich als Nächstes tun?", fragte Kai.

„Du folgst ihm mit den Schinken-Melonen-Bällchen", erklärte Marina. Nächstes Mal würde sie die Reihenfolge vielleicht umdrehen, aber darüber konnte sie jetzt nicht nachdenken. Sie lagen hinter dem Zeitplan zurück. Und auch wenn Charles gesagt hatte, dass es an Bord locker zuging, hatte Anne auf eine bestimmte Uhrzeit für das Essen bestanden.

Mit einem Mal neigte die Jacht sich zur Seite, und Marina fing die Schüssel mit den Melonenbällchen auf, bevor sie zu Boden fallen konnte. „Die Spieße!", rief sie.

Len schwankte, und Kai versuchte, zu ihm zu gelangen. Dabei stieß sie gegen eine der Arbeitsplatten. Doch Len hielt geübt das Gleichgewicht. „Wir fahren los", sagte er.

„Ich dachte, wir würden im Hafen bleiben", sagte

Marina. Charles und Anne hatten nichts davon gesagt, dass sie in See stechen würden.

„Vermutlich fahren sie an der Küste entlang", erklärte Len. „Das machen sie gerne, wenn sie Gäste haben."

Kai drückte sich von der Arbeitsplatte ab. „Gut, dass wir keine Soufflés im Ofen haben. Ich glaube nicht, dass die diese Schwankungen überstanden hätten."

„Ja, seekranke Soufflés wären nicht gut", erwiderte Marina in dem Versuch, die Situation mit Humor zu nehmen.

„Jeder Seemann wird mindestens einmal in seinem Leben seekrank." Len grinste schief und richtete die Gemüsespieße. Dann ging er mit geschmeidigen Schritten aus der Küche, während Marina sich ungelenk den Weg durch die Küche suchte, wobei sie sich an den Arbeitsflächen festhielt, um nicht das Gleichgewicht zu verlieren.

Ihre Schwester richtete sich gerade auf. „Das ist wie tanzen. Du musst einfach nur die Bewegung durch dich hindurchfließen lassen. Das ist irgendwie sogar ganz lustig."

„Ich habe den Küchenwalzer nie gelernt." Marina war nicht sicher, ob sie das so sah wie ihre Schwester, aber sie hatte keine Wahl. Sie waren hier, und sie hatten dreißig Gäste zu bewirten. Nachdem sie sich ein paar Strähnen aus der Stirn gestrichen und mit einer Klammer festgesteckt hatte, wandte sie sich den Teigkugeln zu und fing an, sie auszurollen.

Sie bestrich die Teigfladen mit Olivenöl und gab Fontina, Mozzarella und Parmigiano Reggiano drauf. Danach kamen karamellisierte Maui-Zwiebeln, die sie bereits vorbereitet hatte, und in Butter gedünstete Hummerstücke.

Sobald die Pizzen aus dem Ofen kämen, würde sie vorsichtig ein paar Kleckse Kaviar darauf verteilen. Die Salzigkeit des Kaviars würde die Süße der karamellisierten Zwiebeln ausbalancieren. Russischer Beluga-Kaviar war teuer, und der Vorrat, den der Koch im Kühlraum lagerte, hatte bestimmt einen Wert von mehreren Tausend Dollar.

Kai kam in die Küche zurück. „Die andere Frau ist nicht mit Jack hier." Ihre Augen blitzten aufgeregt. „Sie ist die Nanny eines der anderen Gästepaare und kümmert sich um die Kinder."

„Kein Klatsch und Tratsch über Gäste", schalt Marina sie und versuchte, ihre Gereiztheit zu verbergen. Sie musste sich auf das Essen konzentrieren und drauf, das Gleichgewicht zu halten – sowohl körperlich als auch mental. „Woher weißt du das?"

„Woher wohl?" Kai grinste. „Ich habe ihn einfach gefragt. Immerhin kenne ich ihn. Außerdem haben wir die Kinder bedient. Es gibt hier an Bord ein extra Spielzimmer."

Marina verdrehte die Augen. Sie konnte Kai nicht verbieten, mit Jack zu reden. Sie alle hatten sich miteinander angefreundet. „Wie nett", sagte sie kühl. Aus dem Augenwinkel sah sie, dass Kai sie seltsam anschaute, aber auch dafür hatte sie keine Zeit.

Sie holte die fertigen Pizzen aus dem Ofen und begann, sie in Stücke zu schneiden. Kai gab den Kaviar drauf, und Len fing an, sie nach oben zu bringen.

Während dieser Gang serviert wurde, wandte Marina sich dem Nachtisch zu. Ganz im Sinne des italienischen Mottos hatte sie sich für süße *crespelle* entschieden, italienische Crêpes. Als Kai zurückkam, erklärte sie es ihr schnell.

„Mit Grand Marnier aromatisiert, mit Schokoladensoße beträufelt und mit Schlagsahne und Beeren verziert. Schlicht, aber hübsch anzusehen."

„Und leicht herzustellen", stimmte Kai zu.

Marina lachte. „Du weißt noch, wie man Schokoladensoße macht, oder? So wie die, die wir früher immer auf unser Eis gegeben haben?"

„Ja, das hat Ginger uns beigebracht." Kai ließ den Blick

zu den letzten Zutaten gleiten, die Marina bereitgestellt hatte. „Ist das alles für den Nachtisch?"

Marina nickte. „Fang du schon mal an, die Schokolade zu schmelzen. Derweil kannst du die Himbeeren aus dem Kühlraum holen. Oh, und etwas Ricotta und Honig. Ich zeige dir, was du damit machen sollst."

Während Marina sich daran machte, einen Teig mit einem Schuss Orangenlikör für die Crêpes zuzubereiten, lief Len zwischen dem Deck und der Küche hin und her, um Bitten der Gäste zu erfüllen und das Geschirr herunterzubringen. Da sie auch ein paar Alternativen wie Gemüsesticks ohne Mozzarella und Pizza mit veganem Käse, Champignons und karamellisierten Zwiebeln gemacht hatten, schienen bisher alle Gäste zufrieden zu sein, und Marina konnte perlendes Gelächter von oben hören.

Sie ertappte sich dabei, darüber nachzudenken, dass sie heute beinahe mit Jack zusammen zu den Gästen gehört hätte. Aber das hatte nicht sein sollen. Als er sie fragte, hatte sie Anne und Charles bereits zugesagt, und außerdem hätte sie sich niemals auf ein Date in letzter Minute eingelassen. Das hatte sie mit Grady getan, und es war ja bekannt, wie das ausgegangen war. Was ihren Mann Stan anging, der hatte untadelige Manieren gehabt und sich gemäß seiner Position beim Militär immer ehrenhaft verhalten.

Während Marina den Teig in die Pfannen gab, fragte sie sich, ob Stolpersteine am Beginn einer potenziellen Beziehung ein Signal dafür waren, diese nicht weiterzuverfolgen.

Sie erinnerte sich daran, wie viel sie mit Jack gelacht hatte. Er hatte so aufrichtig gewirkt. Hätte das mit ihnen auf lange Sicht eine Chance gehabt? Vermutlich nicht. Zumindest war sie nun einer Meinung mit dem Universum − oder welche Mächte die Welt auch immer regierten.

Und mehr gibt es dazu nicht zu sagen, beschloss sie und sah zu, wie der Crêpesteig kleine Blasen warf und sein köstliches Aroma entfaltete.

Mit geübter Hand wendete sie die Crêpes und erklärte Kai, wie sie die Füllung zuzubereiten hatte. Sobald Marina einen Teller voll hatte, ging sie ihrer Schwester zur Hand.

„Bei dir sieht das alles so leicht aus", sagte Kai.

Len lehnte sich interessiert über die Arbeitsfläche. „Wie nennt sich dieses Dessert?"

„Unsere Großmutter hat es mir beigebracht. Süße Crêpes mit Ricotta und Honig. Wenn du es servierst, nenne es *Princess Anne Crespelle*."

Als Len und Kai mit dem Nachtisch nach oben eilten, ließ Marina sich erschöpft auf einen Stuhl sinken. Langsam breitete sich ein Lächeln auf ihrem Gesicht aus, und ein Gefühl von tiefer Zufriedenheit wärmte sie von innen.

Obwohl sie keine Ahnung gehabt hatte, was sie erwartete, und weder ein Menü noch Rezepte vorgefunden hatte, war es ihr gelungen, für die bisher größte Gästezahl, die sie je bekocht hatte, ein mehrgängiges Menü zuzubereiten. Andererseits wusste sie, dass es beim Kochen mehr darum ging, die Zutaten zu kennen als einem Rezept zu folgen, wie es beim Backen der Fall war.

Sie streckte die Arme über den Kopf. Ohne Kai und Len hätte sie das alles nicht geschafft. Es war definitiv an der Zeit, ihren Erfolg zu feiern.

Nachdem sie über ihr Handy Musik angemacht hatte, holte sie die Gemüsespieße heraus, die sie beiseitegelegt hatte. Dazu eine Hummerpizza, die sie sich teilen konnten. Kai und Len hatten hart gearbeitet, und sie hätten ein paar Minuten Zeit, bevor sie das restliche Geschirr abräumen mussten.

Gerade schenkte Marina sich einen kleinen Schluck Champagner ein, den sie mitgebracht hatte, als sie Schritte hinter sich hörte. Mit dem Glas in der Hand und einem Lächeln im Gesicht drehte sie sich um.

Beim Anblick von Jack verblasste ihr Lächeln. „Was machst du denn hier?"

5

„Hi du." Jack grinste und verlagerte das Gewicht von einem Fuß auf den anderen, als wäre er selbst überrascht, sich hier in der Kombüse wiederzufinden.

Marina funkelte ihn an. „Bist du falsch abgebogen? Der Bug ist zu deiner Linken."

„Ich würde gerne mit dir reden, Marina."

„Wie du sehen kannst, habe ich zu tun." Sie hob das Glas mit dem Champagner, mit dem sie den Abend mit Kai und Len hatte feiern wollen. Ihr war heiß, sie war müde und nicht in der Stimmung, mit Jack zu reden. Außerdem hing ihr das Haar feucht ums Gesicht, das vermutlich vom Zubereiten der Crêpes in den heißen Pfannen knallrot war. Jack fuhr sich mit der Hand durch die dichten braunen Haare, die während seiner Zeit in Summer Beach länger geworden waren, und machte einen Schritt auf sie zu. „Hör mal, ich hatte keine Ahnung, dass du als Köchin für Charles und Anne arbeiten würdest. Als ich erfahren habe, dass du für dieses Dinner verantwortlich bist, kam ich mir erst recht wie ein Idiot vor – erstens, weil ich dich für heute Abend einladen wollte."

Er hob eine Hand, bevor sie etwas sagen konnte. „Und

das war zu kurzfristig, das weiß ich jetzt auch. Ich bin nicht komplett ohne Manieren aufgewachsen, auch wenn es manchmal den Anschein hat. Und zweitens, weil ich so ein köstliches Essen genossen habe – und erst dann erfuhr, dass du es zubereitet hast."

„Es wäre schwer gewesen, Gast zu sein und gleichzeitig zu kochen." Marina presste sich das kühle Champagnerglas gegen die warme Wange. Dann trank sie einen Schluck gegen die Hitze, die in ihrer Brust aufflammte. Dass Jack diese Wirkung auf sie hatte, war verstörend.

„Ich wollte nicht respektlos sein. Und ich würde gerne erklären, was mir die letzte Zeit durch den Kopf ging. Vielleicht können wir nächste Woche einen Kaffee zusammen trinken?"

Marina zählte ihre Argumente an den Fingern ab. „Zwischen dem Aufbau eines Kundenstammes auf dem Markt, meinen Pop-up-Dinners, den Vorbereitungen zur Eröffnung meines Cafés und der Organisation von *Der Geschmack von Summer Beach* sehe ich nicht, wo ich Zeit für dich hätte."

„Ich bin ein Arsch. Das verstehe ich."

„Ich glaube nicht, dass du es verstehst. Ich bin eine berufstätige Mutter und Unternehmerin. Ich warte nicht auf einen Mann, der mich aus den Socken haut." Sobald die Worte raus waren, zuckte Marina zusammen. Sie hatte nicht andeuten wollen, dass sie glaubte, er wolle etwas von ihr. Ganz im Gegenteil.

Jack fuhr sich mit der Hand übers Gesicht. „Nicht, dass ich das vorgehabt hatte, aber trotzdem ist es gut zu wissen. Nur für den Fall, dass mich irgendein Mann fragt."

„Okay, wir sind hier fertig. Du musst jetzt gehen."

„Hey, es tut mir leid. Das ist mir so rausgerutscht." Jack spreizte flehend die Hände. „Ich wollte mit dir reden, weil ich nicht weiter mit deiner Großmutter zusammenarbeiten kann, wenn ich weiß, dass zwischen dir und mir eine gewisse

Feindseligkeit herrscht. Ich hatte nie vor, dich zu kränken, und ich wollte dich auch nicht ignorieren."

Marina blinzelte gegen die Tränen der Wut an, die ihr unerklärlicherweise in die Augen sprangen. Sie hasste es, wenn das passierte. „Warum hast du es dann getan?"

„Meine Situation ist kompliziert. Ich muss an Leo denken."

„Das stimmt. Du bist sein Vater. Willkommen in der Welt der Eltern."

„Warum ist das so schwer?" Jack schlug sich mit der flachen Hand gegen die Stirn. „Wir versuchen beide, uns um unsere Kinder zu kümmern, und das beeinflusst einige unserer Entscheidungen. Lass uns mit dieser Gemeinsamkeit anfangen, okay?"

Marina zuckte mit den Schultern. Hinter Jack sah sie Kai, die Len davon abhielt, in die Küche zu stürmen. „Okay."

Jack stieß hörbar den Atem aus. „Ich möchte die Luft zwischen uns wirklich klären. Ich weiß, du hast keine Zeit für einen Kaffee, aber ..."

„Ich werde mir die Zeit nehmen. Für Ginger." Sie wollte ihrer Großmutter keine Probleme bereiten.

„Okay. Du sagst wann und wo. Java Beach, das Seabreeze Inn. Oder dieser neue Laden. Das Coral Café. Die neue Terrasse ist ziemlich schick."

Marina konnte nicht anders, als zu lächeln. „Okay, überredet. Aber nicht im Java Beach. Da sind zu viele Augen und Ohren."

Jacks blaue Augen funkelten. „Wir haben nichts zu verbergen."

„Eine halbe Stunde. Mehr kann ich nicht erübrigen." Marina nickte Kai zu, die daraufhin gefolgt von Len mit den Armen voller Geschirr die Küche betrat. „Du solltest nicht auch noch mit abräumen müssen", sagte sie zu ihrer Schwester.

„Das macht mir nichts aus", erwiderte Kai fröhlich. Dann stieß sie Jack mit der Schulter an. „Der hier hat mich nicht mal bemerkt. Ich weiß nicht, ob ich beleidigt oder beeindruckt sein sollte."

„Meine Aufmerksamkeit lag auf den Kindern." Jack räusperte sich und trat beiseite. „Und wo wir bei dem Thema sind, ich muss mal nach Leo und Samantha gucken. Es ist schon ziemlich spät, deshalb werden wir gehen, sobald wir wieder im Hafen sind."

Marina spürte, dass er nervös war.

Kai schaute ihm aus großen Augen hinterher. „Was war das denn bitte?"

„Nichts", sagte Marina, die ihm ebenfalls nachschaute. „Er ist nur falsch abgebogen." Sie gab Kai ein Glas mit Champagner und wandte sich an Len. „Darfst du schon Alkohol trinken?"

„Ich bin neunzehn, aber es verstößt gegen die Regeln des Kapitäns."

Marina reichte ihm ein Glas Wasser und hob dann ihr Glas an. „Auf die beste Crew, die ich mir hätte wünschen können. Herzlichen Glückwunsch, wir haben es geschafft." Sie stieß mit den beiden an und umarmte ihre Schwester. „Ohne dich hätte ich das nicht hinbekommen."

„Das hätte ich niemals zugelassen." Grinsend nippte Kai an ihrem Champagner.

Len schaute hungrig zu dem Essen, das Marina herausgeholt hatte. „Das würde ich auch gerne mal probieren."

Während Marina ihm eine großzügige Portion auf einen Teller gab, erzählte Len, dass Anne und Charles nach ihr gefragt hatten.

„Klingt nach einer Aufforderung, dich zu zeigen", sagte Kai.

„Vielleicht, vielleicht auch nicht." Marina überlegte, was ihren Auftraggebern nicht gefallen haben könnte. War es die Hummerpizza? Ja, das war eine riskante Wahl gewesen, das wusste sie. Möglicherweise war sie für den Geschmack und Status der Gastgeber nicht ausgefallen genug. Oder hatte sie den falschen Kaviar benutzt? Vielleicht war er zu teuer und nicht dazu gedacht, auf diese Art serviert zu werden.

Und doch befand sie sich auf einer Jacht, die Millionen gekostet hatte.

Warum fühlte sie sich wie ein Kind, das zum Rektor gerufen wurde? Sie war von einer Hobbyköchin zu einer professionellen Köchin geworden. Und selbst wenn Marina nicht von Ginger ermutigt würde, wusste sie, dass ihr Essen gut genug war.

Vor Stans Tod hatte sie in verschiedenen Restaurants als Kellnerin gearbeitet und dabei auch alles über Lebensmittelsicherheit, ausgewogene Ernährung und das Kalkulieren der Kosten von Gerichten gelernt. Erst jetzt erkannte sie, dass sie vermutlich mehr wusste, als sie sich zugestand.

Also schluckte sie die Anspannung herunter, straffte die Schultern und verließ die Küche.

Als sie auf das Deck hinaustrat, musste sie kurz nach einer Stuhllehne greifen, um nicht die Balance zu verlieren. Anne winkte ihr zu.

Marina betrachtete die Dinnergäste, von denen einige sie offen anstarrten. Trotz der kühlen Brise vom Meer war ihr warm. Zum Glück saß Jack nicht am Tisch.

Charles stellte sie vor. „Das hier ist die Frau, die heute Abend für das Menü zuständig war."

Marina wusste nicht, was sie tun sollte, also lächelte sie nur und neigte kurz den Kopf.

„Als unser regulärer Koch heute früh kurzfristig wegmusste, hat Marina eingewilligt, an Bord zu kommen und für uns zu kochen." Charles lächelte breit. „Und obwohl unser Koch nie auch nur ansatzweise so etwas zubereitet hat, muss ich sagen, dass wir alle positiv überrascht waren. Hoch erfreut sogar. Ein großes Dankeschön an unsere Köchin."

Als sich Applaus in der lauen Abendluft erhob, beugte Anne sich zu Marina. „Könnten Sie mir das Rezept für die Hummerpizza dalassen, damit ich es Jean-Luc geben kann?"

„Es wäre mir ein Vergnügen", antwortete Marina.

Lächelnd zog Anne eine Augenbraue hoch und nickte. „Talentiert *und* klug." Sie schaute zu Charles. „Wir müssen Marina und ihre Sous-Chefin bald gehen lassen. Wir kommen gleich in die Küche hinunter."

Am Ende des Abends, Marina war gerade dabei, die restlichen Sachen wegzuräumen, hörte sie durch die Lüftung wütende Stimmen. Sie wandte sich an Kai, die ebenfalls im Aufräumen innehielt. Die Worte klangen gedämpft, aber sie hätten sie sowieso nicht verstanden, weil nicht Englisch gesprochen wurde.

Kai zog eine Augenbraue in die Höhe. „Ist das Anne?", fragte sie leise.

Len wandte den Blick ab.

„Ja, oder?"

„Wir sollen nicht darüber reden, was an Bord passiert", sagte Len und biss sich auf die Unterlippe.

„Das sind definitiv Charles und Anne", hauchte Kai.

„Glaubst du, es geht ihr gut?", fragte Marina.

„Sie scheint sich gut zu schlagen." Kai legte den Kopf schief. „Sprechen sie Russisch?"

Len presste einen Finger auf seine Lippen. „Sie wissen nicht, dass wir sie hier unten hören können", sagte er leise.

Der Streit endete so schnell, wie er begonnen hatte, und Marina dachte, dass die beiden sich vermutlich für eine etwas privatere Unterhaltung zurückgezogen hatten.

„Wir sind hier beinahe fertig", sagte sie, um das ungute Gefühl abzuschütteln, das sie überkommen hatte. Viele Paare stritten sich, aber dafür in die Muttersprache zu wechseln hatte etwas Seltsames an sich. Andererseits leben Menschen in diesen finanziellen Kreisen ein anderes

Leben, dachte sie. Und außerdem ging sie das alles nichts an.

Ein paar Minuten später tauchte das Paar am Eingang der Küche auf. Wieder lächelten die beiden, als wäre nichts vorgefallen. „Danke für Ihren Einsatz heute Abend", sagte Charles und reichte ihr einen dicken Umschlag. „Das ist das vereinbarte Honorar plus ein Zuschlag für die Kurzfristigkeit. Wir wissen Ihre Arbeit heute Abend sehr zu schätzen."

Anne nickte zu seinen Worten. „Und vergessen Sie nicht, den Salat nächstes Mal nach dem Hauptgang zu servieren. Das fördert die Verdauung, meine Liebe."

Als sie später ihren türkisfarbenen Mini Cooper auf die Einfahrt des Coral Cottage lenke, dachte Marina immer noch über das seltsame Ende des Abends nach. Doch sie schüttelte den Gedanken ab, als Kai, die das Geld gezählt hatte, vor Freude quiekte.

„Fabelhafte neue Schuhe, ich komme!", rief sie.

Marina erblickte ein ihr nicht bekanntes Auto, das auf der Einfahrt stand, und stellte den Motor ab. „Ich frage mich, wer das ist."

„Niemand, von dem ich will, dass er mich sieht. Ich fühle mich, als wäre ich in einen Hummertank gefallen, aber das war es wert." Kai hängte sich die Handtasche über die Schulter. „Erste Benutzerin der Badewanne."

„Ich nehme Gingers Dusche." Nach dem Dinner auf der *Princess Anne* waren sie beide erschöpft, aber auch glücklich. Charles und Anne hatten sie gut bezahlt und darauf bestanden, dass sie mehrere Dosen Beluga-Kaviar mitnahmen, von denen Marina wusste, dass Ginger sich darüber freuen würde.

Außerdem hatte sie verschiedenen Gästen, die an Caterings und der großen Eröffnung des Coral Café interessiert waren, ihre Visitenkarte überreicht. Sich einen Kundenstamm fürs Restaurant aufzubauen würde Zeit brauchen, aber solange Marina die Kosten niedrig und die Qualität und den Service hoch halten konnte, glaubte sie, dass es ihr gelingen würde.

Kai stieg aus dem Auto und musterte den Mercedes neuester Baureihe mit einem Anflug von Neid in den Augen. „Wer immer das ist, er hat einen guten Geschmack."

„Und das Geld, um es zu beweisen." Aber auch Marina musste die schnittigen silbernen Linien bewundern. „Das ist bestimmt ein Freund von Ginger. Vermutlich sitzen sie gerade bei einem Glas Wein zusammen und lachen über alte Geschichten." Ginger hatte einen großen Freundeskreis.

„Shelly hat mir erzählt, dass Rowan Zachary, der Schauspieler, versucht hat, Ivy einen teuren Sportwagen zu schenken, weil sie ihm das Leben gerettet hat, als er in den Pool gefallen ist und beinahe ertrunken wäre. Sie hat abgelehnt. Hättest du das auch getan?"

„Ich glaube, Ivy hat die richtige Entscheidung getroffen", sagte Marina nachdenklich und hängte sich den Beutel mit dem Kaviar über den Arm. „Solche Geschenke kommen oft mit gewissen Erwartungen. Ich habe mir meinen Lebensunterhalt immer selbst verdient, deshalb kann ich mir den Luxus gönnen, *Nein danke* zu sagen."

Kai blieb noch einen Moment an dem Wagen stehen. „Er ist sehr hübsch. Aber in New York werde ich kein Auto brauchen. Und ich schätze, bis dahin dauert es nicht mehr lange. Ich habe versucht, mit Dimitri zu reden, aber er beharrt jetzt auf dem ursprünglich festgelegten Hochzeitsdatum. Vielleicht hat er recht und ich bekomme nur kalte Füße."

„Das klingt nicht wie das, was du willst. Und du trägst immer noch nicht seinen Ring. Bist du dir mit dieser Sache wirklich sicher?"

Marina hatte Schwierigkeiten, mit der ständig wechselnden Meinung ihrer Schwester mitzuhalten, und war nicht sicher, ob Kai es noch konnte. Sie wusste, dass das Dilemma schwer auf Kais Schultern lastete. Dimitri mochte ein toller Kerl sein, der einfach keine Kinder wollte. Aber die beiden kannten einander noch nicht lange. Und Marina fand immer, wenn ein Mann die Sache zu sehr überstürzte, war das eine rote Flagge. Es könnte natürlich auch wahre Liebe sein, aber wer konnte das mit Sicherheit sagen?

Als Kai nichts erwiderte, fuhr Marina fort: „Axe hat dich vorhin singen gehört. Er war sehr beeindruckt." Auch wenn sie den Bauunternehmer noch nicht lange kannte, wusste sie, dass ihre Großmutter und andere aus dem Ort große Stücke auf ihn hielten. Als er die Terrasse gebaut hatte, war er ihr gegenüber sehr respektvoll gewesen und hatte ihre Wünsche nie belächelt.

Kai strahlte. „Wirklich?" Sie biss sich auf die Unterlippe. „Ich würde ihn zu gerne mal singen hören. Wir haben uns über das Sommertheater in Südkalifornien unterhalten. Es ist eine Schande, dass es in Summer Beach kein Theater gibt."

Während sie zur Haustür gingen, dachte Marina daran, wie sehr Kai Summer Beach liebte. Wann immer die Tournee Pause machte, kam sie hierher. Im Laufe der Jahre hatte sie wesentlich mehr Zeit hier verbracht als Marina. „Was wäre, wenn es ein Theater gäbe?"

Kai lachte. „Dann hätte Summer Beach beinahe alles, was ich mir nur wünschen könnte."

„Beinahe?"

Kai hielt inne und schaute zum Meer. Im Licht des Mondes konnte Marina die Sehnsucht in den besorgten grünen Augen ihrer Schwester sehen. „Ich habe immer gedacht, dass es schön wäre, in der Nähe von Ginger und Brooke zu wohnen, wenn ich eine Familie habe. Als unterstützendes Netzwerk." Mit dem Schuh wischte sie ein wenig Sand vom Weg.

„Wenn du das willst, musst du eine Möglichkeit finden, um es wahrwerden zu lassen."

Kai sah Marina an. „Ich habe immer davon geträumt, hier ein Theater zu haben. Findest du das verrückt?"

„Wieso sollte ich?"

„Ich habe keine Ahnung von Geschäften oder wie man ein Theater leitet. Ich bin Schauspielerin und Sängerin."

„Was wusste ich darüber, wie man ein Café leitet? Wie Ginger immer sagt, es ist einfache Mathematik. Finde heraus, was du brauchst und wie viel es kosten wird. Und nimm immer mehr ein, als du ausgibst."

„Du hast leicht reden. Du warst immer gut in Mathe."

„Du bist nicht so schlecht, wie du dir einredest."

„Du vergisst, dass ich in Mathe durchgefallen bin."

„Das war Analysis."

„Zweimal. Selbst mit Gingers Hilfe. Seien wir mal ehrlich: Ich habe andere Gene als der Rest der Familie."

„Aber beim dritten Versuch hast du es geschafft. Und ob du es glaubst oder nicht, ich musste noch nicht ein einziges Mal eine Ableitung in mein Budget einbauen. Wer hätte das gedacht." Marina legte den Kopf schief und lächelte. „Wenn du ein Theater gründen willst, helfe ich dir."

Kais Augen blitzten inspiriert auf. „Ich könnte trotzdem weiter auf Tournee gehen und das Theater während der Sommermonate managen."

„Vielleicht könnte Axe dir helfen. Ich meine, er kennt hier viele Leute."

„Ich sollte ihn anrufen." Sie wippte auf den Zehen. „Au ja, das mache ich gleich morgen."

In ihrer Miene schimmerte frische Hoffnung, und Marina wurde bewusst, wie lange es her war, dass sie diesen Ausdruck im Gesicht ihrer Schwester gesehen hatte. Kai fing an zu summen, und Marina erkannte ein Lied aus *Annie*, dem beliebten Musical.

Kai ergriff Marinas Hand und tänzelte mit schwingendem Rock um sie herum. Dann sang sie laut los: „*Tomorrow, tomorrow* …"

Die Haustür des Cottages schwang auf, und ein gesetzter, grauhaariger Mann breitete die Arme aus. Goldene, mit Diamanten besetzte Manschettenknöpfe funkelten an den weißen Ärmeln des Hemdes, die unter dem dunklen, maßgeschneidert aussehenden Jackett hervorschauten.

„Diese Stimme würde ich überall erkennen", sagte er. „Überraschung!"

Kai blieb abrupt stehen und presste sich eine Hand aufs Herz. „Dimitri, o mein Gott." Sie drückte Marinas Hand und hielt sie einen Moment fest, bevor sie losließ. „Ich dachte, du hättest keine Zeit, um herzukommen."

„Ich habe dich zu sehr vermisst, Baby." Dimitri zog Kai in seine Arme und gab ihr einen innigen Kuss.

Marina wandte den Blick ab und sah Ginger im Türrahmen stehen. Sie trug einen jadegrünen Seidenkaftan und sah aus wie eine Kaiserin. Jetzt verschränkte sie die Arme und neigte herrschaftlich den Kopf.

Gingers Körpersprache nach zu urteilen war sie nicht sonderlich beeindruckt. Wobei sie schon immer sehr skeptisch gewesen war, was die Partner der Mädchen anging. Stan hatte die Prüfung bestanden, aber Brookes Ehemann Chip hatte sich gehörig zusammenreißen müssen. Als Ginger nun eine Augenbraue in die Höhe zog, wusste Marina, dass für Dimitri dasselbe galt.

Nach ein paar langen Momenten schaltete Ginger das Verandalicht ein. Hastig zog Kai sich zurück. Ihr Gesicht war gerötet – aber wohl eher vor Verlegenheit als aus Freude, dachte Marina.

Schnell stellte Kai die beiden einander vor.

„Du bist Kais Schwester?" Dimitri musterte sie eingehend.

Unter seinem missbilligenden Blick verlagerte Marina unbehaglich das Gewicht. Sie hatte immer noch ihre fleckige Schürze umgebunden und ihre Haare waren ein einziges Chaos. Aber auch wenn sie nicht sonderlich präsentabel aussah, sie hatte einen erfolgreichen Abend hinter sich und würde sich den von diesem Mann nicht verderben lassen. „Eine von ihnen.“

Als Dimitri sie fragend ansah, erklärte Kai: „Ich habe dir doch gesagt, dass ich zwei Schwestern habe.“

„Nein, das hast du nicht. Daran hätte ich mich erinnert, Darling.“

Kai lachte. „Jetzt bist du albern. Oder vergesslich.“ Sie wandte sich an Marina. „Ich rede ständig von dir und Brooke. Dimitri hat nur viel im Kopf.“ Während sie das sagte, drückte sie seine Hand.

Marina nahm die Entschuldigung mit einem leichten Nicken an.

Dimitri betrachtete Kais schlanke Finger. „Warum trägst du deinen Ring nicht?“

„Ich habe Marina bei einer großen Dinnerparty geholfen und hatte Angst, ihn dabei zu verlieren.“

Eine Lüge, dachte Marina. Schon jetzt gefiel ihr nicht, wie Kai sich in Gegenwart dieses Mannes benahm. Was für eine Macht übte er über sie aus?

„Ja, das hat Mrs. Delavie erwähnt.“ Er schnupperte kurz, nahm Kais Hand und trat einen Schritt zurück. „Du hast in der Küche gearbeitet?“

„Genauer gesagt in einer Kombüse“, erklärte Kai strahlend. „Auf einer der umwerfendsten Jachten.“

Dimitri hob einen Finger, als wollte er Kai eine Lektion erteilen. „Wenn wir verheiratet sind, wirst du Gast auf Jachten sein. Nicht die Aushilfe.“

Marina plusterte sich auf und funkelte ihn an. „Sie hat mir geholfen. Ich bin dabei, ein Café zu eröffnen.“

„Kai muss ihre Stimme schonen“, sagte Dimitri missbilligend. „Die Hitze in einer kommerziellen Küche könnte ihre Stimmbänder schädigen. Das können wir nicht zulassen. Und sieh dich nur einer an.“ Er schüttelte den Kopf. „So … zerzaust habe ich dich noch nie gesehen.“ Er verzog die Lippen, als würde allein das Wort einen ekelhaften Geschmack in seinem Mund hinterlassen.

„Wir nennen das lässige Strandkleidung, und ich habe Marina aus Spaß geholfen", sagte Kai und warf Marina einen entschuldigenden Blick zu. „Ich wollte gerade reingehen und ein Bad nehmen."

„Meine wunderschöne Frau wird wie Venus aus dem Meer aufsteigen." Dimitri nickte zustimmend. „Während du dich herrichtest, werde ich derweil auspacken."

Von der Tür aus drang Gingers Stimme zu ihnen herüber. „Sie haben mich noch nicht um Erlaubnis gefragt."

Dimitri runzelte die Stirn, als hätte er sich verhört – oder als hätte Ginger den Verstand verloren. Was, wie Marina wusste, beides nicht stimmte.

„Um bei mir zu übernachten", erklärte Ginger.

Dimitri wandte sich mit einem herablassenden Lächeln zu ihr um. „Mrs. Delavie, darf ich mit meiner bezaubernden Verlobten bei Ihnen im Haus übernachten?" Dann verbeugte er sich theatralisch und schlug sich die Hand vor die Brust.

„Das wäre nicht angemessen", antwortete Ginger. „Doch ich kann ein Inn empfehlen, das nicht weit von hier entfernt ist."

Als Dimitri rot anlief, drückte Kai ihm eine Hand gegen die solide Brust. „Dimitri, Darling, es ist ihr Zuhause, und es könnte ein wenig eng sein. Das Seabreeze Inn ist sehr nett, und wir kennen die Besitzerin. Dort wirst du es bequemer haben, versprochen."

„Aber Darling, es ist so lange her. Vermisst du mich denn gar nicht?" Seine Hand glitt über Kais Rücken.

Marina blieb der Mund offenstehen. Sie konnte nicht fassen, was sie da sah. Glaubte er wirklich, Kai würde versuchen, Ginger seinetwegen umzustimmen? Die Situation war schlimmer, als sie es sich vorgestellt hatte, und sie zeigte auf, wie fragil Kai im Moment war.

„Natürlich habe ich dich vermisst." Kai trat einen Schritt zurück. „Aber meine Großmutter hat recht, und außerdem bin ich fürchterlich müde. Hätte ich gewusst, dass du kommst …"

Dimitri war eindeutig frustriert und kämpfte damit, sich sein Missfallen nicht anmerken zu lassen, das verriet der zuckende Muskel in seinem Kiefer. Marina war sich sicher, dass er es gewohnt war, seinen Willen durchzusetzen. Reich, mächtig, selbstbewusst – sie konnte verstehen, warum Kai sich von ihm angezogen gefühlt hatte, aber ihr Typ war Dimitri definitiv nicht.

Ein versöhnliches Lächeln legte sich über sein Gesicht. „Es dauert nicht mehr lange, bis du in New York bist." Er zog Kai wieder an sich. „Und dann gehörst du ganz mir, richtig?"

„Natürlich. Aber zuerst muss ich meinen Vertrag mit der Musicalkompanie erfüllen", erwiderte Kai.

„Dann wird es dich freuen, zu hören, dass ich mit deinem Boss gesprochen habe. Ich habe ihn überzeugt, dich früher aus dem Vertrag zu entlassen. Er führt bereits Castings für einen Ersatz durch und schickt dir eine Aufhebungsvereinbarung. Ist das nicht super?"

Kais Augen flammten auf, und sie packte Dimitri am Arm. „Es ist schon spät, und wie du gesagt hast, brauche ich ein Bad. Komm, ich begleite dich zu deinem Wagen."

Der gemessene Tonfall verriet Marina, dass ihre Schwester aufgebracht war. Warum sagte sie nichts? Marina verspürte den Drang, zu schreien, vor allem nach der Unterhaltung, die sie gerade mitbekommen hatte. *Komm schon, Kai*, dachte sie und versuchte, ihre Schwester per Telepathie dazu zu bringen, Rückgrat zu zeigen.

Dimitri nickte Ginger und Marina zum Abschied zu. Als die beiden um die Ecke verschwanden, hallte Kais Stimme durch den Abend.

Marina ging die Stufen der Veranda hinauf, wo Ginger ihr die Tür aufhielt.

„Dimitri ist ein Halunke", sagte sie und drehte sich um.

„Das ist zu nett ausgedrückt", erwiderte Marina und folgte ihrer Großmutter ins Haus. „Hattest du Zeit, mit ihm zu reden?"

Ginger schnaubte. „Zwei Minuten hätten gereicht. Er ist ein Egoist und betrachtet Kai als seinen kleinen süßen Besitz, mit dem er angeben kann. Eine Vorzeigefrau. Er scheint ganz versessen zu sein, sie von ihrer Familie und ihren Freunden zu entfremden, damit sie sich mit den richtigen Leuten aus dem Business umgeben können."

„Woher weißt du das?"

Ginger hielt ihren Blick fest. „Weil er es mir gesagt hat." Sie wirbelte herum, sodass ihr Kaftan flatterte. „Möchtest du lieber einen Tee oder ein Glas Wein?"

„Definitiv Wein."

Mit ihren verschwitzen Klamotten wagte Marina es nicht, sich auf die Baumwollüberzüge zu setzen, die Ginger jedes Jahr zur Sommerzeit herausholte, auch wenn sie waschbar waren. Sie hatte sie schon einmal waschen müssen, als Scout mit nassen, sandigen Pfoten aufs Sofa geklettert war.

„Setzen wir uns doch in die Küche", sagte sie. „Ich bin ganz verschwitzt."

Der rote Resopaltisch mit den passenden Stühlen war alt, aber quasi unzerstörbar. Marina legte den Kaviar in den Kühlschrank für einen Tag, an dem sie etwas zu feiern hätten.

Ginger holte eine Flasche Pinot Noir und Gläser aus dem Alkoven neben dem Esszimmer. „Ich bin mir sicher, dass Kai nach dem Vorfall eben auch ein Glas braucht. Aber ich habe noch gar nicht gefragt, wie das Essen gelaufen ist. Es war hoffentlich ein Erfolg?"

„Ich bin, ehrlich gesagt, sehr stolz auf uns. Ohne Kai

hätte ich das nicht geschafft. Und wir hatten einen süßen Matrosen, der uns zur Hand gegangen ist. Ich habe Hummerpizza mit Kaviar, Gemüsespieße, Caesar Salad und zum Nachtisch Crêpes gemacht." Sie ließ unerwähnt, dass Jack dort gewesen war.

„Die Pizza war eine interessante Wahl", sagte Ginger fasziniert.

Ihre Absätze klapperten über den Holzboden des alten Cottages zu den mexikanischen Fliesen in der Küche. Sie stellte die Gläser und den Wein vor den bunten, handbemalten Talavera-Topf, in dem Schnittlauch, Basilikum und Estragon für die Fälle wuchsen, in denen sie beim Kochen nicht erst in den Garten hinausgehen wollten.

Durch das einen Spalt geöffnete Fenster in der Küche drang der Streit zwischen Kai und Dimitri klar an ihre Ohren.

Marina war erleichtert, dass ihre Schwester für sich einstand. Vielleicht hatte sie eben zu vorschnell geurteilt. Sie zeigte zum Fenster. „Wir sollten besser nicht …"

„Natürlich sollten wir." Ginger presste sich einen Finger an die Lippen.

Während sie lauschten, fürchtete Marina, dass Kai in größeren Schwierigkeiten steckte, als ihr bewusst gewesen war.

6

Jack ging den Weg zu dem Strandhaus hinauf, das John und Denise mit Vanessa gemietet hatten. Die Fensterläden von der Farbe des Meeres am späten Nachmittag hoben sich von den weiß gestrichenen Wänden ab. Das Haus lag nah genug am Strand, um von der frischen Meeresbrise zu profitieren, deshalb standen alle Fenster offen.

Vanessa hatte ihn gebeten, an diesem Morgen vorbeizukommen, weil es ihr vormittags immer besser ging. Und da sie sagte, es wäre wichtig, hatte Jack seine Termine entsprechend umgelegt. Normalerweise nutzte er die Vormittage zum Schreiben und Zeichnen. Wenn er mit Ginger an einer Geschichte arbeitete, zog sie es ebenfalls vor, früh anzufangen – wenn sie nicht auf die Klippen hinaufwanderte, um zu meditieren. Sie war eine faszinierende Frau mit einem scharfen Verstand, selbst in ihrem Alter noch. Nicht, dass er wusste, wie alt sie war – oder dass es wichtig wäre.

Ihre Enkelin war noch faszinierender. Er und Marina hatten sich für später in der Woche auf einen Kaffee verabredet, und er stellte fest, dass er sich mehr darauf freute, als er sollte.

Seit der Dinnerparty auf der Jacht ging ihm noch etwas anderes durch den Kopf, sodass er nun seine Schritte verlangsamte.

Er konnte es nicht erklären, aber er hatte das Gefühl gehabt, dass auf der *Princess Anne* irgendetwas nicht stimmte. Es war nicht der russische Kapitän oder die Crew. Und auch nicht die Art, wie Charles sie während der Führung streng darüber informiert hatte, dass gewisse Bereiche der Jacht tabu waren. Es war eher ein Gefühl, das Jack manchmal überkam – als hätte er einen sechsten Sinn für Unregelmäßigkeiten und Lügen.

Als er Carol und Hall vor Kurzem im Dorf gesehen hatte, hatte er sich einen Moment mit ihnen unterhalten und sie gefragt, wie lange sie Anne und Charles schon kannten. Zu seiner Überraschung hatten sie ihm erzählt, dass sie die beiden erst vor einem Monat auf einer Party in Los Angeles kennengelernt hatten. Doch bei Anne und Charles hatte es immer so geklungen, als wären sie schon lange befreundet. Konnten Carol und Hal das vergessen haben? Als Promis trafen sie viele Menschen. Doch irgendwie hielt Jack das für unwahrscheinlich.

Er fragte sich, warum die *Princess Anne* in Summer Beach ankerte. Menschen mit großen Jachten versammelten sich meist an einem Ort, wie seltene Vögel. Anne und Charles waren außerdem ziemlich vage, was ihr nächstes Ziel anging. Es wirkte beinahe, als würden sie auf etwas warten.

Aber auf was?

Jack schüttelte den Kopf und setzte seinen Weg fort. Wie Hank gesagt hatte, gab es nicht viele Geschichten in Summer Beach, die zu recherchieren sich lohnte. Vielleicht interpretierte er zu viel in die Situation hinein. Vermutlich waren die beiden einfach ein wohlhabendes Rentnerpaar auf einer Vergnügungsreise.

Und doch hatte Charles ausweichend geantwortet, als Jack ihn gefragt hatte, was er beruflich gemacht hatte. *Investi-*

tionen, hatte er gesagt. Das konnte alles heißen. Also hatte Jack nachgehakt und *Börsenspekulationen* zur Antwort bekommen. Daraufhin hatte Jack ihn nach seiner Meinung zu einer heiß diskutierten Unternehmensfusion und deren möglichen Auswirkungen auf die Wirtschaft gefragt.

Das sollte gut für den Markt sein.

Bei diesen Worten hätte Jack sich am liebsten übergeben. Die ganze Woche lang war in den Nachrichten darüber berichtet worden, dass die Kartellbehörden die Fusion stoppen wollten, weil diese Unternehmenszusammenführung praktisch jegliche Konkurrenz auslöschen und die Konsumenten mit wenig Auswahl und wachsenden Kosten zurücklassen würde.

Warum hatte Charles das gesagt? Und was verbargen die beiden?

Jack stieg die Stufen zur Haustür hinauf. Vielleicht ging ihn das alles nichts mehr an. Aber es war schwer, alte Gewohnheiten abzulegen.

Er duckte sich unter der pinkfarbenen Glyzinie hindurch, die sich um die Veranda rankte, und klopfte an die Haustür.

Keine Minute später wurde die Tür aufgerissen. „Dad!", rief Leo und warf sich in seine Arme. Er trug eine Badehose, ein Superhelden-T-Shirt und Flipflops.

„Hey mein Großer." Jack zerzauste ihm die Haare, die die gleiche Farbe hatten wie seine, als er in dem Alter gewesen war. Leo hatte Vanessas dunkle Augen, sah aber ansonsten eher Jack ähnlich. Er fragte sich, was Vanessa darüber dachte. Aber es war ihre Entscheidung gewesen, nicht zu heiraten und auch keine Beziehung mit ihm zu führen. Er wünschte nur, sie hätte ihm früher von Leo erzählt, obwohl er ihre Beweggründe verstehen konnte.

Er wäre damals weder ein passender Ehemann noch ein guter Vater gewesen, weil er ständig auf der Jagd nach

Storys um die Welt gereist war. Als Vanessa ihn wegen Leo kontaktiert hatte, hatte er angeboten, sie zu heiraten, aber dafür war Vanessa zu klug. Sie hatte ihm erzählt, dass sie, als sie von ihrer Schwangerschaft erfuhr, genau gewusst hatte, was sie wollte und was nicht. Doch diese Entscheidung lag nun Jahre zurück.

„Ich gehe mit Samantha und ihren Eltern an den Strand", verkündete Leo. „Willst du mitkommen?"

„Das würde ich gerne, aber heute bin ich hier, um mit deiner Mom zu reden. Können wir das verschieben?"

„Okay", sagte Leo. „Komm rein. Ich hole Mom." Er nahm Jacks Hand und ließ ihn dann im Wohnzimmer zurück, während er sich auf die Suche nach seiner Mutter machte.

Jack fielen die Fotos auf, die auf dem weiß gebeizten Sideboard standen. Er schätzte, dass Vanessa sie mitgebracht hatte, und nahm eines zur Hand, das sie mit einigen Kollegen auf einer Party zeigte. Er erkannte ein paar der Leute wieder. Vanessa und er hatten für konkurrierende Zeitungen gearbeitet und einander daher auf beruflicher Ebene gekannt. Er hatte Vanessa und ihr Talent immer respektiert.

Jack erinnerte sich an die gefährliche Situation, über die sie beide berichtet hatten. Nachdem einer ihrer Kollegen während der Berichterstattung getötet worden war, hatten sie spät in der Nacht Trost in den Armen des anderen gesucht, nicht wissend, ob sie die Morgendämmerung erleben würden.

Vanessa hatte ihm nichts von der Schwangerschaft erzählt, obwohl er versucht hatte, nach diesem Einsatz mit ihr in Kontakt zu bleiben. Irgendwann hatte sie aufgehört, seine Anrufe zu erwidern.

Erst kürzlich hatte sie ihm von Leo erzählt. Sie hatte Jack gestanden, dass sie nicht hatte heiraten wollen – weder

Jack noch einen anderen Mann – aber beschlossen hatte, das Baby zu behalten.

Ihre Eltern hatten sich riesig über das Enkelkind gefreut. Sie hätten es allerdings vorgezogen, dazu auch einen passenden Schwiegersohn zu bekommen. Doch Vanessa kannte ihre Eltern. Sie hatte sie altmodisch genannt. Sie stammten aus einer aristokratischen Familie von spanischen Landbesitzern in Kalifornien, und Jack hätte ihren Vorstellungen von einem guten Ehemann definitiv nicht entsprochen. Erst als ihre Eltern gestorben und Vanessa krank geworden war, hatte sie sich bei ihm gemeldet.

„Ich bin froh, dass du gekommen bist." Vanessa erschien im Türrahmen. Sie wirkte schwach, aber entschlossen. Sie trug ein Tuch in Orange- und Fuchsiatönen um den Kopf, wo einst dichte, dunkle Haare gewachsen waren. In ihren dunklen, ausdrucksstarken Augen schimmerten immer noch Schönheit und Stärke. „Lass uns am Küchentisch arbeiten."

Denise und John kamen herein, die Arme voller Handtücher und Spielsachen für den Strand. Samantha hüpfte in einem Meerjungfrauenbadeanzug mit passendem Strandkleid hinter ihnen her.

Jack half Vanessa zum Tisch und zog ihr einen Stuhl hervor. Ein Korb mit Muschelschalen stand auf der rustikalen Holzplatte. Über der Rückenlehne eines Stuhls hing ein bunter mexikanischer Umhang, den sie aus ihrem Haus in Santa Monica mitgebracht hatte. Natürlich will sie ihre liebsten Dinge um sich haben, dachte Jack.

„Möchtest du einen Tee und Cracker?", fragte er. Vanessa schien nur selten Hunger zu haben, und er sah, dass sie erneut an Gewicht verloren hatte. Weil ihr Immunsystem stark geschwächt war, hielt er ein wenig Abstand und hatte sie zur Begrüßung nicht umarmt.

„Das klingt gut, danke."

Denise zeigte auf einen der Küchenschränke. „Wenn du

Cracker suchst, die sind in dem Schrank neben dem Kühlschrank, und der Tee ist bei der Kaffeemaschine." Sie wandte sich an Vanessa und rieb ihr über die Schultern. „Du rufst uns an, wenn du etwas brauchst?", fragte sie mit Besorgnis in der Stimme.

„Mir geht es gut", antwortete Vanessa und berührte Denises Hand so, wie alte Freundinnen es tun. „Jack ist hier, und ich kann später ein Nickerchen machen."

Leo schlang seine Arme um Jack. „Bist du noch hier, wenn wir zurückkommen? Du könntest mit uns zu Abend essen. Oder, Mom?"

„Jack hat vielleicht andere Pläne", antwortete Vanessa und gab ihrem Sohn einen Kuss auf den Scheitel. „Aber wir besprechen das. Hab Spaß, *mijo*."

Nachdem die Tür zugefallen war, schaute Vanessa ihnen noch eine Weile durchs Fenster hinterher. „Ich will jeden Augenblick mit ihm verbringen, aber es ist wichtig, dass ihr beide einander auch kennenlernt." Sie lächelte schwach. „Leo und Samantha haben das Essen auf der Jacht mit dir genossen. Er konnte gestern Abend erst einschlafen, nachdem er mir alles darüber erzählt hatte."

„Die beiden waren sehr brav." Jack berührte ihre Hand. „Wie ist der Termin beim Arzt gelaufen?" Er hätte zu gerne gefragt, ob es gute Neuigkeiten gab, wusste aber, dass das unwahrscheinlich war.

„Alles wie immer", antwortete Vanessa.

Um Worte verlegen, nickte Jack nur. Es war nicht fair, dass eine so wunderschöne, talentierte, begnadete Frau und liebevolle Mutter wegen einer seltenen Krankheit so früh aus dem Leben gerissen werden sollte. Vanessa hatte es die *Waisenkrankheit* genannt, weil sie so selten war, dass sich Forschungen zu ihr kaum lohnten.

Wenigstens würde die Krankheit aus ihrem Sohn keine Waise machen. Jack würde sich um ihn kümmern. Leo galt sein erster Gedanke am Morgen, und abends schlief er mit Gedanken und Plänen für seine Zukunft ein.

Er war jetzt ein Vater. Es war an der Zeit, das Richtige zu tun. Das Angebot seines Kollegen Hank abzulehnen, hatte ihn erkennen lassen, dass er seine Zeit gehabt hatte und es nun galt, sich ein neues Leben aufzubauen.

Hier in Summer Beach.

„Auf dem Schreibtisch in meinem Zimmer liegt eine Ledermappe", sagte Vanessa. „Kannst du mir die holen?"

Jack ging los und kehrte mit einer schicken Mappe aus grauem Leder zurück. Während Vanessa durch die Papiere blätterte, bereitete er einen grünen Tee mit Pfefferminze zu und legte ein paar Cracker auf einen Teller. Beides trug er zum Tisch. Es war ein mageres Mahl, aber für Vanessa ein wahres Festessen.

Sie schob ihm über den Tisch einen Stapel Dokumente zu. „Ich habe dich hergebeten, um mit dir über meine Pläne für Leos Zukunft zu reden."

„Kann das nicht warten? Ich will dich nicht überanstrengen."

„Wir müssen das jetzt machen. Für Leo. Bevor ..." Sie hielt abrupt inne und blinzelte.

„Was immer du willst." Jack nahm die Dokumente in die Hand. Das Erste, was ihm auffiel, war der Name ganz oben. *Leonardo Rodriguez Ventana.* Überrascht zog er eine Augenbraue in die Höhe.

„Leo sollte jetzt auch deinen Nachnamen tragen. Das macht es für euch beide leichter. Schule, Sport, Arztbesuche. Ansonsten würden sie dich Mr. Rodriguez nennen." Sie lächelte. „Mein Anwalt hat eine Erklärung zur Anerkennung der Vaterschaft vorbereitet, wenn du die unterschreiben möchtest."

„Natürlich." Mit ernster Miene unterschrieb Jack das Dokument, und mit einem Federstreich war er auf einmal offiziell Leos Vater.

Vanessa nahm ihm das Dokument ab. „Du wirst auch in Leos Geburtsurkunde eingetragen."

„Ich fühle mich zutiefst geehrt." Jack presste sich eine Hand aufs Herz. Er meinte das mit jeder Faser seines Seins.

„John hat zugestimmt, als Testamentsvollstrecker zu wirken." Vanessa sprach sehr direkt, und ihre Stimme gewann immer mehr an Stärke – als hätte sie ihre Energie für dieses wichtige Gespräch extra aufgespart. „Und das hier ist der Treuhandfonds, den ich für Leo angelegt habe. Der sollte reichen, um seine Ausbildung und Lebenshaltungskosten zu decken."

„Vanessa, ich weiß das alles sehr zu schätzen, aber ich kann meinen Sohn unterhalten. Ich schaue mich gerade nach einem Haus um, das ich mieten kann, damit Leo dort bereits ein eigenes Zimmer hat. Alles, was du ihm hinterlässt, wird in seine Ausbildung und seine Zukunft fließen."

„Ich dachte mir, dass du das sagen würdest. Aber nur für den Fall, dass du arbeitslos wirst, einen Unfall hast oder krank wirst, kann dieser Fonds Leo versorgen. Und dich auch." Sie lächelte.

Jack schüttelte den Kopf. „Ich kriege das schon hin. Ich habe selbst etwas gespart. Ich hatte in den letzten Jahren weder einen Hauskredit noch teure Autos oder Hobbys. Ich habe so viel gearbeitet, dass ich gar keine Zeit hatte, mein Geld auszugeben."

Vanessa nippte nachdenklich an ihrem Tee. „Meine Eltern und Großeltern waren relativ wohlhabend. Leos Treuhandfonds ist ziemlich üppig und muss gemanagt werden. Sobald mein Testament vollstreckt ist, wirst du der Treuhänder. Ich habe eine Finanzberaterin, mit der ich in den letzten Jahren zusammengearbeitet habe. Ich werde euch einander vorstellen. Sie wird das Portfolio managen, aber du musst die finalen Entscheidungen treffen."

„Wie du wünschst, Vanessa." Jack fuhr sich mit der Hand über den Nacken, um die Anspannung dort zu lösen.

Das hier war eine Unterhaltung, die er nicht führen wollte. Doch obwohl er weiterhin für ein Wunder betete, musste er Vanessa zuhören und die Verantwortung akzeptieren. Sowohl um ihretwillen als auch für Leo.

„Was mein Haus in Santa Monica, die Gemälde und meine persönlichen Sachen angeht, da hat Denise angeboten, sich um alles zu kümmern. Wir kennen einander schon lange, und sie weiß, welche Familienerbstücke ich gerne an Leo weitergeben möchte."

Vanessas Eltern hatten hochwertige mexikanische Kunst gesammelt. Und auch wenn sie Arbeiten von Frida Kahlo, Diego Rivera und Rufino Tamayo einem Museum in Los Angeles gespendet hatten, hatte Vanessa die Bilder behalten, die für sie eine besondere Bedeutung hatten.

Jacks Herz zog sich schmerzhaft zusammen, und er trank schnell einen Schluck Tee. Seine Kehle fühlte sich an wie zugeschnürt, und die warme, duftende Flüssigkeit half. „Du bist sehr gründlich gewesen, wofür ich dir dankbar bin. Ich weiß, wie schwer das alles für dich sein muss."

„Ehrlich gesagt fühle ich mich jetzt, wo alles geregelt ist, besser. Ich will, dass du das Gefühl hast, viel Zeit mit Leo verbringen zu können und nicht mehr so viel arbeiten zu müssen. Er wird Therapie, Geduld und viele Umarmungen benötigen. Scout ist auch gut für ihn." Sie zögerte. „Jack, ich werde jetzt etwas sagen, und ich möchte nicht, dass du es falsch verstehst. Ich weiß, wie du bist, was gewisse Dinge betrifft."

„Du kannst mir alles sagen", versicherte er ihr und legte seine Hand auf ihre.

„Leo redet viel über Marina. Er und Samantha sagen, dass ihr beide ein Paar seid."

Jack lachte leise. „Sie stellen viele Fragen. Aber ich fürchte, das ist von ihrer Seite aus Wunschdenken. Unter den gegebenen Umständen ist das kein Thema."

Vanessa zwirbelte ein Ende ihres Tuchs und musterte

Jack. „Ich mag Marina. Sie ist liebevoll. Ich habe sie mit Leo gesehen, und er mag sie ebenfalls sehr."

„Viele der Leute mögen Leo, und er ist ein aufgeschlossener Junge. Du hast ihn so gut erzogen, dass ich nicht mehr viel zu tun haben werde."

Vanessa lachte. „Ich hoffe, dass du das nicht wirklich glaubst. Aber du sollst wissen, was ich über Marina denke. Solltest du dich je mit ihr …"

„Stopp", sagte Jack und hob eine Hand. „Leo ist meine Priorität. Ich brauche keine Frau und auch keine Beziehung. Lass uns das Thema gar nicht erst vertiefen." Vanessa zuzuhören hatte sein Herz für diesen Tag schon genug verwundet. Abrupt stand er auf. „Möchtest du noch einen Tee?"

Ein Lächeln breitete sich langsam, auf Vanessas Gesicht aus. „Wir sind hier fertig. Ich bin froh, dass wir die Gelegenheit hatten, alles zu besprechen."

Sie sah durch die offene Hintertür. „Lass uns noch einen Tee am Springbrunnen auf der Terrasse trinken. Dann erzähle ich dir, was ich über die Schulen in Summer Beach in Erfahrung gebracht habe. Und falls du Hunger hast, Denise hat eines von Marinas Rosmarinbroten vom Markt mitgebracht. Sie meinte, mit Käse und Paté wäre es köstlich. Im Kühlschrank sind auch Weintrauben und Äpfel. Also bediene dich bitte. Und wirst du zum Abendessen kommen? Das würde Leo sehr freuen."

„Na klar", sagte Jack. Er wollte Leo nicht enttäuschen.

Nach dieser Unterhaltung hatte Jack keinen großen Appetit, aber er stellte trotzdem einen Teller mit Brot, Käse und Obst zusammen, in der Hoffnung, dass Vanessa vielleicht ein wenig davon essen würde. Während er ihr nach draußen half, dachte er über das nach, was sie über Marina gesagt hatte.

. . .

Als Jack wenig später Vanessas Haus verließ, musste er erst einmal einen klaren Kopf bekommen, bevor er sich mit Ginger wegen des Buchs treffen konnte, an dem sie gerade arbeiteten. Er würde Scout abholen, der in Jacks Zimmer im Seabreeze Inn auf ihn gewartet hatte. Es war nett gewesen von Ivy und Shelly, Scout mit ihm hier wohnen zu lassen, aber es war nicht gerade der beste Platz für einen aktiven Hund.

Auf dem Weg durch den Garten hörte er schrilles Bellen aus der alten Strandvilla, deren hohe Türen wie immer offenstanden, um die kühle Meeresbrise hereinzulassen. Das klingt nach Pixie, dachte er. Eine Chihuahuahündin, die den Ruf hatte, Kleptomanin zu sein.

Mit einem Mal stürmte ein gesetzter, grauhaariger Mann durch die Hintertür. Eine Frau mit kurzen, stacheligen aufgestellten pinken Haaren eilte herbei, um Pixie zu greifen. Die Hündin schien darauf aus zu sein, den Mann aus dem Haus zu jagen. Jack winkte Gilda zu, die als Langzeitgast im Seabreeze Inn residierte. Sie nahm Pixie auf den Arm und verdrehte die Augen.

Jack fragte sich, was da gerade los gewesen war. Kopfschüttelnd öffnete er die Tür zu seinem Zimmer und pfiff. „Komm, Großer. Lass uns an den Strand gehen."

Bei dem Wort *Strand* sprang Scout auf. Seine Zunge hing ihm seitlich aus dem Maul und jeder, der ihn so sah, hätte schwören können, dass er grinste. Jack dachte das auch. Er kniete sich hin und kraulte das seidige Fell am Hals und hinter den Ohren.

„Wir haben bald mehr Platz, alter Junge. Mit ausreichend Raum für dich und Leo. Ich wette, das gefällt dir."

Scout legte den Kopf schief, als würde er darüber nachdenken.

Jack leinte seinen Hund an und verließ mit ihm das Zimmer. Draußen drängte sich der Mann, den Pixie vertrieben hatte, so energisch an ihm vorbei, dass Jack beinahe in Sallys frisch gepflanzten gelben Hibiskus gestolpert wäre.

„Aufpassen, Kumpel", sagte Jack und zog Scout zu sich heran.

„Halten Sie Ihren Köter an der Leine", murmelte der Mann. „Zu viele verdammte Hunde hier."

„Willkommen in Summer Beach", antwortete Jack sarkastisch. „Sie hätten Ihre Attitüde checken sollen, bevor Sie hergekommen sind."

Der Mann stapfte davon und schloss das Zimmer auf, das direkt neben dem von Jack lag.

„Was für ein Arsch. Und er muss auch noch direkt neben uns wohnen." Die investigative Seite von Jack war sofort in höchster Alarmbereitschaft. Etwas an dem Kerl gefiel ihm nicht, und er schien auch nicht hier an den Strand zu passen. Er sah eher aus wie ein schmieriger Mafioso aus Chicago oder New York – und benahm sich auch so. Es ging Jack zwar nichts an, aber er würde trotzdem ein Auge auf den Typen haben.

Als er zu der Wohnung über der Garage aufschaute, sah er, dass die Balkontüren zu Bennets Apartment offenstanden. Die Meeresbrise trug den Klang von Bennetts Gitarre und seiner weichen Stimme zu Jack herüber.

„Komm, wir können genauso gut gleich anfangen", sagte er zu Scout. Der Hund senkte den Kopf, als würde er zustimmen. Jack beschirmte sich die Augen mit der Hand und rief: „Hey, ist der Bürgermeister zu Hause?"

Bennett tauchte mit seiner Gitarre in der Hand auf und lehnte sich an die Balkonbrüstung. „Das kommt darauf an, wer fragt."

„Dein neuer Kunde. Ich brauche ein Haus."

„Was stimmt nicht damit, hier zu wohnen?"

„Scout braucht einen Garten. Hast du Lust auf einen Spaziergang am Strand? Dann kann ich dir erzählen, was mir vorschwebt."

„Eine Sekunde. Ich bin sofort da."

Jack zählte Bennett inzwischen zu seinen guten Freunden. Kennengelernt hatte er den Bürgermeister, als er gerade frisch in Summer Beach eingetroffen war, aber seitdem Jack nach einem Tornado ins Seabreeze Inn zurückgekehrt war, hatten sie mehr Zeit miteinander verbracht. Oft liefen sie sich morgens am Strand über den Weg und frühstückten dann später gemeinsam im Speisesaal des Inns. Manchmal entspannten sie sich auch nach dem Abendessen am Pool oder der Feuertonne und unterhielten sich, während Bennett wartete, bis Ivy mit der Bewirtung der Gäste fertig war.

Als Jack so über Bennett und Ivy nachdachte, fand er, dass die beiden gut zusammenpassten. Bennett war im ungefähr gleichen Altern wie Jack, und sie hatten sich mal darüber unterhalten, wie schwer es war, in ihrem Alter die richtige Partnerin zu finden.

Jack hatte mit dem Rauchen aufgehört, und auch wenn es eine Weile dauerte, seine Kondition aufzubauen, hatte er endlich angefangen, gemeinsam mit Bennett laufen zu gehen. Natürlich schwächelte er dabei immer als Erster und ließ Bennett nach einer Weile allein weiterlaufen, doch im Vergleich zu seiner Kondition von vor einigen Wochen hatte er schon enorme Fortschritte gemacht.

Bennett kam die Treppe herunter, und die beiden Männer machten sich samt Scout auf den Weg zum Strand.

„Was schwebt dir denn vor?", fragte Bennett, als sie nahe am Wasser entlanggingen. Wattvögel flitzten durch die Brandung, pickten im Sand und wichen den Wellen aus. Scout war fasziniert.

Jack strich sich über das stoppelige Kinn. „Ich hätte gerne ein kleines Cottage oder einen Bungalow. Mit ausreichend Platz für Leo und einem Garten für Scout."

„Willst du mieten oder kaufen?"

„Erst einmal mieten, denn ich werde es vielleicht früher

brauchen, als ich dachte." Jack spürte, wie sich ihm die Kehle zuschnürte. Er hoffte, dass Vanessa noch Zeit blieb, aber die praktische Seite von ihm wusste, dass er bereit sein musste.

Bennett blieb stehen und sah ihn an. „Das tut mir leid."

Jack hatte ihm von Vanessas Zustand erzählt. „Ich muss bereit sein, mich um Leo zu kümmern."

„Was ist mit John und Denise? Sie haben das Strandhaus den ganzen Sommer über gemietet."

„Da kann ich nicht bleiben. Nicht wenn … Du weißt, was ich meine."

Bennett nickte. „Ich werde gucken, was ich finde. Bevorzugst du die Klippen oder lieber etwas, das näher am Ort und am Strand liegt? Von den Klippen hat man einen tollen Blick, aber der Strand wäre für Leo bestimmt interessanter."

„Ja, das würde ihm gefallen. Genau wie Scout, nicht wahr, mein Junge?"

Scout versuchte, in eine Welle hineinzulaufen, doch Jack hielt ihn zurück. Er hatte keine Zeit, Scout zu duschen, bevor er sich mit Ginger traf. In der Ferne sammelten sich dunkle Regenwolken über der *Princess Anne*. Ihn überlief ein Schauder. „Komm Scout, bleib bei uns."

„Ich sehe mich mal für dich um", sagte Bennett. „Vermutlich willst du wegen Leo auch in der Nähe der Schule sein. Viele Kinder hier gehen zu Fuß oder fahren mit dem Fahrrad zu Schule."

„Ja, das wäre gut. Und wenn es einen Platz im Haus gibt, an dem ich schreiben kann − oder gar eine schöne Terrasse − wäre das super."

„Wie gesagt, ich gucke mal, was ich finde. Hast du am Wochenende Zeit, dir was anzusehen?"

„Ja."

Die beiden Männer besiegelten den Deal, indem sie ihre Fäuste gegeneinanderstießen. Dann setzten sie den Weg fort, und während sie sich unterhielten, wurde Jack bewusst, dass sich sein Leben auf eine Weise ändern würde, die er sich nie hätte vorstellen können.

Bevor er zu seinem Zimmer zurückkehrte, schaute Jack noch einmal zu der Jacht in der Ferne. Etwas stimmte da nicht, das spürte er förmlich.

7

———————

Angespornt von dem Erfolg des Dinners am Vorabend, war Marina bei Sonnenaufgang aufgestanden, hatte Kaffee aufgesetzt und sich dann mit ihrem Laptop, einem Block und Stift an den Esstisch gesetzt. Sie hatte noch viel für ihr Café und das Food-Festival zu planen. Und beides waren wichtige Projekte.

Ginger war frühmorgens zu den Klippen aufgebrochen, wo sie gerne meditierte und aufs Meer hinausschaute. Ab und zu begleiteten Marina und Kai sie. Es war ein anstrengender Aufstieg und ein ausgezeichneter Start in den Tag, aber an diesem Morgen hatte Marina den Kopf zu voll, und Kai schlief noch. Vielleicht wollte sie aber auch nur Dimitri aus dem Weg gehen.

Das hoffte Marina zumindest.

Sie schaltete leise Musik an, öffnete die Fenster und richtete ihre Aufmerksamkeit auf das Angebot für das Café. Was für eine angenehme Art zu arbeiten, dachte sie.

Nachdem sie die Speisen aufgeschrieben hatte, die ihre Gäste gerne bestellten – Caesar Salad, Salat nach Art des Hauses, Hamburger, Sandwiches und Pommes frites – überlegte sie, welche Gerichte sie anbieten könnte, die das Café von anderen Restaurants abheben würden.

Die Hummerpizza hatte gestern Abend allen geschmeckt, aber die Zutaten waren sehr teuer. Sie könnte das Rezept abwandeln und eine Shrimp-Pesto-Pizza anbieten, deren Zutaten günstiger wären, und die Hummer-Kaviar-Pizza für spezielle Anlässe reservieren. Schnell machte sie sich eine entsprechende Notiz und schrieb noch ein paar weitere Ideen auf.

Die Hochsaison in Summer Beach begann in Kürze, deshalb musste sie bereit sein, das Café zu eröffnen, sobald Axe mit den Umbauten fertig war. Seine Crew arbeitete schnell. Die Terrasse hatten sie in Rekordzeit fertiggestellt.

Während Marina arbeitete, fuhr ein Lieferwagen von einem Blumenladen vor. Wenn Dimitri auch nur ein wenig Klasse besaß, waren das Blumen für Ginger als Entschuldigung. Ein paar Minuten später klingelte es. Durch die Fliegengittertür hörte Marina die Stimme eines jungen Mannes: „Eine Lieferung für Kai Moore.“

Ganz eindeutig interessierte sich Dimitri nur für das, was er wollte.

Marina stand auf und ging zur Tür. Als sie öffnete, drang ihr der berauschende Duft von einem enormen Strauß aus Rosen und weißen Lilien in die Nase.

„Sind Sie Kai Moore?“, fragte der junge Mann.

„Ich bin ihre Schwester, aber ich kann das hier für sie annehmen.“

„Wo darf ich den Strauß hinstellen?“

„Auf den Couchtisch, wenn Sie so lieb wären.“ Nach dem feurigen Streit, den sie und Ginger am Vorabend zwischen Kai und Dimitri angehört hatten, mussten die Blumen von ihm sein. „Vielen Dank“, sagte sie.

„Ich habe noch mehr im Auto“, erwiderte der Mann.

„Ich lasse die Tür offen. Sie können alles auf den Tisch zu den anderen Blumen stellen.“

„Das wird vom Platz her nicht ausreichen."

Marina warf einen Blick über seine Schulter. Durch das Fenster sah der Van voll beladen aus. „Wie viele sind es denn?"

Der junge Mann riss die Augen auf. „Sehr viele."

„Hat da jemand ein wenig übertrieben?" Marina verdrehte die Augen. „Stellen Sie den Rest einfach auf den Esstisch." Sie räumte ihre Papiere weg, um Platz für Dimitris Übermaß zu machen.

Der junge Mann brachte Calla- und Stargazer-Lilien, Körbe mit gelben und weißen Tausendschön, ein tropisches, hawaiianisches Arrangement mit roten Porzellanrosen und duftenden weißen, arabischen Jasminblüten. Rosen in allen Farben strahlten im Wohnzimmer – rosa, gelb, weiß, lavendelfarben, korallen- und dunkelrot.

„Hat er den Laden aufgekauft?"

Der Lieferfahrer grinste. „Die Besitzerin ist ziemlich glücklich."

Marina unterschrieb den Empfang und kehrte zu ihrem Laptop und Block zurück, die nun beinahe unter der Blütenpracht vergraben waren. Es hatte keinen Sinn, Kai hierfür aufzuwecken, bevor sie bereit war, sich Dimitri zu stellen.

Hinter ihr fiel die Küchentür zu.

Ginger tauchte in ihrer gelben Windjacke im Türrahmen auf. Bei dem Anblick der Blumen presste sie die Lippen zu einer dünnen Linie zusammen. „Guter Gott, ich würde ja gerne fragen, wer gestorben ist, aber als ich das letzte Mal nachgeschaut habe, waren wir alle noch am Leben. Also muss das hier etwas mit dem katastrophalen Mr. D. zu tun haben."

„Er will eindeutig zeigen, dass sie ihm wichtig ist."

Ginger schnüffelte. „Ein bisschen extravagant, wenn du mich fragst. Hätte er sich einfach für sein rüpelhaftes

Verhalten entschuldigt, hätte er ein Vermögen sparen können.“

Schwer seufzend klappte Marina ihren Laptop zu. Kai würde bald aufstehen, und sie wusste, dass sie jetzt erst mal keine Arbeit zustande kriegen würde. „Mir gefällt nicht, wie er Kai behandelt. Was glaubst du, was sie in ihm sieht?“

„Vermutlich war er anfangs charmant und hat sie mit Aufmerksamkeit und Geschenken überschüttet. Wenn er das Gefühl hat, sie entgleitet ihm – oder wenn er seinen Willen nicht durchsetzen kann –, kommt offenbar seine dunkle Seite zum Vorschein. So ein Verhalten habe ich schon oft gesehen. Vielleicht hat Kai die Anzeichen nicht mitbekommen.“

„Dann ist es umso besser, wenn sie jetzt davon erfährt.“

Hinter sich hörten sie Kai ins Esszimmer schlurfen. „Ich habe höllische Kopfschmerzen“, sagte sie.

Marina warf Ginger einen warnenden Blick zu.

Mit einem Mal rief Kai aus: „O wie schön! Ein Märchenland aus Blumen.“ Sie flitzte in ihrem pinken Nachthemd durch Ess- und Wohnzimmer, drückte sich einen der üppigen Sträuße an die Brust und atmete tief den Duft von Rosen und Lilien ein. „Sind sie nicht wunderschön?“

Marina beobachtete sie mit Erschrecken. „Kannst du raten, von wem sie sind?“

Kai öffnete eine Karte, die in einem der Sträuße steckte, dann eine weitere. Ein Lächeln breitete sich auf ihrem Gesicht aus. „Die sind alle von Dimitri. Er sagt, dass er müde gewesen ist und das, was er gestern Abend gesagt hat, nicht so meinte. Er hatte eine lange Reise nach Summer Beach hinter sich.“

Ginger zog eine Augenbraue in die Höhe. „Und das akzeptierst du als Entschuldigung für sein Verhalten?“

„Ach, so schlimm war es gar nicht.“ Kais Augen funkelten, und sie presste sich eine Hand an den Mund. „Er hat noch eine Überraschung für mich. Er will, dass ich mich im Inn mit ihm treffe."

„Das wirst du nicht tun", beschied Ginger. „Er sollte herkommen und dich in der Nobelkarosse abholen, die er gemietet hat, um dich zu beeindrucken."

„Was ist mit deinen Kopfschmerzen?", fragte Marina.

Kai winkte ab. „Er meinte, er hätte mir eine Massage auf dem Zimmer gebucht, und es wäre besser, wenn wir uns dort treffen. Ich muss mir etwas Schickes anziehen. Ich glaube, seitdem ich hier angekommen bin, habe ich noch nicht einmal Schuhe mit Absätzen getragen."

Marina tauschte einen Blick mit Ginger. „Kai, wir haben euren Streit gestern Abend mit angehört. Wir sind auf deiner Seite. Er hatte kein Recht, deinem Chef zu sagen, dass du die Kompanie verlässt. Willst du das wirklich machen?"

Kai warf die Hände in die Luft. „Ich will einfach nur zu jemandem gehören. Ich reise jetzt schon seit Jahren mit dem Ensemble umher. Anfangs hat das Spaß gemacht, aber ich schätze, inzwischen bin ich das Ganze ein wenig leid. Ich will ein echtes Leben haben. So wie die Leute hier."

„Und du glaubst, wenn du mit Dimitri nach New York gehst, bekommst du das?", fragte Marina.

Kai wandte den Blick ab und biss sich auf die Unterlippe. „Es ist ja nicht so, als ob ich andere Angebote hätte. Dimitri ist nicht immer so streitlustig wie gestern."

Ginger reckte das Kinn. „Das war nicht streitlustig, Kai. Dieser Mann ist komplett von sich eingenommen. Sein Ego kann nicht anders, als dich herabzusetzen."

Marina stand auf und streckte die Hand nach Kai aus. „Er erwartet, dass du seine Anweisungen befolgst, oder?"

Kai trat einen Schritt zurück. „Warum könnt ihr euch nicht für mich freuen? Seht euch das hier doch nur mal an."

Sie zeigte auf die Blumen. „Ist das nicht der Beweis für seine Liebe und Bewunderung?"

„Kai, ich verstehe dich nicht", sagte Marina. „Bevor du wusstest, dass Dimitri hier ist, konntest du es kaum erwarten, ein Theater in Summer Beach zu etablieren. Und Axe anzurufen und um Hilfe zu bitten. Was ist damit passiert?"

Kai senkte den Blick. „Weißt du, wie schwer es für mich ist, Männer kennenzulernen? Jede Woche in einer anderen Stadt. Und wenige Männer halten ihre Versprechen, sobald man zum nächsten Ort aufbricht. Dimitri mag nicht perfekt sein, aber er ist entschlossen, das zwischen uns hinzukriegen."

„Was ist mit Axe?"

Der Frust war ihr ins Gesicht geschrieben, als Kai die Arme in die Luft warf. „Was soll mit ihm sein? Er hat mich nicht auf ein Date eingeladen, was soll ich also denken? Dimitri ist hier und bereit, unsere Beziehung fortzuführen. Ihr beide sagt mir doch immer, dass eine gute Ehe auch Kompromisse verlangt. Oder habt ihr das vergessen?"

Ginger trat vor und legte ihrer Enkelin einen Arm um die Schultern. „Kompromisse bedeuten, dass jeder von euch zum Wohle des großen Ganzen ein wenig nachgibt. Wenn aber immer nur einer zum Vorteil des anderen nachgibt, gerät die Beziehung aus dem Gleichgewicht. Das ist kein Kompromiss, sondern das nennt sich Ausnutzung des anderen."

„Aber sieh doch nur, wie großzügig er ist."

„Ich meine damit keine Zurschaustellung flüchtiger materieller Werte", sagte Ginger.

Kai lehnte den Kopf an die Schulter ihrer Großmutter. „Ich bin es so leid, darauf zu warten, dass der Rest meines Lebens beginnt. Alle meine Freundinnen sind verheiratet, und ich fühle mich wie eine Versagerin. Dimitri tut so viel für mich. Vielleicht ist es da nicht zu viel, ihm im Gegenzug das zu geben, was er haben will."

„So etwas nennt sich geschäftliche Transaktion", sagte Marina. „Aber nicht Ehe."

Kai funkelte sie an. „Nach Grady musst du gerade reden."

„Autsch", sagte Marina. „Aber verdient. Und ja, ich spreche aus Erfahrung."

„Seitdem wir klein waren, hast du immer so getan, als wüsstest du alles besser", schoss Kai zurück. „Aber das hier ist mein Leben. Vielleicht will ich etwas anderes als du. Vielleicht bin ich doch nicht dazu gemacht, eine Familie zu haben. Aber es ist auch nicht jeder dafür gemacht, im Scheinwerferlicht des Broadways zu stehen. Dimitri steht hinter mir. Er glaubt an mein Talent und daran, dass ich Erfolg haben werde, wenn ich tue, was ich liebe."

Ginger legte ihre Hand an Kais Wange und zwang ihre Enkelin so dazu, sie anzusehen. „Vielleicht stimmt das. Wenn du der Wahrheit in deinem Herzen folgst, wirst du niemals falschliegen. Der Schlüssel liegt darin, auf die kleine Stimme in dir zu hören. Kannst du das?"

„Natürlich." Kai zuckte zurück. „Ich muss mich jetzt anziehen. Und keine Sorge. Ich werde dafür sorgen, dass Dimitri euch nicht wieder mit seiner Anwesenheit belästigt. Und Marina, von jetzt an kannst du dich allein um den Marktstand kümmern. Ich werde vermutlich sowieso mit Dimitri nach New York zurückkehren." Damit schnappte sie sich eine Vase voller roter Rosen und floh auf ihr Zimmer.

Marina verschränkte die Arme vor der Brust. „Das lief ja nicht so gut."

Ginger schaute Kai nach. „Kai ist eine kluge junge Frau. Sie wird schon irgendwann zu Verstand kommen. Ich hoffe nur, das geschieht bald."

„Aber woher kommt dieser plötzliche Sinneswandel? Gestern konnte sie es noch kaum abwarten, sich hier eine Zukunft aufzubauen, doch kaum taucht Dimitri auf, gibt sie seinen Forderungen nach."

Ginger tippte sich nachdenklich gegen das Kinn. „Erinnerst du dich noch, dass du, Brooke und Kai oft nicht mit den Freunden der anderen einverstanden wart? Verliebtheit kann einen blind machen, weil man so verzweifelt an ein Happy End glauben möchte. Aber wenn man jemanden liebt – eine Schwester oder eine Freundin –, passt man aufeinander auf. Man sieht die Fehler, die die andere nicht sieht. Ich will damit nicht sagen, dass es den perfekten Mann gibt – denn das tut es nicht. Aber als wir Dimitri angegriffen haben, verspürte sie sofort den Wunsch, ihn zu verteidigen."

„Genau wie früher", erinnerte Marina sich. „Vielleicht hätten wir uns nicht anmerken lassen sollen, wie wenig wir ihn mögen."

„Es ist die Art, wie er sie behandelt, die wir nicht mögen. Vielleicht strengt Kai sich zu sehr an und lässt sich von ihm ausnutzen. Vielleicht finden die beiden diese ganze Dramatik aber auch aufregend."

Marina nickte. „Ja, Kai mag Drama."

„Es lässt das Herz schneller schlagen", bestätigte Ginger. „Die erhöhte Aufmerksamkeit ist aufregend – zumindest für eine Weile. Aber irgendwann ist es ermüdend."

Die feinen Härchen in Marinas Nacken richteten sich auf. „Woher weißt du so viel darüber?"

Ginger setzte sich an den Esstisch und verschränkte die Finger. „Ich habe es dir nie erzählt, aber Bertrand und ich waren mal für eine Weile getrennt. Das war noch sehr früh in unserer Ehe."

Marina zog die Augenbrauen zusammen. Sie hatte ihre Großeltern immer als Vorbild für eine außergewöhnliche und liebevolle Beziehung angesehen. „Was war passiert?"

„Wir waren beide so von uns selbst und unseren egoistischen Wünschen eingenommen. Bertrand hatte seine Arbeit, die oft von entscheidender Bedeutung war. Länder und Leben hängen von der Diplomatie ab, deshalb war es nie eine Frage, wessen Arbeit wichtiger war. Aber als ich ein Talent für Mathematik und das Entziffern von Codes entwickelte – was anfangs einfach nur Spaß gemacht hatte und faszinierend war –, wurde er eifersüchtig auf die Zeit, die ich von ihm getrennt verbrachte. Er fing an, sich auszutoben. Und ich tat es ihm gleich. Die gesellschaftlichen Erwartungen an Frauen waren damals sehr anders als heute."

Marina nahm das in sich auf. „Du hast immer gesagt, dass dir deine Arbeit als Mathematiklehrerin und Statistikerin wichtig war."

„Ja, aber inzwischen weißt du mehr über meine Geschichte. Meine beste Arbeit war die als Codeknackerin." Ginger lächelte stolz. „Es tut mir leid, dass ich dir darüber vorher nicht die Wahrheit sagen konnte. Das war eine Frage nationaler Sicherheit, und es geschah auch, um euch zu beschützen. Ich brauchte die intellektuelle Herausforderung in meinem Leben genauso wie die Anerkennung für eine gut erledigte Aufgabe. Konsistenz war wichtig. Ich war einsam geworden. Wir sind oft umgezogen, und es war damals, ohne Internet und soziale Medien, nicht leicht, mit Freunden in Kontakt zu bleiben."

„Ich erinnere mich noch, wie es war, als Stan beim Militär war." Obwohl sie neugierig war, behandelte Marina die Erinnerungen ihrer Großmutter vorsichtig. „Wie lange wart ihr getrennt?"

„Etwas mehr als ein Jahr." Ein trauriges Lächeln huschte über Gingers Gesicht. „Beinahe hätten wir einander verloren. Am Ende mussten wir unser Verhältnis zueinander anpassen."

Darüber dachte Marina nach. Ihre Großmutter hatte vermutlich noch wesentlich mehr Geheimnisse, die sie noch für sich behielt. „Glaubst du, dass das Kai und Dimitri gelingen könnte?"

„Wenn sie es wirklich ernst miteinander meinen und ihnen am Wohlergehen des anderen aufrichtig gelegen ist, ja. Doch sie sind beide wesentlich älter, als wir es damals waren. Menschen werden mit dem Alter festgefahren in ihren Gewohnheiten. Und Dimitri hat eine extreme Persönlichkeit."

„Kai ist aber auch nicht ohne." Marina malte träge mit dem Finger eine Acht auf den Tisch. „Sollten wir eingreifen?"

Ginger erhob sich. „Ich glaube nicht, dass das nötig ist."

NACHDEM KAI wie ein Blitz aus roter Seide in einer Wolke aus Parfüm aus dem Haus gerauscht war, nahm Marina ihre Arbeit mit auf die Terrasse hinaus. Auch wenn der Duft der Blumen im Haus bezaubernd war, erinnerten sie die Sträuße doch zu sehr an Dimitri und die Schwierigkeiten, in denen Kai ihrer Meinung nach steckte. Deshalb atmete sie tief die frische Meeresluft ein und setzte sich im Licht der wärmer werdenden Morgensonne an den Tisch.

Kai würde tun, was sie wollte, und Marina musste mit ihrer Arbeit für das Café weitermachen. Sie vermisste den Input ihrer Schwester, was das Angebot und das Design der Speisekarte anging, aber sie konnte nicht auf Kai warten.

Ginger hatte gesagt, dass Dimitri vorhatte, das Wochenende über in Summer Beach zu bleiben. Je weniger Zeit Marina mit ihm verbringen musste, desto besser. Sie würde Kai immer unterstützen, aber sie konnte diese Beziehung nicht mit gutem Gewissen befürworten. Wenn Kai sofortige Belohnung und Bewunderung im Austausch für Wut und Herabsetzung akzeptierte, konnte sie nichts dagegen tun.

Natürlich war sie von ihrer Schwester enttäuscht. Doch wie Kai gesagt hatte, es war ihr Leben. Dennoch würde Marina für sie da sein, wenn Kai sie bräuchte. Und sie würde ihrer Schwester nicht sagen, dass Ginger und sie ja gewarnt hatten.

Kopfschüttelnd konzentrierte Marina sich wieder auf ihre To-do-Liste. Sie stützte das Kinn in die Hand und schaute über das endlose Meer, wobei sie darüber nachdachte, was ihren Gästen wohl schmecken würde.

„Mal sehen … Ein Salat aus gehobelten Erdbeeren, Babyspinat und Feta mit in Honig gerösteten Walnüssen und einem Mohnsamen-Dressing." Das schrieb sie in die Spalte „Salate" auf ihrer vorläufigen Speisekarte. Die Gemüsespieße waren ein Hit gewesen, die kamen unter „Beilagen". Sie könnten auch ein vegetarischer Hauptgang sein. Während sie ihre besten Gerichte und die Lieblingsessen ihrer Gäste von den Pop-up-Dinners hinzufügte, konnte sie beinahe jedes Gericht riechen und schmecken.

Die Leute würden für ihre Lieblingsgerichte, die sie nirgendwo anders fanden, wiederkommen. Marina musste ihren Rezepten einen ungewöhnlichen Touch verleihen, der die Leute erfreute. Und alte Klassiker so gut machen, dass alle wiederkommen wollten.

Sie dachte über Angebote für Kinder nach. In den meisten Restaurants gab es Chicken Nuggets und Makkaroni mit Käse, was sie, als sie früher mit ihren Kindern ausgegangen war, immer innerlich zum Schreien gebracht hatte. Die Zwillinge waren zu Hause wesentlich aufregenderes Essen gewohnt gewesen. Dennoch, Kinder konnten wählerisch sein, wenn sie nicht schon von klein auf mit unterschiedlichen Geschmäckern in Kontakt gebracht wurden. *Bekannt, aber anders. Sachen, die Kinder ausprobieren würden.* Sie trommelte mit den Fingern auf die Tischplatte.

„Farfalle mit einer Soße aus Roma-Tomaten mit einem Schuss Sahne. Das ist besser als Makkaroni mit Käse. Ich werde es Rosa Schleifchen nennen." *Es kommt allein aufs Marketing an,* sagte Kai oft. Marina biss sich auf die Unterlippe. Kai würde ihr sehr fehlen.

Die frühen Tomaten, die sie im Garten gepflanzt hatten, würden bald reif sein. Nachdem sie Scout beigebracht hatten, sich im Garten weder zu wälzen noch in den Beeten zu buddeln, hatte Marina sich mit Jacks Hilfe um die jungen Pflanzen gekümmert. Beim Unkrautzupfen hatten sie sich oft unterhalten.

Marina schaute über den Garten. Das fehlte ihr auch.

Bald wäre es an der Zeit, frische Tomaten und Zucchini zu ernten, dazu Basilikum, Oregano und Petersilie. Mit diesen Zutaten könnte Marina so einige italienische Gerichte zaubern.

Ginger hatte einen Obstgarten hinter dem Gästehaus, der mehr Früchte hervorbrachte, als sie je verarbeiten könnten. Sie hatte Mandarinen- und Blutorangenbäume, mexikanische und persische Limetten, Eureka- und süße Meyer-Zitronen – Abkömmlinge von den italienischen *Lunario*-Zitronen. Damit hätte sie ausreichend Säfte und Früchte für sommerliche Salate. Der alte Hass-Avocadobaum gedieh auch immer noch üppig und versprach Unmengen an Guacamole für Vorspeisen.

Morgen würden Axe und sein Team mit dem Innenausbau des Gästehauses anfangen, was laut Axes Aussage nicht lange dauern würde. Marina musste also bald die nötigen Einbaugeräte für die Küche finden. Innerhalb eines Monats hätte sie dann ihr eigenes Café. Der Gedanke jagte ihr einen aufgeregten Schauer über den Rücken.

Das Coral Café würde seine Pforten öffnen.

Ein Auto hupte, und Marina schaute auf.

„Heather!"

Ihre Tochter winkte ihr durch das Beifahrerfenster von Ethans Wagen zu. Erfreut, ihre Kinder zu sehen, lief Marina los, um sie zu begrüßen. Heather hatte sie seit den Frühlingsferien nicht mehr gesehen. Ethan hatte sein Studium an der Duke University geschmissen und gerade einen neuen Job in einem privaten Golfclub in San Diego angefangen, aber Heather hatte bis zu den Prüfungen am Ende des Semesters durchgehalten. Sie war noch ein wenig länger bei einer Freundin geblieben, um ein Kunstprojekt für Kinder zu Ende zu bringen.

„Mom!", rief Heather. Sie sprang aus dem Wagen und direkt in Marinas Arme.

Marina drückte ihre Tochter ganz fest. „Ich bin so froh, dass du hier bist, Süße. Du hast mir so sehr gefehlt."

Ethan stieg ebenfalls aus. „Heather wollte dich überraschen, Mom."

„Ich freue mich, euch beide zu sehen", sagte Marina strahlend. „Willkommen in Summer Beach. Aber ich habe erst nächste Woche mit euch gerechnet."

„Wir sind früher fertig geworden", erklärte Heather und schob sich die goldglänzenden Haare über die Schulter. „Es ist so cool, dass ich den ganzen Sommer hier verbringen kann. Auch wenn ich immer noch nicht fasse, dass wir unsere Wohnung in San Francisco nicht mehr haben."

„Ich habe keinen Grund gesehen, sie zu behalten", erklärte Marina. „Wir haben viele schöne Erinnerungen daran und werden noch viele weitere hier machen. Ich habe einige von euren Sachen mit hierhergebracht und den Rest eingelagert, sodass alles da ist, wenn ihr es braucht."

„Ist schon gut Mom." Heather lächelte. „Das meiste davon war sowieso Highschool-Kram."

Die Zwillinge hatten die gleichen dunkelblonden Haare und nebligen, grau-blauen Augen ihres Vaters. Und Ethan war außerdem so groß und gesellig wie Stan.

Heather war ruhiger, eine fleißige, lernbegierige junge Frau, der es an der Duke schwergefallen war, Freundschaften zu schließen. Was zum Teil daran lag, dass Ethan ihre Freunde nicht gemocht hatte, und zum Teil daran, dass sie ihrem Bruder zu sehr dabei geholfen hatte, seine Dyslexie zu überwinden, damit er die notwendigen Noten für sein Golfstipendium aufrechterhalten konnte.

Ethan holte die Tasche seiner Schwester aus dem Wagen, den er gebraucht gekauft hatte. Dafür hatte er das Jahr über auf dem Golfplatz eines Country Clubs gearbeitet. Marina hatte nichts davon gewusst und erst kürzlich erfahren, dass ihr Sohn dabei war, sich einen Weg zu seinem Ziel, Golfprofi zu werden, zu bahnen.

Als er in Summer Beach angekommen war, hatte er ein paar Tage im Cottage gewohnt, doch inzwischen teilte er sich mit einem Freund eine Wohnung in San Diego. Da Marina früher dasselbe gemacht hatte, überraschte sie das nicht. Sie war stolz auf ihn, und auch wenn es ihr lieber gewesen wäre, wenn er sein Studium beendet hätte, verstand sie ihn. Auf dem Golfkurs konnte er mit seinem natürlichen Talent glänzen.

„Du kannst ihr Gepäck in Brookes altes Zimmer bringen", sagte sie und legte einen Arm um Heather. „Wie wäre es mit einer Limonade? Hast du Hunger?"

Lachend nahm Heather ihren Rucksack auf. „Du versuchst immer, uns zu füttern. Ich bin froh, dass du beschlossen hast, ein Café zu eröffnen, damit du zur Abwechslung mal andere Menschen mit deinem Essen verwöhnen kannst."

„Ja, das ist der Plan."

„Ethan wollte auf dem Weg einen Burger essen, also habe ich ihm Gesellschaft geleistet. Aber ich habe die ganzen Fotos von deinen Gerichten gesehen, die Tante Kai gepostet hat."

Ethan nahm den Koffer seiner Schwester. „Wenn du noch was von der Hummerpizza von gestern Abend hast, würde ich ein paar Stücke nehmen."

„Tut mir leid, davon gibt es keine Reste. Aber ich arbeite an einer Shrimp-Pesto-Pizza für meine Speisekarte. Dafür könnt ihr meine offiziellen Testesser sein."

„Sind Tante Kai und Ginger hier?", fragte Heather.

„Ginger ja." Marina zog eine Augenbraue in die Höhe. „Kai ist mit ihrem Freund zum Mittagessen."

„Mit ihrem Verlobten, meinst du", korrigierte Heather sie. „Sie hat Fotos von Tausenden Blumen gepostet. Die habe ich auf dem Weg hierher gesehen. Und der Ring, den er ihr geschenkt hat … Wow! Aber er kommt mir ein bisschen alt für sie vor. Hast du ihn schon kennengelernt?"

„O ja." Marina presste die Lippen zusammen.

Ethan grinste und sah seine Schwester an. „Du wirst auch Jack kennenlernen. Den Typen, mit dem Mom ausgeht."

Marina stemmte die Hände in die Hüften. „Ethan William Moore. Jack und ich gehen nicht miteinander aus."

„Ja, klar. So sah es das letzte Mal nach dem Tornado auch aus. Ich habe ihm sogar Klamotten geliehen."

Heather riss die Augen auf. „Bitte sag mir, dass er keine Ähnlichkeit mit Grady hat." Sie warf Ethan einen Blick zu. „Den konnten wir nicht leiden. Ich weiß, wir sollten es versuchen, aber er war irgendwie gruselig. Grady hat beim Golf geschummelt, als Ethan dabei war, zu gewinnen. Und jetzt ist er mit dieser Sängerin zusammen, die nur wenig älter ist als ich. Igitt."

„Am Ende hattet ihr Recht", sagte Marina. „Trotzdem läuft zwischen Jack und mir nichts."

„Jack ist kein schlechter Kerl", sagte Ethan. „Er war sogar ziemlich beeindruckend, als er uns geholfen hat, das Paar aus dem Haus zu retten, das von dem Tornado getroffen worden war. Du hättest sehen sollen, wie Mom unter die Trümmer gekrochen ist wie so eine Superheldin. Jack und ich haben uns auch ein paar Mal am Strand getroffen. Er ist cool."

„Ich verzeihe dir, weil du mich eine Heldin genannt hast." Weder Ethan noch Jack hatten ihr gegenüber erwähnt, dass sie einander getroffen hatten. Aber das war auch egal.

Sie würde Jack nicht wiedersehen – oder wenn, dann nur als Freund. Gegen Ende der Woche würden sie gemeinsam einen Kaffee trinken gehen, und sie würde höflich sein.

Immerhin war Summer Beach ein kleiner Ort. Und da Jack vorhatte, mit Leo hierzubleiben, würde sie sich daran gewöhnen müssen, ihn zu sehen.

8

———————

arina war gerade dabei, das Geschirr vom Abendessen abzuwaschen und dabei über ihr neues Café nachzudenken, als die Küchentür geöffnet wurde. Sie schaute auf und war überrascht, ihre Schwester Brooke zu sehen, die eine große Tasche über der Schulter trug. Ihre Augen waren rot gerändert und ihr geflochtener Zopf hatte sich halb aufgelöst. Marinas sonst so geerdete jüngere Schwester sah aus, als hätte sie eine Krise.

„Hey Brooke. Ich wusste gar nicht, dass du kommst. Ist etwas passiert?"

„Ich kann … ich kann einfach nicht mehr." Brooke schlug sich die Hände vors Gesicht. „Ich wusste nicht, wo ich sonst hinsollte. Die Jungs und Chip … Sie treiben mich in den Wahnsinn."

Marina ließ den Abwasch sein und eilte zur Brooke. „Komm, lass mich die Tasche nehmen." Sie stellte sie auf den Boden, und kaum hatte sie die Arme um ihre Schwester gelegt, konnte diese den aufgestauten Kummer nicht mehr in sich halten und brach zusammen.

„O Marina, ich habe es nicht eine Minute länger ertragen. Ich bin so wütend auf meinen Mann."

„Entspann dich. Du bist jetzt hier und in Sicherheit. Komm, setzen wir uns, und dann kannst du mir alles erzählen." Sie ging voran ins Wohnzimmer, und Brooke schlurfte mit ihren Birkenstock-Sandalen hinter ihr her.

Nachdem sie sich auf das Sofa gesetzt hatten, hielt Marina ihre Schwester weiter fest, während Brooke an ihrer Schulter schluchzte. Als sie anfing, sich ein wenig zu beruhigen, stand Marina auf, um ihr ein Glas Wasser zu holen.

Bei ihrer Rückkehr musterte sie ihre Schwester. Die Nase war rot und geschwollen, als hätte Brooke schon länger geweint. Ihre Nägel, die sie wegen der Gartenarbeit immer kurz hielt, waren bis aufs Nagelbett abgekaut.

Brooke nahm das Glas dankbar entgegen und trank es in einem Zug aus. Dann holte sie tief Luft und sagte: „Ich hätte nicht herkommen sollen. Mit dir und Kai ist es für Ginger so schon zu viel."

„Das ist kein Problem. Wir alle helfen Ginger, und sie ist so umtriebig wie eh und je." Marina würde Heather auf das Schlafsofa im Fernsehzimmer umsiedeln. Gerade war sie mit Ethan abgezogen, um sich mit Freunden am Strand zu treffen.

„Ich besuche sie nicht oft genug, dabei wohne ich keine zwei Stunden entfernt." Brookes Stimme war voller Schuldgefühle. Sie hob die Hand an den Mund und fing an, auf ihrem Fingernagel herumzukauen.

„Ginger hat immer viel zu tun. Mach dir um sie keine Sorgen."

„Ist sie hier?"

„Sie ist mit Freunden ins Kino gegangen", erklärte Marina und fragte dann sanft: „Ist irgendetwas vorgefallen?"

„Das geht schon sehr lange so." Brooke presste ihre Hände gegen den Kopf, als wolle sie verhindern, dass er platzte. „Die Jungs sind vollkommen außer Kontrolle und streiten sich ständig. Chip arbeitet immer lange, und ich weiß wirklich zu schätzen, was er alles tut. Aber niemand schätzt meine Arbeit. Keiner von dem ungehobelten Haufen bringt seine Wäsche in die Waschküche, niemand kümmert sich um den Abwasch, und alle erwarten drei Mahlzeiten am Tag."

„Ich erinnere mich noch, wie das mit den Zwillingen war. Das ist keine leichte Zeit." Marina hätte gedacht, dass Chip seine Frau mehr unterstützte, war aber auch nicht überrascht, dass er es nicht tat.

„Abgesehen von Oakley überragen mich alle diese Mannskinder jetzt", sagte Brooke, und ihre Augen blitzten wütend auf. „Sie sind keine Babys mehr, aber sie benehmen sich so. Der Himmel weiß, dass ich versucht habe, ihnen Manieren und Verantwortungsgefühl beizubringen, aber sie sind wie ein Pack wilder Hunde."

„Dem werden sie bald entwachsen", versuchte Marina, ihre Schwester zu beruhigen.

„Und Chip ermutigt sie noch", fuhr Brooke fort. „Da er mit drei Brüdern aufgewachsen ist, sieht er in ihrem Verhalten kein Problem. Aber heute Abend konnte ich nicht mehr." Sie nahm die Hände herunter. „Ich bin fertig. Sie haben gerade ihre Dienstmagd verloren. Meinetwegen können sie sich jetzt mal selbst um sich kümmern. In dem Haus ist zu viel Testosteron für mich."

Es klang wirklich nicht so, als würde Chip sie sonderlich unterstützen. „Was ist heute Abend passiert?"

„Chip hat angefangen, mit Alder und Ronnie – so will Rowan inzwischen genannt werden – zu raufen. Und Oakley hat später auch mitgemacht. Direkt neben meinem Kräutergarten im Haus. Ich habe gerufen, dass sie vorsichtig sein und aufhören sollen, aber du kannst dir sicher vorstellen, was passiert ist."

„Ist was kaputtgegangen?"

„Sie haben das ganze Regal umgeworfen. Jede. Einzelne. Pflanze." Brooke unterstrich jedes Wort mit einem Stoß ihres Fingers. „Erde und Tontöpfe und zerquetschte

Pflanzen überall. Aber haben sie dann aufgehört? O nein. Sie sind durch meine neuen Holzjalousien gebrochen, haben eine von Moms Lampen zerbrochen und sind direkt durch die Glasschiebetür auf die Terrasse gefallen."

Marina schlug sich eine Hand vor den Mund. „Hat sich jemand verletzt?"

„Zum Glück nicht. Sie sind in einem großen Haufen gelandet und haben sich totgelacht. Ich war so wütend. Anstatt die Jungs dazu zu zwingen, beim Aufräumen zu helfen, hat Chip Ronnie erlaubt, bei einem Freund zu übernachten. Dann hat jemand vor dem Haus gehupt, und Alder ist rausgelaufen, um sich mit seinem Freund zu treffen. Chip hatte einen Pokerabend geplant, also hat er mich mit dem Besen zurückgelassen und gesagt: ‚Hilf mir hier mal ein bisschen. Ein Mann muss sich nach einer langen Woche entspannen. Ich mache es wieder gut.' Was er natürlich nie tut. Wann darf *ich* mich mal entspannen?"

Marina konnte sich das nur zu gut vorstellen. Chip war ein großer Kerl, der Captain der örtlichen Feuerwehr und das, was andere oft als *richtigen Mann* bezeichneten. „Das tut mir so leid, Brooke."

Ihre Schwester fummelte an dem Saum ihres fleckigen T-Shirts herum. „Ich blieb mit Oakley allein zurück. Er fühlte sich schrecklich, aber er hatte erst ganz zum Schluss bei der Sache mitgemacht. Ich konnte ihn nicht alles allein aufräumen lassen. Chip hat es ihnen vorgemacht, so wie immer."

„Was hast du dann gemacht?"

Brooke atmete zitternd ein. „Ich habe Oakley bei den Nachbarn abgesetzt. Dann habe ich Chip angerufen und ihm gesagt, dass er mal ein echter Vater sein und seinen Sohn nach dem Pokerspiel abholen kann. Danach bin ich hierhergefahren. Ist es zu fassen, dass Chip mich angebrüllt hat, weil ich nicht aufgeräumt und sie *verlassen* habe?"

Marina legte einen Arm um Brookes Schultern. Schon

beim letzten Besuch von Brooke und ihrer Familie hatte sie gespürt, dass irgendetwas nicht stimmte. Ihre Schwester hatte mit Ginger einen Spaziergang unternommen, danach aber immer noch abgelenkt gewirkt. Wie es aussah, war der Garten Brookes einziger Zufluchtsort.

„Die kriegen sich schon wieder ein. Vermutlich wird Chip dich morgen früh anrufen, um sich zu entschuldigen."

Brooke schüttelte den Kopf. „Nein. Sie können sich um sich selbst kümmern. Ich bin es leid, um Hilfe zu bitten. Vielleicht suche ich mir einen Job auf einer Bio-Farm und finde endlich ein wenig Frieden."

„Das meinst du nicht ernst."

„Dann pass gut auf", sagte Brooke und straffte die Schultern.

Marina verstand ihren Frust. Der Druck hatte sich über lange Zeit aufgebaut. Brooke war der Typ Erdmutter, der sich um jeden kümmerte und der gab und gab und gab. Dass sie diesen Schritt getan hatte, bedeutete, dass die Situation wirklich außer Kontrolle geraten war.

Jetzt brauchte Brooke jemanden, der sich um sie kümmerte.

Marina stand auf. „Ich lasse dir jetzt ein warmes Bad ein und mache dein Bett. Eine ruhige Nacht wird dir helfen. Hast du Hunger oder kann ich sonst irgendetwas für dich tun?"

Jetzt, wo Brooke sich ihren Kummer von der Seele geredet hatte, war ihre Wut verschwunden, und sie wirkte beinahe etwas verloren. „Das einzige Problem ist, dass ich gar nicht mehr weiß, wer ich ohne sie bin."

„Du bist eine umwerfende Gärtnerin, die alles gedeihen lassen kann." Solange Marina sich zurückerinnern konnte, hatte Brooke eine Affinität für Pflanzen gehabt. Sie studierte ihr Gemüse und kümmerte sich um ihre Pflanzen, als wären sie die Kinder, die wüssten, wie man sich benahm.

Sie streckte ihrer Schwester die Hände hin. „Komm mit."

NACHDEM SIE BROOKE ein Bad eingelassen, die Lichter gedimmt und sanfte Musik angemacht hatte, setzte Marina sich wieder mit ihrer Arbeit in die laue Abendluft auf der Terrasse.

Dort saß sie noch, als Ginger aus dem Kino zurückkam. Marina winkte den Freunden zu, die Ginger gefahren hatten, und wartete, bis ihre Großmutter bei ihr war, bevor sie sagte: „Wir haben noch einen Gast."

Ginger rückte ihre Handtasche auf der Schulter zurecht. „Wen?"

„Brooke. Sie hat ein paar Probleme zu Hause." Marina warf Ginger einen Blick zu und fragte sich, wie viel sie bereits wusste.

Ginger schüttelte den Kopf und hielt einen Moment in der Meeresbrise inne. „Ich hatte gehofft, dass es dazu nicht kommen würde."

„Also wusstest du, wie schlimm es ist?"

„Ich habe die Anzeichen gesehen", antwortete Ginger. „Die arme Brooke ist schon seit Langem überarbeitet. Die Jungs müssen ihr mit der Hausarbeit helfen, und Chip muss dafür sorgen, dass seine Ehefrau sich wieder wie eine Frau fühlt."

„Ja, das fasst es gut zusammen", stimmte Marina zu.

Ginger nickte nachdenklich. „Ich bin froh, dass Brooke sich entschieden hat, herzukommen. Der Schock könnte der Familie ein wenig Verstand einbläuen. Chip arbeitet hart, aber Brooke auch. Sie müssen gegenseitig Rücksicht nehmen."

„Es ist genauso wie damals, als wir noch Kinder waren", sagte Marina. „Wir alle hier zusammen, jede von uns mit ihrem eigenen Drama. Es tut mir leid, dass wir dem noch nicht entwachsen sind."

Ginger ging aufs Haus zu und lachte leise. „Ohne irgendein Drama wäre es keine Familie. Brooke kann sich um den Garten kümmern, während sie hier ist."

„Und uns auf dem Markt helfen", schlug Marina vor und folgte Ginger hinein.

Sie hatte Chip immer gemocht, aber sie stand fest auf der Seite ihrer Schwester. Brooke hatte die Familie so lange an erste Stelle gesetzt, dass die anderen vergessen hatten, sich um sie zu kümmern. „Chip braucht einen Weckruf."

Ein Lächeln breitete sich auf Gingers Gesicht aus. „Ich habe das Gefühl, dass er den gerade bekommt."

Im Laufe der Woche arbeitete Marina hart daran, die Gerichte für das Café zu testen und zu verfeinern. Sie brauchte Rezepte, die leicht zu wiederholen waren. Denn sobald sie sich eine Küchenhilfe leisten konnte, würde das wichtig. Wie versprochen war Ethan an dem Tag vorbeigekommen, als sie verschiedene Versionen ihrer Shrimp-Pesto-Pizza ausprobiert hatte, und er und Heather hatten einen Gewinner gekürt. Diese Variante war auch Marinas Favorit gewesen. Ihre Kinder hatten eben einen guten Geschmack.

Dimitri wohnte immer noch im Seabreeze Inn, deshalb war Kai abends immer erst spät nach Hause gekommen, hatte am nächsten Morgen lang geschlafen und war nach dem Anziehen sofort aus dem Haus geeilt. Viele der Blumen, die Dimitri ihr geschickt hatte, hatte sie in ihr Zimmer gebracht, aber für alle hatte der Platz nicht gereicht.

Marina machte sich Sorgen um sie. Kai schien sich über Nacht verändert zu haben. Sie fragte sich, ob ihre Schwester von all dem, wofür Dimitri stand – dem Reichtum, der

Macht, den Verbindungen – so hingerissen war, dass sie nicht sah, welche Kontrolle damit einherging?

Während Axe und seine Crew die Küche und das Esszimmer zu einer einzigen großen, professionellen Küche umbauten, war es Marina gelungen, Brooke dazu zu bringen, ihr zu helfen, das Schlafzimmer des Gästehauses auszuräumen und zu streichen, um es in einen kleinen, privaten Speisesaal für Privatpartys und Flitterwöchner zu verwandeln. Die Türen ließen sich öffnen und boten einen atemberaubenden Blick auf den Strand und den Sonnenuntergang, und Marina konnte sich gut vorstellen, dass sie die meiste Zeit offenbleiben würden.

Heute half Heather ihr, den kleinen Speisesaal einzurichten. Ivy hatte Marina eine von ihr gemalte Meereslandschaft in lebhaftem Blau mit einem strahlenden, korallenfarbenen Sonnenuntergang geschenkt, und das Gemälde war perfekt für den privaten Raum.

Heute war auch der Tag, an dem Marina sich mit Jack auf einen Kaffee treffen würde. Sie hatte dem nur Ginger zuliebe zugestimmt. Sie und Jack würden die Luft zwischen sich klären, sich einig sein, dass sie sich nicht einig waren, und dann mit ihrem jeweiligen Leben weitermachen. Früher am Tag hatte Jack angerufen und gefragt, ob er sie am Cottage abholen solle.

„Das Ganze wird nicht länger als eine halbe Stunde dauern, oder?", hatte Marina gefragt.

„Versprochen", hatte Jack geantwortet. „Aber du musst was essen, oder?"

„Jack. Wir waren uns doch einig."

„Dann essen wir eben schneller."

„Wir treffen uns auf einen Kaffee."

„Okay. Gut. Aber ich hoffe, es macht dir nichts aus, wenn ich dazu etwas esse. Ich hole dich ab."

Das hatte sie nicht vorgehabt, und sie wollte ihre Schutzmauer nicht für ein komplettes Mittagessen aufrechterhalten müssen. „Jack, wenn ich so darüber nachdenke, ich habe wirklich keine Zeit für das hier."

„Sorry, ich kann dich ganz schlecht verstehen. Wenn du mich noch hören kannst: Ich hole dich um zwölf Uhr ab."

Frustriert, dass er ihre Sorge um ihre Großmutter ausnutzte, hatte sie aufgelegt. Sie machte das hier nur für Ginger.

„Hey, wie wäre es hier?" Heather hielt das Gemälde an die Wand. „Hast du mich nicht gehört?"

„Sorry, Süße. Ich war in Gedanken. Okay. Ein wenig nach links. Und ein bisschen höher." Marina nahm den Bleistift, den sie hinterm Ohr klemmen hatte. „So ist es perfekt. Halte still, damit ich den Punkt anzeichnen kann." Sie malte einen winzigen Punkt an die Wand.

Dann trat sie blinzelnd zurück. Sie musste Jack aus dem Kopf kriegen, und deshalb würde sie die Sache heute ein für alle Mal mit ihm klären. Das wäre dann das Ende dieser unwillkommenen Gefühle.

Heather stellte das Gemälde ab und nahm den Hammer in die Hand. Bald vermischte sich ihr Hämmern mit dem von Axes Crew in der Küche.

Gemeinsam hängten Marina und sie das Gemälde auf und traten zurück, um es zu bewundern.

„Das sieht hier drin super aus, Mom."

„Wir sind noch nicht fertig." Marina hatte zwei Spaliere gekauft und weiß gestrichen. „Die werden wir an der Wand befestigen und mit Lichterketten schmücken. Das wird abends ganz zauberhaft aussehen, wenn die restlichen Lichter gedimmt sind."

„Oh, das klingt magisch. Ich halte sie fest, während du misst."

Marina war froh über Heathers Hilfe. Während sie die Spaliere an der Wand befestigten, hielt sie inne und fragte: „Bist du sicher, dass du im Herbst nicht auf die Duke zurückkehren möchtest? Das ist so eine gute Uni, und ich fände es schön, wenn du weiter studierst. Also wenn du das willst. Für die Studiengebühren könnten wir ein Darlehen bekommen. Außerdem habe ich Geld für deine Lebenshaltungskosten zurückgelegt."

Marina hatte noch etwas Geld von der Abfindung des Fernsehsenders übrig, auch wenn es nicht viel war und nicht lange halten würde. Aber sie wollte Heathers Traum so lange unterstützen, wie sie konnte.

„Ich will nicht, dass ich nach dem Abschluss Schulden habe oder du mit einem Kredit belastet bist", sagte Heather und schüttelte den Kopf. „Ein paar meiner Freunde von der Highschool gehen auf die UCSD und fühlen sich dort superwohl. Und San Diego ist auch nicht so weit weg."

„Das ist eine gute Uni, aber ist es auch das, was du möchtest? Ich will nicht, dass du wechselst, nur weil ich meinen Job verloren habe."

„Mom, selbst wenn du noch dort arbeiten würdest, würde ich nach Kalifornien zurückkehren wollen. Die Duke war super, aber ich gehöre hierher. Das hier ist mein Zuhause. Ich bin nur wegen Ethan und seines Golfstipendiums auf die Duke gegangen."

„Wenn du meinst …"

„Ja." Heather gab ihr einen Kuss auf die Wange. „Ich würde mir auch gerne einen Ferienjob suchen."

Nachdem sie die Spaliere befestigt hatten, breitete Heather eine Lichterkette mit kleinen weißen Lämpchen aus, und Marina befestigte sie mit einem Tacker an den Spalieren, wobei sie darauf achtete, nicht durch die dünnen Kabel zu tackern.

Brooke kam herein, die Arme voll mit Obst und Gemüse aus dem Garten.

„Das sieht schön aus", sagte sie sehnsüchtig. „Ich wünschte, ich könnte mein Haus auch so hübsch halten."

Heather warf ihr einen Blick über die Schulter zu.

„Ethan und ich sollten mit den Jungs reden. Sie können dich nicht so behandeln, Tante Brooke."

Marina wusste, dass Brooke seit ihrer Ankunft hier jeden Tag mit Chip und den Jungs gesprochen hatte. Sie hatten alle schlechte Laune, weil sie nicht da war, um ihre Wäsche zu waschen oder für sie zu kochen.

„Macht das gerne. Aber das Problem sind nicht eure Cousins, sondern ihr Vater. Er beschwert sich am laufenden Band, dass der Wäscheberg immer größer wird. Man würde meinen, dass er von sich aus auf die Idee käme, mal die Waschmaschine anzustellen, oder? Muss ich ihm das wirklich erklären?"

„Vielleicht ja", sagte Marina sanft. „Chip könnte auch eine Aufgabenliste für die Jungs zusammenstellen."

„Ethan und ich hatten darauf auch keine große Lust", warf Heather ein. „Aber als wir aufs College gegangen sind, wussten wir wenigstens, wie man Wäsche wäscht. Viele unserer Mitstudenten waren total ahnungslos. Und kleine Belohnungen wie ein Besuch im Zoo oder ein Mittagessen am Pier waren eine gute Motivation, die ich heute noch für mich selbst nutze."

„Ich wünschte, meine Kinder würden so reden." Brooke seufzte. „Ich hoffe, dass wir irgendwann dahinkommen. Ihr habt keine Ahnung, wie viele Aufgabenlisten ich schon erstellt habe. Aber sie werden von allen einfach ignoriert."

„Vielleicht könnte Chip die Führung übernehmen und sich mit den Kids zusammensetzen, damit sie sich freiwillig für gewisse Aufgaben melden und somit eher bereit sind, sie auch zu erledigen?"

„Ha", sagte Brooke. „Das wäre schön. Aber wenigstens hat Chip zugestimmt, zur Paartherapie zu gehen. Ich habe ihm bereits gesagt, dass ich erst zurückkomme, wenn er bereit ist, mir bei der Lösung dieses Problems zu helfen. Er hat die Jungs unterstützt, indem er ihnen durchgehen ließ, dass sie meine Bitten ignoriert haben. Ich habe ihm erklärt, dass unsere Söhne mich erst respektieren werden, wenn er anfängt, mich zu respektieren."

Marina hatte eine herausfordernde Zeit mit Ethan gehabt, als der ein Teenager gewesen war. Nur hatte sie damals keinen Mann gehabt, der ihr helfen konnte – oder der ihre Anstrengungen unterminierte. „Es ist wichtig, dass die Jungs lernen, dich zu respektieren. Ansonsten werden sie ihre Frauen irgendwann ebenso behandeln."

„Daran hatte ich noch gar nicht gedacht." Brooke erschauderte. „Ich muss das Gemüse waschen. Und mit Leilani vom *Hidden Garden* sprechen. Vielleicht kann ich dort an den Wochenenden arbeiten. Das würde ich sogar umsonst tun."

Marina nahm den Tacker herunter. „Wie wäre es, wenn du mir diese Woche auf dem Markt hilfst? Ich könnte Unterstützung gebrauchen."

„Das würde mir gefallen", sagte Brooke. „Ich muss zur Abwechslung mal unter Erwachsenen sein." Sie verzog den Mund ein wenig, und das kam einem Lächeln so nahe wie nichts, was Marina seit ihrer Ankunft hier gesehen hatte.

Nachdem Brooke gegangen war, um sich um das Gemüse zu kümmern, wandte Marina sich an Heather.

„Du kannst auch gerne auf dem Markt helfen." Sie strich ihrer Tochter über die Schulter. „Wenn du es erträgst, dass deine Mutter dir sagt, was du tun sollst. Es macht Spaß, zu sehen, was die anderen verkaufen. Und wenn das Café eröffnet ist, brauche ich nun, wo Kai fehlt, auch Unterstützung."

Marina hatte sich mit Ivy darüber unterhalten, wie es für sie war, dass ihre Tochter Sunny in Teilzeit im Inn arbeitete, wenn sie nicht gerade studierte. Ivy hatte gestanden, dass es nicht immer leicht war, Sunny sich aber wichtige Kenntnisse fürs Berufsleben aneignete und lernte, mit ihrem Geld zu haushalten.

„Das fände ich gut." Heather grinste. „Ich verspreche,

ich werde nicht ausflippen, so wie während der Abschlussprüfungen. Ich war unglaublich wütend auf Ethan, weil er sein Studium vorher geschmissen und mich allein zurückgelassen hat.“

„Ich bin froh, dass ihr euch wieder vertragen habt.“ Zum Glück waren die Zwillinge nie lange böse aufeinander. Heather war erwachsener als Ethan, aber sie wussten beide sehr gut, was sie wollten, und verfolgten ihre Ziele entschlossen.

Heather hielt eine weitere Lichterkette hoch, die Marina an die Spaliere tackerte. „Es wird sicher schön, so nah am Strand zu arbeiten und zuzusehen, wie du dein Unternehmen aufbaust. Vielleicht will ich so etwas später auch mal machen. Nicht notwendigerweise ein Café, aber mir gefällt die Vorstellung, meine eigene Chefin zu sein.“

„Das ist am Anfang viel Arbeit.“ Marina hatte vor, mittags und abends zu öffnen, aber nachmittags geschlossen zu haben. Nur an den Wochenenden, wenn die Touristen kamen, würde sie den ganzen Tag über öffnen. „Du kannst mir bei den Vorbereitungen helfen und kellnern. Ich bezahle dich, und das Trinkgeld gehört ganz dir.“

Heathers Augen strahlten. „O ja. Das wäre super, denn ich brauche im Herbst ein Auto.“

In San Francisco hatten Heather und Ethan die Cable Cars und den öffentlichen Nahverkehr nutzen können, und an der Duke hatten sie kein Auto gebraucht. Aber das würde sich nun ändern, und Marina hatte schon darüber nachgedacht. „Ich weiß es sehr zu schätzen, dass du Geld dazugeben willst, Süße.“

Axes große Gestalt füllte den Türrahmen aus. „Ich habe den Dimmerschalter für diesen Raum.“

Marina reichte Heather den Tacker und ging zu Axe. „Toll. Das hilft, für die richtige Stimmung zu sorgen. Kannst du auch einen Spot anbringen, der das Gemälde beleuchtet?“

„Ich glaube, ich habe da genau das Richtige im Truck. Der ist von einem anderen Job übrig geblieben. Eigentlich wollte ich ihn zurückbringen, aber wie es aussieht, war er für dich gedacht." Den Dimmerschalter in der Hand zögerte Axe. „Ich habe Kai in letzter Zeit kaum hier gesehen."

„Ihr Freund aus New York ist da …" Marina schüttelte den Kopf und fing sich dann.

„Ich habe gehört, dass sie verlobt sind." Etwas unsicher verlagerte Axe das Gewicht von einem Fuß auf den anderen. „Ich bin keiner, der tratscht, aber sobald etwas im Java Beach die Runde macht, ist es im Ort kein Geheimnis mehr. Will sie wirklich nach New York ziehen?"

Marina ließ ihre ausgestreckte Hand sinken. „Ich bin mir nicht sicher, was sie will."

„Das ist eine Schande. Damit entgeht Summer Beach etwas."

„Was meinst du damit?"

Axe strahlte. „Vor ein paar Jahren habe ich ein Stück Land gekauft. Es liegt auf einem leicht abfallenden Hügel, umgeben von den Klippen. Als ich es sah, dachte ich, dass es aussieht wie ein Amphitheater. Es würde nicht viel brauchen, um eine Bühne zu bauen. Die Leute könnten Decken und Picknicks mitbringen. Und wenn es gut ankommt, könnte ich es ausbauen. Es würde eine kleinere Version der Hollywood Bowl in Los Angeles werden."

„Das würde den Ort wirklich attraktiver machen – und neue Besucher anlocken."

„Es ist nur ein Traum, aber ich habe es dem Bürgermeister gegenüber erwähnt, und er hat den Kontakt zu Carol Reston hergestellt. Wie sich herausgestellt hat, ist sie interessiert, uns zu helfen. Es wäre eine Non-Profit-Sache. Jetzt, wo ich ein paar Gelder eingesammelt habe, könnte ich schon diesen Sommer eine Produktion auf die Beine stellen. Kai hatte mich gefragt, ob es in der Gegend ein Sommertheater gibt. Mit ihrer Hilfe wäre es vermutlich ein Leichtes, alles auf die Beine zu stellen. Und wir würden dabei viel Spaß haben. Ich hatte gehofft, sie hier zu treffen, um mit ihr darüber zu reden."

Marinas Herz wurde schwer. „Kai hätte die Idee geliebt."

Axe starrte den Lichtschalter in seiner Hand an, als wäre er ein ihm unbekanntes Objekt. „Also zieht sie wirklich nach New York?"

Marina hörte einen Anflug von Traurigkeit in seiner Stimme. „Ich glaube, du solltest sie anrufen. Erzähle ihr von dem Theater. Vielleicht hat sie Zeit, mitzumachen. Dimitri reist bald wieder ab." Das hier könnte Kai einen Grund geben, hierzubleiben – und Marina hoffte aus ganzem Herzen, dass sie nicht mit Dimitri abreisen würde.

„Du könntest also doch noch eine Chance bei Tante Kai haben", warf Heather ein.

Axe lachte in sich hinein.

„Für die Theaterproduktion", fügte Marina schnell an und lächelte. „Oder für was auch immer."

Heather hatte schnell mitbekommen, dass Ginger und ihre Mutter von Dimitri nicht sonderlich beeindruckt waren. Vielleicht war das hier die Ausrede, die Kai brauchte. „Versuch, sie zu erreichen, bevor sie morgens das Haus verlässt. Vermutlich hörst du sie wieder unter der Dusche singen." Kai eilte meistens aus dem Haus, ohne mit jemandem zu sprechen.

Axe schüttelte den Kopf. „Ich habe sie in letzter Zeit nicht singen gehört."

Das verriet Marina viel. Ihr war es nicht aufgefallen, aber sie war auch mit Heather und Brooke beschäftigt gewesen. Kai sang beinahe immer unter der Dusche oder in der Badewanne, laute Musicalhits, die von den Kacheln widerhallten, wobei sie neue Betonungen ausprobierte. Und auch über den Tag summte oder sang Kai oft vor sich hin.

Marina musste ihr helfen — oder ihr zumindest einen Rettungsring zuwerfen.

„Dann ruf sie an." Sie drückte die Daumen, dass Axe es tun würde. „Du könntest sie hier treffen und ihr von deiner Idee erzählen. Ich sorge für den Kaffee."

Ein kleines Lächeln umspielte Axes Mundwinkel, als er darüber nachdachte. „Ja, das werde ich machen." Er warf den Dimmerschalter in die Luft und fing ihn wieder auf. Das Hämmern und Sägen in der Küche war verstummt. „Ich baue den hier gleich ein. Willst du die Fortschritte in der Küche sehen? Die Jungs machen gerade eine Pause."

„Gerne." Marina und Heather folgten ihm. Ohne die alte Trennwand zwischen Küche und Esszimmer wirkte der Raum gleich viel größer. Marina drehte sich einmal um die eigene Achse und nahm alles in sich auf. „Das ist noch besser, als ich es mir vorgestellt hatte."

„Deine Kühlschrankkombination kommt dort hin."

Bei dem Laden für Gastronomiebedarf hatte Marina einen gebrauchten Industriekühlschrank, einen professionellen Herd und mehrere Öfen gekauft und einen guten Preis ausgehandelt.

Sie legte die Arme um Heather. „Wir werden hier viele gute Zeiten haben. Das spüre ich."

Auf dem Weg vor dem Haus erklangen Schritte, dann hörte sie Jacks Stimme. „Hallo! Habt ihr schon geöffnet?"

10

———

arina atmete scharf ein. Jack war da, und sie hatte nicht mal Zeit gehabt, sich umzuziehen oder die Haare zu kämmen. Nicht, dass das für jemanden, der nur ein Freund war, wichtig wäre. „Komm rein. Du bist früh dran."

Jack betrat das Gästehaus und begrüßte Axe. „Ich bin pünktlich auf die Minute. Mir zerrinnt der Tag auch nur so zwischen den Fingern."

Marina erinnerte sich, dass Jack und Ethan sich zwar kannten, er Heather aber noch nicht getroffen hatte. Also stellte sie die beiden einander vor, wobei ihr auffiel, dass Heather lächelte.

„Heather, ich glaube, für heute sind wir hier fertig. Jack und ich gehen einen Kaffee trinken. Kannst du Ginger Bescheid sagen?"

„Klar Mom." Heather sah aus, als würde sie unter dieser Information platzen. Während Ethan eher beschützend war, was seine Mutter anging, hatte Heather sie immer ermutigt, wieder auszugehen.

Als Marina ins Haus eilte, um ihre Handtasche zu holen, schaute sie in den Spiegel neben der Haustür, vor dem Ginger immer anhielt, um sich vor dem Ausgehen Lippenstift aufzulegen. Das Herz hämmerte in ihrer Brust, und sie stieß den Atem aus. Schnell strich sie sich die Haare glatt und trug einen Hauch Lipgloss auf, so wie immer, wenn sie das Haus verließ – das redete sie sich zumindest ein. Ihre Jeans und das ausgewaschene T-Shirt mit dem Schriftzug *Das Leben ist besser in Summer Beach* mussten reichen.

„Jack ist derjenige, der nervös sein sollte", sagte sie zu ihrem Spiegelbild.

Vielleicht ist das nicht ganz fair, dachte sie, denn er hatte sie auch vorher nie angerufen. Sie waren sich immer entweder hier oder am Strand über den Weg gelaufen. Vielleicht hatte sie in ihre Unterhaltungen und Spaziergänge mehr hineingelesen, als da war. Wobei sie den Kuss, den sie geteilt hatten, nicht falsch interpretiert haben konnte. Genauso wenig wie die Art, wie Jack im Pool seine Arme um sie geschlungen hatte. Oder war das nur eine Reaktion auf die Erleichterung nach dem Tornado gewesen?

Was auch immer passiert war, sie hatte eingewilligt, sich seine Seite der Geschichte anzuhören, und genau das würde sie jetzt tun.

Für Ginger. Da Jack und ihre Großmutter gemeinsam an den Kinderbüchern arbeiteten, könnte er noch eine Weile Teil von Gingers Leben sein. Und Marina hatte nicht vor, die Situation für ihre Großmutter unbehaglich zu machen.

Sie waren schließlich alle erwachsen, oder?

Damit schloss sie ihre Handtasche und ging nach draußen.

Jack tigerte neben seinem alten VW-Bus auf und ab. Als er sie sah, beeilte er sich, die Beifahrertür für sie zu öffnen. Die seitliche Schiebetür stand ebenfalls offen, und Marina sah Scout, der im Wohnbereich des Campers hechelnd auf der Bank lag. Als er sie sah, sprang er auf und wedelte mit dem Schwanz.

Marina lachte. „Sieh einer an, wer da ist." Sie kraulte den Hund, bevor sie sich auf den Beifahrersitz setzte.

Jack schloss ihre und die Schiebetür und ging um den Bus herum. „Ich dachte, dass er heute gerne ein wenig herumrennen würde. Oder nicht, alter Junge?"

Scout bellte zustimmend.

„Er freut sich." Marina lachte. „Was schwebt dir vor?"

Jack trommelte mit den Fingern auf das Lenkrad. „Ein paar Minuten entfernt gibt es einen einsamen Strand. Da war ich letzte Woche mit Leo und Samantha schnorcheln. Es ist eine ganz bezaubernde kleine Bucht."

„Ah, die kenne ich." Marina beobachtete ihn. Er wirkte auch ein wenig nervös. „Die Einheimischen nennen ihn den Kinderstrand. Viele von uns haben dort das Schwimmen gelernt."

„Echt?" Jack drehte den Schlüssel im Zündschloss, und der alte Van erwachte röhrend zum Leben. „Ich habe ein Picknick mitgebracht, falls es dir nichts ausmacht."

„Ich dachte, das hier ist nur ein Kaffeetrinken."

„Tut mir leid. Ich wollte dich nicht einschüchtern."

„Das hast du nicht. Außerdem hat Ginger uns in Selbstverteidigungskurse gesteckt, als wir jünger waren. Du solltest mal meine Tricks sehen. Ich könnte tödlich sein."

„Ich werde mich von meiner besten Seite zeigen."

Sie nickte, und sie fuhren die am Strand entlangführende Straße hinunter. „Wenn du an dem Kinderstrand vorbeifährst, kommt eine Stelle mit ein paar Picknicktischen unter Palmen."

„Das klingt gut."

Marina schaute sich in dem Campingbus um, der mit blau-weiß gestreiften Sitzen und einem Fußboden im Schachbrettmuster ausgestattet war. Es gab einen kleinen Kühlschrank, eine Spüle und eine Herdplatte. Alte

Nummernschilder aus verschiedenen Staaten hingen an den Schranktüren. Ein Roadtrip in diesem Bus würde sicher Spaß machen. Nicht, dass sie darüber nachdachte, so etwas mit Jack zu tun.

Sie schaute wieder nach vorne. „Ich bin seit Jahren nicht mehr in einem dieser alten VW-Busse gefahren."

„Er ist ein Oldtimer, aber komplett restauriert. Die Bank kann zu einem Bett ausgezogen werden, und der Tisch ist ausklappbar, sodass ich auch daran arbeiten kann. Ich habe den Bus gekauft, um damit quer durchs Land zu fahren."

„Wie war das so?"

„Es war super. In ländlichen Gegenden konnte ich einfach irgendwo parken und schlafen. Morgens habe ich dann an einer Raststätte angehalten, um zu duschen und zu frühstücken."

Sie sah ihn unter hochgezogenen Augenbrauen an. „Wirklich? Mr. Pulitzer-Preis auf einer Raststätte?" Sie konnte nicht widerstehen, ihn aufzuziehen, obwohl sie mit ihren Eltern in den Ferien an genügend Raststätten eingekehrt war.

„Hey, es gibt ein paar sehr schicke Raststätten. Gutes Essen, Einkaufsmöglichkeiten, Duschen, Waschmaschinen und mehr. Ich halte immer am *Buc-ee's* in Texas an, um Geschenke für meine Nichten und Neffen in Dallas zu kaufen."

„Ich nehme alles zurück. Es ist lange her, dass ich einen Roadtrip unternommen habe."

„Das hier ist meine Rosinante", sagte Jack und tätschelte das Armaturenbrett. „Auf seiner Reise durchs Land, als John Steinbeck *Die Reise mit Charley* geschrieben hat, hat er seinen Pick-up-Camper nach Don Quijotes Pferd benannt." Er lachte leise. „Wir sind zwar beide schon etwas über die Blüte unseres Lebens hinaus, machen aber immer weiter. Diese Reise hat mich von New York nach Los Angeles geführt, und der Bus hat mir nicht ein einziges Mal

Probleme bereitet. Ich hatte vor, ihn nach Ablauf meiner Auszeit zu verkaufen, aber jetzt werde ich ihn behalten. Leo mag ihn."

Marina lächelte. Sie genoss es, Jacks Geschichten zu lauschen. Als Freund, ermahnte sie sich. „Ich erinnere mich an das Buch. Charley war ein Königspudel, den Steinbeck mit dabei hatte. Also ist Scout dein Charley."

„Beinahe hätte ich ihn auch so genannt. Stattdessen hat er einen Namen aus *Wer die Nachtigall stört* bekommen. Denn trotz seines Humpelns habe ich Mut in seiner Seele gesehen. Und er war entschlossen, mit mir mitzukommen."

Marina musterte Jack. Wenn er über Scout und seine Reise sprach, wirkte er entspannt. „Hast du weitere längere Roadtrips geplant?"

„Ich würde gerne einen mit Leo unternehmen. Ich glaube, das wäre gut für ihn. Natürlich erst später …"

Den Rest des Satzes ließ er in der Luft hängen. Aber Marina wusste, was er meinte, und es zerrte an ihrem Herzen.

Danach fuhren sie schweigend weiter, bis Marina ein paar Minuten später sagte: „Bieg da vorne rechts ab. Hier darf Scout auch frei herumlaufen."

Nachdem sie angehalten hatten, sprang Scout aus dem Wagen und rannte in seiner mutigen, humpelnden Art los, um die Vögel zu jagen. Jack holte einen Rucksack heraus.

Marina schaute auf. „Ich dachte, du hattest ein Picknick geplant?"

Er tätschelte den Rucksack. „Das ist ein verkleideter Picknickkorb. Willst du draußen essen oder im Bus? Ich kann alle Fenster öffnen."

„O ja, lass uns im Bus essen." Draußen raschelten die Palmen in der mittäglichen Brise. Der graue Schleier über dem Meer, den die Einheimischen Juni-Trübsinn nannten, war von der Sonne weggebrannt worden, die nun hoch am

Himmel stand. Scout spielte mit den Wellen am Strand Fangen.

Jack hielt ihr seine Hand hin, und Marina ging nach hinten in den Wohnbereich und setzte sich auf die gepolsterte Bank. Jack hob die Tischplatte an und klappte das Bein darunter aus. „*Voilà, Madame. Charmant, non?*"

Marina lachte. „Sind die meisten Frauen davon beeindruckt?"

„Keine, die ich wollen würde." Er holte eine Thermoskanne heraus. „Ich hoffe, du magst Cappuccino."

„Er riecht köstlich."

Als Nächstes folgten Sandwiches. „Truthahn, Provolone, Avocado, Römersalat und gelbe Paprika mit Zitronen-Knoblauch-Aioli auf einem Croissant. Freundlicherweise zur Verfügung gestellt vom Java Beach. Ich werde mich mit dem Essen beeilen. Wenn du auch eines willst – ich habe zwei mitgebracht." Seine blauen Augen funkelten amüsiert.

„Oh, du bist unverbesserlich. Vielleicht kann ich ein wenig mehr Zeit erübrigen." Sie wickelte eines der Sandwiches aus und biss hinein. „Mitch macht wirklich gute Sandwiches. Ich werde meine Standards anheben müssen."

„Ich bin mir sicher, dass das für dich kein Problem sein wird."

Nachdem sie ein paar Bissen gegessen und einen Schluck von der Limonade getrunken hatte, die Jack ihr aus dem Kühlschrank geholt hatte, nahm Marina all ihren Mut zusammen. „Das ist nett. Aber wir müssen trotzdem reden."

„Es ist so schön, dass ich beinahe vergessen hätte, dass du sauer auf mich bist."

„Nein, das hast du nicht." Sie zögerte. „Das hier ist ein kleiner Ort, Jack."

Er nickte nachdenklich, aß sein Sandwich auf und trank seine Limonade. „Ich wäre jetzt bereit für einen Cappuccino."

„Jack."

Er seufzte. „Ich bin ein Arsch. Der Abend, an dem wir gemeinsam schwimmen waren, hat einen dauerhaften Platz in meinem Kopf. Ich habe jeden Tag daran gedacht, Marina. Ich habe an dich gedacht."

„Bitte nicht. Nicht, wenn du es nicht ernst meinst." Ihr Herz zog sich zusammen, und sie legte den Rest ihres Sandwiches ab und lehnte sich zurück. Wie sehr sie sich wünschte, sie könnte die Gefühle, die sie für ihn hatte, auslöschen.

Jack strich sich mit der Hand übers Gesicht und schaute aufs Meer hinaus. „In Wahrheit geht es um Leo. Ich bin jetzt sein Vater."

„Ja, das bist du."

„Du hast die Zwillinge allein aufgezogen, während du Vollzeit gearbeitet hast. So wie ich das sehe, musst du übermenschliche Kräfte haben."

„Man tut, was man tun muss", sagte sie leise. „Du kriegst das hin."

„Vor zwei Monaten hatte ich noch keine Ahnung von all dem. Ich dachte, ich fahre mit diesem Bus für eine Auszeit an die Westküste und hänge ein wenig in Summer Beach ab, während ich ein beeindruckendes Buch schreibe, das jedem Lektor das Wasser im Mund zusammenlaufen lässt, bevor ich wieder nach New York zurückkehre, mein Manuskript verkaufe und mich auf Promotour begebe. Vielleicht wäre sogar ein Filmdeal drin." Er lachte leise. „Ich hatte große Träume."

„Und jetzt?"

„Jetzt hat sich mein ganzes Leben verändert. Es geht nicht mehr so sehr darum, was ich will, sondern was Leo braucht. Er wird seine Mutter verlieren und lange brauchen, um davon zu heilen. Selbst wenn er therapeutische Unterstützung bekommt. Leo mag dich sehr. Ich hatte Angst, wenn du und ich anfangen, miteinander auszugehen, so wie ich es gehofft hatte …" Er hielt inne und presste sich die

Faust gegen die Lippen auf der Suche nach den richtigen Worten.

Marina widerstand dem Drang, etwas zu sagen, und wartete darauf, dass er fortfuhr.

„Ich fürchtete, wenn das mit unserer Beziehung nicht funktioniert – und zwar meinetwegen, nicht deinetwegen –, würde das Leo erneut zerstören, und das in einem Moment, in dem er am verletzlichsten ist. Ich konnte mir vorstellen, dass er zu dir als eine Art Mutterersatz aufschaut. Denn die eigene Mutter in diesem Alter zu verlieren ist so ungefähr das Traurigste, was ich mir vorstellen kann. Dich dann auch noch zu verlieren könnte ihn endgültig brechen. Vanessa sagte, er wäre ziemlich sensibel, auch wenn er sich das nicht anmerken lässt."

Er zögerte, als schäme er sich für ein Geheimnis. „Meine Erfolgsbilanz, was Beziehungen angeht, ist nicht gerade berauschend. Ich habe Frauen verlassen, um Geschichten nachzujagen, habe Geburtstage vergessen, wenn ich eine Deadline hatte. Um es kurz zu fassen: Ich war ein egoistischer Idiot."

„Und deshalb hast du dich nicht gemeldet?"

„Vielleicht habe ich zu viel darüber nachgedacht. Aber die Chancen, dass du die Beziehung in ein paar Monaten beendet hättest, standen ziemlich hoch, und das wäre der Zeitpunkt, an dem Leo am verletzlichsten wäre." Er verschränkte seine Finger. „Ich muss jetzt vor allem ein verantwortungsvoller Vater sein. Zum ersten Mal in meinem Leben kommen meine Bedürfnisse an zweiter Stelle. Ich habe die ersten zehn Jahre von Leos Leben verpasst und habe viel aufzuholen."

Marina strich mit der Fingerspitze über den Rand ihres Kaffeebechers und dachte über Jacks Worte nach. Sein Gedankenprozess ergab Sinn. „Das ist plausibel. Und ich verstehe, unter welchem Druck du stehst."

Jacks gekrauste Stirn entspannte sich. „Ich betrachte

dieses Dilemma schon seit Wochen von allen Seiten. Ich habe dir nie wehtun wollen. Aber je länger ich darüber nachgedacht habe, desto mehr habe ich erkannt, dass meine Taten einem verletzlichen kleinen Jungen schaden könnten. Und vielleicht auch einer wundervollen Frau, die Besseres verdient hat."

Jack schien echte Reue zu empfinden, und seine Ernsthaftigkeit und sein Wunsch, Leo ein guter Vater zu sein, waren rührend. Marina hatte gelernt, dass wenn ein Mann sagte, er wäre nicht dazu gemacht, ein guter Ehemann zu sein, sie ihm glauben sollte. So sehr das auch schmerzte.

„Danke, dass du es mir erklärt hast", sagte sie. „Ich weiß deine Besorgnis um Leo zu schätzen." Sie erlaubte sich ein kleines Lächeln. „Und um mich. Vielleicht bist du kein so großer Idiot, wie du glaubst."

Er streckte seine Hand über den kleinen Tisch aus. „Sind wir wieder Freunde?"

Marina schluckte schwer. „Freunde. Sowohl mit dir als auch mit Leo." Sie schüttelte seine Hand, und als sie die Wärme und Sicherheit seines Griffs spürte, fragte sie sich, ob sie wirklich mit ihm befreundet sein konnte.

Vielleicht wenn sie sich darauf konzentrierte, was für Leo das Beste war. Sie war es gewohnt, ihre Kinder an erste Stelle zu setzen. Jetzt, wo die beiden junge Erwachsene waren, die ihre eigenen Entscheidungen trafen, hatte sie die Gelegenheit, an sich zu denken. Und dieser Sommer war ihr erster Schritt in Richtung der Erfüllung ihres Traums.

Marina dachte daran, wie sehr Heather und Ethan in ihrer Kindheit und Jugend ihren Vater vermisst hatten. Um das wettzumachen, hatte sie alle von Ethans Spielen besucht und sogar Heather in einem geliehenen Smoking zum Vater-Tochter-Ball begleitet. Doch der Vater ihrer Kinder war gestorben, bevor die beiden auf die Welt gekommen waren. In Leos Alter die Mutter zu verlieren, würde besonders hart sein. Zumal der Junge seinen Vater erst kürzlich kennengelernt hatte.

Sie ließ Jacks Hand los. „Danke für deine Ehrlichkeit. Ich wünschte nur, sie wäre etwas früher gekommen."

„Ist beschämt zur Kenntnis genommen."

Marina biss sich auf die Unterlippe, als ihr das, was ihm und Leo bevorstand, noch einmal durch den Kopf schoss. „Vanessa scheint eine so bezaubernde und liebevolle Frau zu sein."

Jack blinzelte, und seine Augen wurden rot. „Sie ist eine der intelligentesten, mitfühlendsten Frauen, die ich je kennengelernt habe. Bevor sie krank wurde, sah sie noch dazu umwerfend aus. Eine echte Naturschönheit. Vanessa hat ein langes Leben verdient; sie hat es verdient, die Liebe zu ernten, die sie so selbstlos gesät hat."

„Das hast du sehr schön gesagt." Marina entdeckte in Jack eine Gefühlstiefe, die sie nie zuvor gesehen hatte. Vanessa hatte sein Herz berührt. Liebte er sie doch mehr, als er zugab?

Was wäre, wenn Vanessa gesund wäre …? Marina glaubte, die Antwort im Herzen zu wissen. Sie schloss die Augen und dachte über das Dilemma nach, dem sie beide sich gegenübersahen. Doch der Verletzlichste von ihnen war Leo, ein kleiner Junge, der sich nichts lieber wünschte, als beide Elternteile bei sich zu haben.

Sie wusste nicht, warum gewisse Leute auf der Welt zusammengebracht wurden. Vor allem wenn es aussah, als wäre das Schicksal gegen sie. Ein Kloß bildete sich in ihrer Kehle. Vielleicht war das hier doch nicht Jacks und ihre Geschichte.

„Hat Vanessa alle Behandlungsmöglichkeiten ausgereizt?", fragte sie.

„Das sagt sie zumindest. Ihre Krankheit ist ungewöhnlich selten. Ich bin mir sicher, dass sie alle Möglichkeiten gründlich recherchiert hat. Darin war sie schon immer gut."

Marina nickte, fragte sich aber trotzdem, ob es nicht eine experimentelle Behandlung gab, die Vanessa helfen könnte. Sie wusste aber auch, dass sicher jeder eine Meinung zu dem Thema hatte und Vanessa eine Einmischung als Eingriff in ihre Privatsphäre auffassen könnte. Deshalb würde Marina die arme Frau weder nerven noch ihr die Würde nehmen. Sie hoffte nur, dass sie, ihr Sohn und Jack die Möglichkeit hatten, den Sommer zu genießen und gemeinsame Erinnerungen zu schaffen.

Jack pfiff nach Scout, und Marina fiel wieder ein, worüber sie mit Kai und Brooke früher immer gelacht hatte: dass Ginger all die richtigen Leute zu kennen schien.

11

„**D**as ist eine sehr charmante Zeichnung", sagte Ginger, als sie Jacks Skizzen für die Kinderbücher betrachtete.

Sie saß ihm gegenüber an einem Tisch auf der Terrasse des Seabreeze Inn und schaute durch ihre mit Strasssteinen besetzte Lesebrille. Dann richtete sie ihren breitkrempigen Strohhut, der sie gegen die Nachmittagssonne schützte, und ging noch einmal in Ruhe alle vor ihr liegenden Entwürfe durch.

„Nach allem, was du mir erzählt hast, habe ich mir das jüngste Mädchen so vorgestellt", erklärte Jack und zeigte auf eine Zeichnung.

Ginger hob eine Augenbraue. „Ja. Das ist ziemlich gut."

„Ich habe mich oft gefragt, woher du die Inspiration für deine Geschichten hast?" Jack glaubte, es zu wissen. Er liebte es, Ginger zuzuhören. Ihre faszinierenden Erlebnisse schienen endlos, und jede Geschichte ging in eine andere über.

Ginger nahm die Brille ab, und ihre smaragdgrünen Augen funkelten, als sie in ihre Erinnerungen eintauchte. „Die erste Geschichte war über ein kleines Mädchen –

meine Tochter, wie du dir sicher vorstellen kannst. Bertrand war in Übersee stationiert, und wir sind ihm gefolgt – London, Paris, Madrid, Stockholm. Wir sind sehr viel gereist und in den Ferien in unser Cottage zurückgekommen. Die ursprünglichen Geschichten waren dazu gedacht, das Interesse meiner Tochter an Geschichte, Naturwissenschaften und den unbekannten Kulturen zu wecken, in denen sie sich wiederfand. Schon früh war mir aufgefallen, dass sie es liebte, Rätsel und Puzzle zu lösen, und so wurden diese Elemente ein integraler Teil der Geschichten. Meine Tochter war sehr klug."

Sie blinzelte und senkte den Blick. „Ich vermisse sie und ihren hinreißenden Ehemann jeden Tag. Aber sie haben mir das größte Geschenk zurückgelassen – drei bezaubernde Enkeltöchter."

„Sind deshalb aus der einen Hauptfigur drei geworden?" Jack blätterte in seinen vorläufigen Skizzen für die Kinder.

„Ganz genau." Ginger stützte das Kinn in die Hand, wobei ihre bunten Armreifen klimperten. „Die Mädchen liebten es, Geschichten über Charaktere zu hören, die ihnen selbst ähnelten. Auch wenn ich diese Inspiration immer verleugnet habe. Das hat sie neugierig gehalten, verstehst du? Sie haben mir Ideen gegeben, indem sie mir erzählt haben, was sie in so einer Situation tun würden. Als sie älter wurden, haben sie es natürlich herausgefunden."

„Du hast ein paar sehr faszinierende Storylines."

Das bestätigte Ginger mit einem leichten Nicken. „Diese Geschichten waren dazu gemacht, Kinder – vor allem junge Mädchen – für Naturwissenschaften, Mathematik und Geschichte zu begeistern."

„Und in jedem Buch wird es ein Rätsel geben?" Jack machte sich beim Sprechen ein paar Notizen.

„Ja. Aber nicht immer so, wie wir uns Rätsel normalerweise vorstellen." Sie spielte an dem aufgekrempelten Ärmel ihres weißen Hemdes herum. „Meine Mädchen haben es geliebt, Abenteuergeschichten zu lesen und Spuren zu folgen. In jeder Geschichte lösen die Geschwister ein Rätsel, in dem sie Hinweise, Chiffren und Codes benutzen. Ich habe sie in Geschichten eintauchen lassen, in denen sie auf uralte Hieroglyphen, geheime Nachrichten und Labyrinthe getroffen sind, um ihnen beizubringen, wie man verzwickte Probleme angeht und löst. Manchmal mussten sie in der Geschichte zurückreisen, um alte Rätsel zu lösen. Ach, was hatten wir für einen Spaß."

„Hast du in diese Geschichten etwas von deiner Arbeit einfließen lassen?"

„Ja, vermutlich schon. Die Mädchen wurden ziemlich gut in der Caesar-Verschiebung – eine Verschlüsselung, die ihren Namen daher hat, dass Julius Caesar sie benutzte, um die Nachrichten an seine Soldaten zu verschlüsseln. Wobei ich anfügen muss, dass das bei ihren Lehrern nicht so gut ankam." Sie lachte leise. „Die Alberti-Chiffre war schon verzwickter. Dabei handelt es sich um ein Decodierungsgerät, das aus zwei konzentrischen Ringen besteht. In einer Geschichte bauen die Kinder sich ein ähnliches Gerät aus Pappe, um ein Rätsel zu lösen."

„Diese Codierungen sind für Kinder ganz schön fortgeschritten." Jack trank einen Schluck von dem Saftcocktail, den Shelly ihnen gebracht hatte.

„Ich glaube, dass Kinder mehr verstehen, als wir uns vorstellen. Alle Kinder in meiner Familie waren ziemlich weit für ihr Alter." Ginger schniefte. „Wenn diese jungen Frauen ihre Intelligenz nur mit etwas gesundem Menschenverstand unterfüttern würden. Das gilt für alle drei."

„Ich bin mir sicher, dass sie das tun." Jack unterdrückte ein Lachen. Er hatte nicht vor, sich in eine Meinungsverschiedenheit des Delavie-Moore-Clans einzumischen. Zum Glück hatten Marina und er ihr Picknick freundschaftlich beendet. Auch wenn er immer noch Gefühle für sie hatte, konnte er die möglichen Risiken einer Beziehung mit ihr um

Leos Willen nicht eingehen. Doch wenigstens war die Sache zwischen ihnen jetzt geklärt.

„Zurück zu den Zeichnungen", sagte Jack. „Ich habe verschiedene Versionen der Hauptfiguren. Kommt irgendeine dem, was du dir vorgestellt hast, nahe?"

Ginger setzte die Lesebrille wieder auf und betrachtete die Skizzen. „Die hier trifft den staunenden Blick der Jüngsten gut. Sie ist ein ziemlicher Schelm, möchte ich anfügen. Aber künstlerisch sehr begabt. Und die neugierige und zugleich entschlossene Ausstrahlung von der hier ist gut getroffen. Sie ist die natürliche Anführerin der Gruppe." Sie tippte auf eine weitere Zeichnung. „Und sie ist die Stimme der Vernunft. Die Fürsorgliche des Trios."

Jack hatte die Figuren nach Gingers früheren Beschreibungen gezeichnet und subtile Ausdrücke hinzugefügt, die er von Marina, Brooke und Kai aufgeschnappt hatte, denn er hatte vermutet, dass die Geschichten auf ihren drei Enkeltöchtern beruhten.

Ginger schob ihm einen alten Umschlag zu. „Hier ist der Rest der ersten Geschichte für dich."

„Das sieht alt aus. Ich hoffe, es handelt sich nicht um das Original?" Jack hatte bereits seinen Teil der Geschichte transkribiert und dabei lektoriert. Ein weiterer Lektor, der mit Kindergeschichten Erfahrungen hatte, würde nach Abgabe des Manuskripts noch einmal darüber gehen. Jack war immerhin investigativer Journalist und kein Kinderbuchautor. Doch nach und nach lernte er immer mehr über die Eigenheiten dieses Genres.

„Ich habe schon vor langer Zeit Kopien gemacht."

Ginger fuhr fort, zu beschreiben, wie sie die Figuren, ihre Talente und Interessen vor ihrem inneren Auge sah, und Jack korrigierte dabei seine Skizzen – ein schmaleres Gesicht, eine kürzere Nase, ein paar Sommersprossen. Für ihn war das alles ein großer Spaß.

Nach einer Weile lehnte Ginger sich zurück, nahm die

Brille ab und steckte sie in ihre Handtasche. „Bevor ich gehe, wollte ich mich nur versichern, dass du und Marina euer Missverständnis ausgeräumt habt? Nicht, dass sie mir was erzählt hätte."

„Ja, Ma'am." Jack zog fragend die Augenbrauen zusammen, doch Ginger nickte nur zustimmend.

„Wenn wir nun nur noch Kai und Brooke in die richtige Richtung lenken könnten", sagte sie. „Aber egal. Was denkst du über das Menü, das Marina an Bord der Jacht zubereitet hat? Ich habe gehört, dass du mit Leo und Samantha dort warst?"

Jack fuhr sich mit der Hand übers Kinn. In Summer Beach passierte nicht viel, von dem Ginger nichts wusste. „Ihr Essen ist köstlich. Und die Hummerpizza war ein großer Hit." Sein Blick glitt zu der Jacht, die immer noch am Ende des Hafens ankerte.

„Was ist los?"

Jacks Gedanken waren auf Wanderschaft gegangen. „Entschuldige. Was?"

„Du runzelst die Stirn. Ist etwas passiert?"

„Nicht wirklich, aber irgendetwas an der Jacht stimmt nicht."

Ginger beugte sich interessiert vor. „Darüber würde ich gerne mehr hören."

Nachdem Ginger gegangen war, strich Jack sich die Haare zurück. Trotz ihrer kleinen Eigenheiten bewunderte er sie. Ginger war eine Frau, die ihrer Zeit weit voraus gewesen war, und sie genoss es immer noch, ihren Geist mit anderen zu messen. Sie war sehr tiefsinnig und reich an Erfahrungen.

Er war froh, dass er seine Gedanken zu Charles und Anne mit ihr geteilt hatte. Du tust gut daran, deinem Instinkt zu trauen, hatte sie ihm versichert. Und er wusste, dass dieser professionelle Instinkt ihn in seinem Beruf immer gute Dienste geleistet hatte.

Er verließ die Terrasse, um nach Scout zu sehen, der auf dem Zimmer in einem Sonnenstrahl lag, der durch das Fenster fiel. „Komm, mein Junge", sagte Jack und schnalzte mit der Zunge. „Wir sind heute mit Leo zum Abendessen verabredet."

Auf dem Weg zu Leo dachte Jack über die Wendungen des Schicksals nach, die ihn hierher gebracht hatten. Und darüber, wie sehr sein Leben sich verändert hatte.

NACH DEM ABENDESSEN mit Leo und Vanessa im Strandhaus kehrte Jack ins Inn zurück. Denise und John hatten ihn auf Vanessas Bitte hin gebeten, regelmäßiger zum Essen vorbeizukommen. Sie hatte an diesem Abend besser ausgesehen und war redseliger gewesen als sonst. Es war beinahe, als wäre die alte Vanessa wieder zum Vorschein gekommen. Später hatte sie ihm erzählt, dass das daran lag, dass sie alle ihre Sachen in Ordnung gebracht hatte, sodass sie sich darüber keine Gedanken mehr machen musste. Und auch wenn er das verstand, war es ein bittersüßer Abend gewesen.

Er brachte Scout aufs Zimmer und beschloss, noch ein wenig durch den Garten zu schlendern, um runterzukommen. Der Mond warf sein helles Licht auf das tintenschwarze Wasser, und die vom Meer kommende Brise war eine angenehme Erfrischung in der lauen Abendluft. Er ging ein Stück den Strand entlang und kehrte dann zurück, um sich in einem dunklen Teil der Veranda auf einen Stuhl zu setzen. Er lehnte den Kopf zurück und schaute zu den Sternen auf, die über ihm am klaren Abendhimmel funkelten.

Auf dem Parkplatz blitzten Scheinwerfer auf, dann wurde ein Motor ausgeschaltet und ein Pärchen stieg aus dem Auto. Der Mann entzündete ein Feuerzeug. Kurz darauf glühte die Spitze seiner Zigarre im Dunkeln. Jack zählte die Tage, seitdem er zuletzt geraucht hatte. Er merkte, wie seine Kondition zunahm. Er fühlte sich besser und konnte morgens schon kleinere Strecken mit Bennett zusammen joggen. Als der Rauch zu ihm hinüberwehte, biss er sich auf die Unterlippe und kämpfte gegen sein Verlangen. Er griff in seine Hosentasche, nahm ein Pfefferminzbonbon heraus und steckte es sich in den Mund.

Das half.

Das Pärchen ging zu ein paar Stühlen und setzte sich. Er hörte sie reden und erkannte die Frau an ihrer Silhouette im Mondlicht.

Es war Kai. Sie trug ein weißes, fließendes Kleid und High Heels.

Jack erkannte ihren Begleiter. Er hatte das Zimmer neben seinem und war seit ungefähr einer Woche hier. Es war ein großer, stattlicher Mann, der gerne Goldkettchen, Manschettenknöpfe und Ringe trug. Jack hatte ihn mit einem anderen Gast – einer jungen Frau – flirten gehört. Der Kerl war zunächst aalglatt gewesen, hatte die Frau aber schnell beleidigt, als sie ihm sagte, dass sie nicht interessiert sei.

Was wollte Kai von ihm?

Dann traf es ihn wie ein Blitzschlag: Der Typ war Kais Verlobter.

Die Meeresbrise trug die Unterhaltung zu ihm herüber.

„Komm mit mir nach New York, Babe.“

Kai schüttelte den Kopf. „Ich will noch ein paar Wochen im Cottage bleiben. Das hier sind meine Sommerferien, Dimitri. Und ich werde meine Familie vermutlich für eine ganze Weile nicht wiedersehen.“

Jack beugte sich vor und stützte die Ellbogen auf die Knie. Er hatte nicht lauschen wollen, aber er war zuerst hier gewesen.

„Du gehörst hier nicht mehr hin. Deine Schwester und deine Großmutter – sie mögen mich nicht sonderlich."

„Das wird sich ändern, wenn sie dich erst richtig kennenlernen."

„Du weißt, dass ich kein Familienmensch bin." Er umklammerte ihre Hand. „Komm mit nach New York."

„Da muss ich dann gleich mit den Vorsprechen anfangen."

„Warum entspannst du dich nicht für eine Weile? Du musst dich nicht sofort in eine andere Show stürzen."

Kai schlug ihm spielerisch gegen den Oberarm. „Du bist doch derjenige, der mir immer sagt, ich solle mir höhere Ziele setzen."

„Darüber habe ich nachgedacht. Wenn du eine Rolle bekommst, hängst du in New York fest und musst an den meisten Abenden auftreten. Begleite mich für eine Weile auf Reisen. Es ist so einsam ohne dich."

„Oh, das ist süß." Kai gab ihm einen Kuss auf die Nase. „Aber was sollte ich auf diesen Reisen mit mir anfangen? Im Hotelzimmer sitzen und warten, bis du mit deinen Geschäften fertig bist?"

„Du könntest dir Massagen gönnen, shoppen gehen, zu Mittag essen. Das, was alle Frauen gerne tun. Bleib bei mir, Kai. Du musst nicht am Broadway sein. Ich kümmere mich um dich."

Kai zog sich zurück. „Du willst gar nicht, dass ich vorsinge, oder?"

„Du musst nicht mehr auf die Bühne. Du hast jetzt mich. Und all diese Männer, die dich angaffen, wenn ich nicht da bin, um dich zu beschützen … Verstehst du, was ich meine? Es ist besser, wenn du mich begleitest."

Ein kleines Schweigen hing zwischen ihnen in der Luft. Nach allem, was Jack über Kai wusste, würde Dimitris Vorschlag bei ihr nicht so gut ankommen, wie er glaubte.

Dimitris Zigarre glühte in der Dunkelheit, als er daran zog und dann den Rauch ausstieß.

Kai verschränkte die Arme. „Ich muss arbeiten, Dimitri. Um meinetwillen. Ob am Broadway, in einem umherziehenden Musicalensemble oder in einem Sommertheater. Ich liebe, was ich tue. Ich will das nicht aufgeben, um dir überall hin zu folgen. Ich kann nicht fassen, dass du überhaupt auf so eine Idee kommst. Ich bin Schauspielerin."

„Du hattest deinen Spaß. Nimm dir ein paar Jahre frei. Du musst die Wohnung einrichten."

„Dafür kannst du jemanden engagieren. Sobald ich in New York bin, werde ich zu Vorsprechen gehen."

„Kai, ich möchte, dass du sorgfältig darüber nachdenkst, was du da sagst." Dimitris Stimme klang kühl und kontrolliert. „Du lässt meine Gefühle vollkommen außer Acht."

„*Deine* Gefühle?" Kai erhob ihre Stimme ein wenig. „Ich weiß es gar nicht zu schätzen, dass du meinem Boss gesagt hast, dass ich nicht zurückkomme. Diese Entscheidung wollte ich selbst treffen. Und ich wollte anfangen, eine Familie zu gründen, war aber gewillt, mich deinen Wünschen zu beugen."

„Das hatten wir doch schon. Ich werde nicht noch mehr Kinder finanziell unterstützen."

„Wenn ich nicht Mutter werden kann, will ich weiter arbeiten. Ich würde mich zu Tode langweilen, wenn ich nichts anderes zu tun hätte als dir wie ein treues Hündchen zu folgen. Wann hast du deine Meinung geändert?"

Dimitri drückte seine Zigarre auf den Terrassenfliesen aus und beugte sich vor, um Kai einen Kuss zu geben. „Lass uns morgen nach Las Vegas fahren, wo wir uns von Elvis trauen lassen. Dann können wir da auch gleich die Flitterwochen verbringen, den Mietwagen dort lassen und nach New York fliegen, um unser neues Leben zu beginnen."

„Falls ich je heirate, will ich meine Familie dabeihaben."

„*Falls* du je heiratest?" Dimitri erhob sich und ragte über Kai auf. Dann umklammerte er ihren Arm mit festem Griff. „Zuerst schiebst du die Hochzeit auf, und jetzt das hier. Du wirst tun, was ich dir sage, Kai. Deine kleinen Trotzanfälle werde ich mir nicht länger gefallen lassen. Geh nach Hause, pack deine Sachen und komm mit dem Taxi hierher zurück. Ich habe genug von Summer Beach. Wir reisen noch heute Abend ab."

Kai schüttelte den Kopf. „Ich will das nicht mehr."

Dimitri trat näher an sie heran und schien den Griff um ihren Arm zu verstärken. „Was hast du gesagt?"

Jack war aufs Äußerste alarmiert und drückte sich aus seinem Stuhl hoch.

„Das funktioniert für mich nicht", sagte Kai und fing an zu weinen. „Lass mich los."

„Du kleine …"

„Hey, Sie haben die Lady gehört!", rief Jack zu ihm hinüber und war in wenigen langen Schritten bei ihnen. „Lassen Sie sie los."

Dimitri funkelte ihn an. „Und Sie sind genau wer?"

„Ein Freund der Familie." Jack streckte Kai seine Hand hin, woraufhin sie sich von Dimitri losriss und sich hinter Jack versteckte. Er drehte den Kopf und sah sie an. „Geht es dir gut?"

„Pass auf!", schrie Kai.

Als Kai sich duckte, trat Jack schnell einen Schritt zur Seite und wich damit gerade so Dimitris Schlag aus. Der verlor daraufhin die Balance und fluchte. Sobald er sich gefasst hatte, wandte er sich wieder Jack zu, der erneut seinem Schlag auswich. Jack wollte sich nicht prügeln, aber er würde es tun, wenn es sein musste.

Doch anstatt noch einmal auf Jack loszugehen, hechtete Dimitri auf Kai zu und schlang die Arme um sie. „Du bleibst bei mir. Und wir gehen. Sofort."

„Das glaube ich nicht." Kai biss die Zähne zusammen und packte Dimitris Hand, die ihre Schulter umklammerte.

Dann schlang sie ihren anderen Arm um seinen Nacken, duckte sich und stieß ihn so fest von sich, dass er das Gleichgewicht verlor. Trotz seines Protests trat sie ihm dann in die Kniekehle, sodass er zu Boden sackte und wimmernd seine Knie und seine Schulter umfasste.

„Wow, das war spektakulär." Jack war beeindruckt. Er beugte sich über Dimitri, auch wenn es so aussah, als könnte Kai sich gut allein zur Wehr setzen.

Dimitris Gesicht war knallrot angelaufen. „Du miese, kleine …"

„Du musst jetzt los, Las Vegas wartet", sagte Kai. „Ich will dich nie wiedersehen."

„Wo ist mein Ring?", jammerte Dimitri.

„Hier." Sie riss sich den protzigen Ring vom Finger und warf ihn in den Pool. „Hol ihn dir."

„Gehen wir", sagte Jack, während Dimitri ihnen hinterher brüllte. „Mein Van ist gleich hier."

„Ich habe mein Auto vorne stehen", keuchte Kai beim Einsteigen.

„Ich folge dir nach Hause." Als er vom Parkplatz zur Vorderseite des Hauses fuhr, warf er Kai einen Blick zu. „Das war beeindruckend."

„Das habe ich Ginger zu verdanken." Sie strich sich die Haare aus dem Gesicht und stieß den Atem aus. „Hast du was von unserer Unterhaltung mitbekommen?"

„Ausreichend", sagte er.

„Es ist mir so peinlich, dass ich auf ihn hereingefallen bin."

„Ich bin mir sicher, dass du nicht die Erste bist, die er versucht hat, zu umschmeicheln, um sie dann zu seinem Besitz zu machen."

„Ja. Genau das hat er versucht. Ich habe angefangen, die Warnsignale zu sehen, konnte aber nicht glauben, dass mir so etwas tatsächlich passiert. Ich hätte es besser wissen müssen, aber er wirkte so verliebt und bezaubernd, als wir uns kennenlernten, dass ich dachte, ich hätte den Jackpot geknackt. Woher hast du es gewusst?"

„Ich bin ein Mann. Und ich weiß, wie Typen wie er operieren." Er hielt neben ihrem Wagen an. „Beeil dich."

Kai stieg ein, und Jack folgte ihr zu Gingers Cottage, wo er neben ihr anhielt.

„Bitte komm mit rein", bat Kai. „Nur für den Fall, dass er herkommt."

„Na klar", sagte Jack. „Aber vermutlich taucht er gerade nach Diamanten."

„Meinetwegen kann er dabei ertrinken." Kai schwang die Tür auf.

Im Licht des Wohnzimmers sah Jack, dass Kais weißes Kleid in dem Handgemenge gerissen war. Ginger, Marina und Brooke standen alarmiert auf. Es sah aus, als hätten sie zusammengesessen und sich bei einer Flasche Wein unterhalten.

Kai stürzte sich in Gingers Arme. „Es tut mir so unendlich leid, was ich gesagt habe. Du hattest recht, was Dimitri anging. Ihr beide hattet recht."

Marina umarmte ihre Schwester, und Jack stand abwartend im Eingang, bevor er sich umdrehte und die Tür hinter sich schloss.

„Hat er dir wehgetan?", fragte Ginger.

Peinlich berührt wandte Kai den Blick ab, erzählte dann aber, was vorgefallen war.

Ginger schaute zu Jack. „Ich bin froh, dass du da warst."

Er hob abwehrend die Hände. „Ich habe nicht wirklich was gemacht. Deine Enkelin hat sich selbst verteidigt. Sie hat ihn als Häufchen Elend auf dem Boden zurückgelassen, wo er wegen Schmerzen in den Knien und an der Schulter gejammert hat. Kai hat ein paar gute Tricks drauf."

Ginger legte einen Arm um Kai. „Bist du jetzt froh, dass ich euch in die Kurse geschickt habe?"

„O ja", antwortete Kai. „Warum hast du uns nicht auch

in Kurse geschickt, in denen man lernt, wie man Arschlöcher erkennt?"

Ginger schüttelte den Kopf. „Einige Lektionen muss man durch Erfahrung lernen."

Marina nahm ihr Handy zur Hand. „Ich sollte Ivy anrufen und sie wissen lassen, was passiert ist."

„Vermutlich hat er das gesamte Inn aufgeweckt", merkte Kai an.

Marina rief ihre Freundin an und erklärte ihr schnell, was passiert war. Dann hörte sie ein paar Minuten schweigend zu. Nachdem sie aufgelegt hatte, wandte sie sich an Kai.

„Wie es aussieht, hat Dimitri so einen Aufruhr veranstaltet, dass Bennett und ein weiterer Gast ihn festhalten mussten. Er war vollständig angezogen in den Pool gesprungen und versuchte dann, sich mit den beiden zu prügeln. Ivy hat die Polizei gerufen, und Chief Clarkson hat Dimitri wegen körperlichen Angriffs verhaftet. Dabei schrie er wohl die ganze Zeit, dass er einen Ring aus dem Pool holen müsse."

Kai strich sich mit der Hand übers Gesicht. „Das ist alles meine Schuld."

„O nein." Marina zeigte auf sie. „Du wirst dir nicht die Schuld für sein Verhalten geben."

„Das war allein Dimitri", bestätigte Jack. „Ich saß bereits auf der Veranda, als die beiden kamen. Ich wollte nicht lauschen, aber Dimitri hat die Grenzen überschritten." Er verlagerte das Gewicht, weil er sich vor Marina ein wenig unbehaglich fühlte. Obwohl sie sich im Guten getrennt hatten, war die Anziehung, die sie auf ihn ausübte, noch genauso stark wie vorher.

„Ich sollte dann mal gehen", sagte er.

„Ich begleite dich nach draußen." Marina strich sich eine goldbraune Strähne hinters Ohr.

Schweigend gingen sie hinaus zum Van. An der Fahrertür zögerte Jack.

„Ich bin froh, dass du da warst." Marina schlang die Arme um ihn. „Wir haben uns solche Sorgen um Kai gemacht. Danke, dass du dafür gesorgt hast, dass sie gut nach Hause kommt." Sie zog sich zurück.

Jack hielt noch einen Moment ihre Hände fest, schaute ihr in die Augen und wünschte sich, dass alles anders wäre. Dann räusperte er sich. „Kai wird darüber hinwegkommen."

Er wünschte nur, dass er das Gleiche über sein Herz sagen könnte.

12

„Pass auf, wo du hintrittst", sagte Marina zu Kai.

Sie schob die Plastikplane beiseite und betrat die neue, erweiterte Küche des Gästehauses. Axes Team war beinahe fertig. Der letzte Schritt bestand darin, die Trockenwände zu schmirgeln und zu streichen. Marina hatte sich für ein fröhliches Sandgelb mit korallenroten und türkisen Akzenten entschieden.

Aus Zeitgründen hatte sie das Streichen Axe und seiner Crew überlassen, damit sie eine Woche früher eröffnen konnte als geplant. Marina brauchte die Zeit, um die Gerichte vorzubereiten und sicherzustellen, dass die Küche mit allem ausgestattet war, was sie brauchte – von Zutaten über Besteck bis zu Serviergeschirr. Sie war immer wieder erstaunt, an wie viele Einzelheiten sie denken musste. Außerdem musste die Gesundheitsbehörde noch einen letzten Check durchführen.

Kai folgte ihr durch die Plastikplane, die den Rest des Hauses vor Staub und Farbspritzern schützte. Der Boden war komplett mit Malerpapier abgeklebt.

„Wow, was für eine Verwandlung in nur einer Woche", sagte Kai und schaute sich um.

„Wir stehen kurz vor der Eröffnung." Lächelnd strich Marina über den frisch installierten Herd, der zwar gebraucht, aber auf Hochglanz geputzt und für sie neu war. Als sie sich an ihrem neuen Arbeitsplatz umschaute, wusste sie, dass sie hier so viel mehr machen konnte als vorher. Sie hatte nicht nur ausreichend Platz, sondern auch Wärmeschubladen und einen größeren Kühlraum.

„Wirst du eine große Party schmeißen?", wollte Kai wissen.

Marina checkte den neuen Ofen. „Darüber habe ich mit Ginger, Heather und Brooke gesprochen."

Kai war so mit Dimitri beschäftigt gewesen, dass sie viel verpasst hatte, aber zum Glück war dieses Kapitel jetzt abgeschlossen. Dimitri war aus der Haft entlassen worden und hatte die Stadt verlassen, musste aber für einen Gerichtstermin noch mal zurückkommen. Kai wirkte erleichtert.

„Ich würde gerne die Familie und Freunde einladen", sagte Marina. „Nichts Aufwendiges, nur gutes Essen. Und ich werde bald einen Marketingprofi brauchen."

„Heather meinte, dass sie mit dir zusammenarbeiten wird."

„Sie wird sich um die Gäste kümmern und das Kellnern übernehmen. Vielleicht hilft sie mir bei Bedarf auch mal in der Küche. Aber ich brauche jemanden, der mir eine Webseite baut."

„Das würde ich vermutlich hinkriegen." Kai grinste.

„Ich weiß, dass du dir bald wieder eine Arbeit suchen musst."

Kai verzog den Mund. „Ja. Dank Dimitri. Ich habe meinen alten Boss angerufen, aber sie haben meine Rolle schon an eine andere vergeben. Doch sie wollen gucken, ob sie mir eine kleinere Rolle anbieten können, bis ich etwas Besseres finde. Dimitri war so ein Arsch."

„Er war ein gefährlicher Mann.“

„Ich bin wütend auf ihn. Aber auch auf mich, weil ich auf ihn hereingefallen bin.“

„Mach dir deswegen keine Vorwürfe“, sagte Marina. „Wir alle machen Fehler. Sieh nur mich an. Vielleicht war Dimitri ein guter Schauspieler. Oder vielleicht wolltest du glauben, dass du endlich dein Traumleben gefunden hast.“ Sie nahm Kais Hand. „Ich sage nicht, dass es Liebe auf den ersten Blick nicht gibt. Aber sie ist selten. Eine Hochzeit ist aufregend, aber eine Ehe aufzubauen, eine echte Partnerschaft, braucht Zeit. Er hat sich beeilt, dich einzufangen, bevor du groß nachdenken konntest. Und nun weißt du, warum.“

Kai nickte düster. „Er wollte nur jemanden, der *sein* Leben angenehmer macht. Meine Familie und Freunde haben ihn nicht interessiert. Und er hat sich geweigert, in Betracht zu ziehen, was ich will oder brauche.“

„Und weißt du jetzt, was das ist?“

„Ich will immer noch eine Familie haben. Vielleicht wird es dazu nicht kommen, und dann muss ich mich dem stellen, aber ich habe Nichten und Neffen, die ich anbete. Vielleicht erkundige ich mich mal, ob ich als Pflegestelle infrage komme. Was meinen Beruf angeht, möchte ich meine Talente dazu nutzen, das zu tun, was ich liebe. Schauspielern, singen und tanzen. Freude verbreiten. Menschen glücklich machen.“

Marina legte den Kopf schief. „Darin bist du wirklich gut. Ich habe dich heute Morgen unter der Dusche singen gehört. Das war schön.“ Kai laut Songs aus *Dreamgirls* singen zu hören hatte sie lächeln lassen. Doch Kai hatte den Text geändert. Anstatt darüber zu singen, dass sie ihn nie gehen lassen wird, hatte sie mit gleicher Inbrunst gesungen, dass sie ihn nie wieder in ihre Nähe lassen würde.

„Es ist schön, wieder die Freude am Singen zu spüren“,

sagte Kai und hob den Blick. Ihre Augen funkelten entschlossen. „Dimitri hat meine Karriere aus egoistischen Gründen torpediert. Aber ich schwöre dir, ich werde mich aus der Asche erheben und besser sein als je zuvor."

Marina legte einen Arm um sie. „Willkommen im Club."

Die Plastikplane raschelte, und Axe kam herein. Er begrüßte die Schwestern, wobei Marina auffiel, dass der Blick aus seinen warmen, braunen Augen ein wenig länger auf Kai ruhen blieb. Dann wandte er sich an Marina und fragte: „Bist du zufrieden mit den Fortschritten?"

„Ich bin begeistert. Sobald ich das finale Okay von der Gesundheitsbehörde habe, kann ich das Café eröffnen."

„Und mit der Party anfangen", ergänzte Kai und warf sich die Haare über die Schulter.

„Gib uns noch zwei Tage", sagte Axe. „Wir putzen alles gründlich, bevor wir gehen, sodass du dich auf das konzentrieren kannst, was du tun musst."

„Danke. Das ist sehr lieb von euch."

Axe verschränkte die Finger. „Wenn es sonst nichts weiter gibt, dachte ich, dass Kai und ich uns auf der Terrasse zusammensetzen und unterhalten können? Ich will ihr von meiner Idee für ein Theater hier in Summer Beach erzählen."

„Danke, dass du an mich gedacht und mich angerufen hast, Axe." Kai strahlte. „Das ist so aufregend."

„Ich kann es nicht erwarten, alles darüber zu hören", sagte Marina. „Aber jetzt setze ich erst einmal eine frische Kanne Kaffee auf. Möchtet ihr auch einen?"

„Sehr gerne", sagte Axe. Dann grinste er und nickte ihr zu. „Ich weiß sehr zu schätzen, was du alles tust."

„Es ist mir ein Vergnügen." Marina schlüpfte schnell durch die Plastikplane, bevor sie laut loslachte. Gut für dich, Axe, dachte sie. Kai brauchte eine Ablenkung, und was könnte es da Besseres geben als ein Amphitheater? Und dass dahinter ein gütiger, attraktiver Mann mit gutem Charakter steckte, schadete auch nicht.

Marina ging in die Küche, wo sie Brooke vorfand, die Kai und Axe durch das Fenster über der Spüle beobachtete.

„Sieh dir nur an, wie zuvorkommend Axe ist", sagte sie. „Chip muss mal sehen, wie ein Mann eine Frau behandelt." Sie nahm das Handy aus der Tasche und fing an, die Szene zu filmen.

Marina beobachtete Kai über Brookes Schulter, während sie Kaffeebohnen in die Mühle gab. Axe rückte ihr einen Stuhl zurecht. *Das ist gut.* Und er machte kein großes Gewese darum, so wie Dimitri es getan hätte. Dieser Mann hatte instinktive Manieren. Er war gut erzogen worden.

„Wem spioniert ihr beide da nach?"

Marina wirbelte herum und verstreute dabei Kaffeebohnen in der Küche. „Oh, hast du mich erschreckt!", rief sie aus.

Brooke stoppte ihr Video. „Ich versuche, das hier für Chip zu filmen. So eine Art Lehrvideo."

Ginger lachte leise. Dann schaute sie auch über Brookes Schulter und lächelte. „Habt ihr die beiden endlich zusammengebracht?"

„Axe will mit ihr über sein neues Theater reden", erklärte Marina.

„Davon habe ich gehört", sagte Ginger gedankenverloren. „Das ist ein ganz schönes Vorhaben, das Axe da im Kopf hat. Er hat eine Non-Profit-Gesellschaft gegründet, und Carol Reston hat bereits eine großzügige Spende gemacht, um die Kosten für den Bau der Bühne zu decken."

Marina schüttelte den Kopf. „Gibt es irgendetwas in Summer Beach, über das du nicht informiert bist?"

„Wenn man lange genug hier lebt, entgeht einem kaum etwas." Ginger hielt inne. „Schaut euch ihre Körpersprache an. Beide sitzen leicht vorgebeugt. Das ist ein gutes Zeichen. Ich hätte gedacht, dass sie nach Dimitri verschlossener wäre."

Brooke startete ihr Video wieder. „Das brauche ich auch."

„Kai ist im Moment sehr entschlossen", sagte Marina.

„Und das ist gut so." Ginger schaute an ihren Enkelinnen vorbei. „Seht nur, er hat sie zum Lachen gebracht, und sie …"

„Wieso starrt ihr alle aus dem Fenster?" Heather stand, die Hände in die Hüften gestemmt, in der Tür. „Und warum liegen hier überall Kaffeebohnen herum?"

Marina drehte sich um. „Pst. Wir beobachten Kai und Axe."

Heather schaute an Marina, Brooke und Ginger vorbei. „Können sie uns nicht sehen? Ich meine, das ist ja schließlich kein Einwegspiegel."

Genau in diesem Moment schaute Kai zur Küche. Die vier Frauen duckten sich schnell und ließen sich hysterisch lachend auf den Boden sinken.

„Sehr diskret, Mom." Heather schüttelte den Kopf. „Erinnere mich daran, nie einen Mann mit herzubringen."

„Was erwartest du von einer Familie mit so vielen Frauen?", fragte Ginger lachend.

Marina stieß keuchend aus: „Kai fragt sich vermutlich, was mit dem versprochenen Kaffee passiert ist."

„Beeil dich nicht allzu sehr." Ginger schlang die Arme um ihre Mädels. „So habe ich schon lange nicht mehr gelacht. Es ist wirklich schön, meine Mädchen wieder hier zu haben."

Bei dem Kommentar zitterte Brookes Unterlippe.

Ginger zog ihre Enkelin an sich. „Ich würde gerne sagen, dass du nicht mehr lange hier bist. Aber du wirst nicht eher gehen, bis Chip und die Jungs nicht dazugelernt haben."

Marina stand auf. „Wir sollten die Kaffeebohnen aufsammeln. Heather, kannst du das übernehmen? Ich habe Axe einen Kaffee versprochen." Sie gab noch ein paar Bohnen in die Kaffeemühle, während Heather und Brooke den Boden fegten und die Arbeitsplatte abwischten.

Die ganze Zeit über konnte Marina nicht anders, als immer wieder einen Blick nach draußen zu werfen.

Endlich war das Gästehaus fertig. Marina und Ginger standen an der Tür zu der neuen Terrasse. Hinter ihnen brandete das Meer an den Strand, und über ihnen wiegten sich die Palmen im Wind. Ein paar Touristen und Einheimische spazierten am Wasser entlang.

Marina und Ginger machten eine letzte Bestandsaufnahme und inspizierten alles ganz genau – von den Küchengeräten über die Vorräte bis zu den Tischdekorationen, Lichtern und Kunstgegenständen.

„Dieses Café ist mein Traum", sagte Marina und presste sich das Klemmbrett an die Brust.

Ginger deutete zu der Terrasse. „Ja. Unsere Vision ist wahr geworden."

„Ohne deine Hilfe und Ermutigung wäre es nie dazu gekommen." Ihre Großmutter war schon immer ihre größte Unterstützerin gewesen.

„Vielleicht. Aber du hast getan, was getan werden musste."

Marina lachte. „Auf seltsame Weise muss ich Grady dafür danken. Hätte ich mich nicht seinetwegen vor laufender Kamera zum Trottel gemacht, würde ich nächste Woche nicht ein Café eröffnen."

„Wage es ja nicht, diesem blassen Abklatsch von einem Mann zu danken", sagte Ginger und richtete sich zu ihrer vollen Größe auf. „Nicht mal aus Spaß."

„Du hast recht. Ich glaube, ich habe etwas Ähnliches zu Kai gesagt."

„Siehst du? Du bist auch weise." Ginger legte einen Arm um sie. „Hast du dich für ein Menü am Eröffnungstag entschieden?"

Marina zog ein Blatt aus dem Stapel auf ihrem Klemmbrett. „Ja, das hier. Kai und Heather werden kleine Tischaufsteller mit der Beschreibung der Gerichte gestalten. Die normale Speisekarte wird eine bunte Mischung enthalten. Dazu gibt es ein paar Gerichte, zwischen denen ich mich nicht entscheiden kann, um zu sehen, was den Gästen am meisten zusagt."

„Das ist clever. Wer steht auf deiner Gästeliste?"

Marina zählte die Gäste an den Fingern ab. „Ivy, Shelly, Poppy und die Bay-Familie. Denise, John und Samantha. Axe, Bennett und Mitch. Cookie O'Toole, Leilani und Roy. Gilda und Pixie. Boz aus dem Rathaus, Rosa vom Taco-Stand und Imani vom Blumenkiosk. Ivy bringt Jen von *Nailed It* mit. Ich weiß, dass noch ein paar Leute fehlen, aber Kai hat die komplette Liste." *Einschließlich Jack.* Denn sie hatte auch Jack und Leo ganz zwanglos eingeladen.

„Du hast schwer gearbeitet."

„Um ehrlich zu sein, ist Kai für die Einladungen verantwortlich."

Ginger nickte zustimmend. „Gut. Du kannst dich nicht um alles kümmern. Eine gute Führungspersönlichkeit weiß, wann sie was zu delegieren hat."

Sie schlenderten über die neue Terrasse, und Marina machte sich Notizen, welche Zutaten sie noch kaufen musste.

„Kai und Heather sind auch für die Deko verantwortlich", erklärte sie. „Sie haben ein paar Ideen, wollen sie mir aber nicht verraten."

„Ich glaube, du wirst erfreut sein." Ginger zog eine

Augenbraue in die Höhe. „Brauchst du einen Sous-Chef für die Vorbereitungen?"

„Und ich dachte schon, du würdest nie fragen. Du kennst bereits den Großteil der Gerichte, aber ich habe die Rezepte ein wenig verändert." Einige hatte sie leichter und gesünder gemacht und um saisonale Zutaten aus der Region ergänzt.

„Wie wir es oft tun." Ginger nickte. „Ich freue mich, dass die Rezepte verwendet werden. Meine alte Freundin Julia wäre stolz auf dich. Wobei ich natürlich meine Versionen vorziehe." Sie lachte leise. „Es fehlt mir, mit ihr darüber zu diskutieren. Sie war wirklich ein Original. In einer Welt, in der man alles sein kann, ist es manchmal am schwersten, man selbst zu sein."

Darüber dachte Marina einen Moment nach. Es steckte viel Wahrheit in Gingers Worten. Jahrelang hatte Marina für ihre Kinder getan, was sie tun musste, und war stolz darauf gewesen, sie allein versorgen zu können. Doch jetzt war sie an der Reihe. „Und der größte Luxus, das größte Privileg ist es, die Arbeit der eigenen Seele machen zu dürfen. Kochen ist für mich das reinste Vergnügen."

„Erinnere dich daran, wenn es mal schwer wird." Ginger tätschelte ihren Arm. „Ein Restaurant zu leiten ist harte Arbeit. Du wirst deinen Anteil an schwierigen Gästen haben." Sie zwinkerte Marina zu. „Oh, aber wir werden auch so viel Spaß haben."

„Ich betrachte den Abend als Vor-Eröffnung. Ein Testlauf für *Der Geschmack von Summer Beach*."

Sie gingen durch den privaten Speiseraum hinein, und Ginger fragte: „Wie geht es damit voran?"

„Ich habe ein Datum bestimmt und stehe mit den Restaurantbesitzern im Ort in Kontakt. Bei diesem Projekt müssen wir alle zusammenarbeiten. Ich habe vor, die anderen an einem Abend einzuladen, um über alles zu sprechen. Meine größte Angst ist, dass die großen Restaurantketten die kleinen Unternehmer vom Markt drängen und ihre Läden übernehmen."

„Dann müsst ihr proaktiv sein. Wir haben darüber ja schon gesprochen, und mein Angebot steht, das Festival hier abzuhalten." Ginger schaute in den Schrank, in dem der alte Safe stand, und rüttelte an dem Griff.

Marina hatte dafür gesorgt, dass der Safe fest verschlossen blieb.

„Es kann sein, dass wir eine größere Fläche benötigen. Zumindest in der Zukunft." Marina dachte, wenn sich alle einheimischen Restaurantbetreiber zusammentäten, könnten sie Summer Beach zum Ziel für Genießer machen. Aber zuerst musste sie dafür sorgen, dass das Coral Café einen erfolgreichen Start hinlegte.

Sie gingen weiter in die Küche.

„Hast du gesehen, was heute Morgen geliefert wurde?" Marina zeigte zu dem rustikalen, handgeschnitzten Tisch mit passenden Bänken, den sie bei einem Importeur für mexikanische Möbel gefunden hatte.

Er stand vor dem Kamin auf den bunten Saltillo-Fliesen und bot den möglichen Gästen einen freien Blick in die Küche. Korallenrote und türkisfarbene Kissen bildeten einen schönen Kontrast zu dem dunklen Holz.

„Was für ein perfekter Tisch", sagte Ginger. „Als ich bei dem lieben Alain – damit meine ich natürlich Alain Ducasse – in seinem *Le Meurice* in Paris war, konnten wir kaum glauben, was für Köstlichkeiten wie durch Magie auf unserem Tisch landeten. Bertrand und ich hatten einen der bezauberndsten Abende. Aber nichts war je so besonders wie unsere Abende in Boston, an denen ich von Julia in der Küche gelernt habe, während Bertrand und Paul sich neue Cocktails für uns ausgedacht und uns die feinsten Weine eingeschenkt haben." Mit Zuneigung im Blick presste sie sich bei diesen Erinnerungen die Hand aufs Herz.

„Ja, so nobel sind wir hier nicht", sagte Marina lächelnd.

Ginger glitt oft elegant von einer Geschichte in die nächste. Einen Abend mit ihr bei einer guten Flasche Wein zu verbringen war wie auf eine Reise zu den schicksten Orten und den erinnerungswürdigsten Menschen zu gehen – und Ginger und Bertrand standen auf dieser Liste ganz oben.

„Du musst keine Virtuosin sein, oder auch nur weltgewandt. Serviere einfach wundervolles Essen, biete ein behagliches Ambiente, und lass die Gäste ihre Zeit mit dir genießen. Mehr ist es nicht, meine Liebe." Ginger breitete die Arme aus. „Eine neue Welt erwartet dich."

Marina konnte es kaum erwarten. Sie war so aufgeregt, dass sie nachts kaum schlafen konnte. Ihr Kopf war voller Ideen, neuer Gerichte und endloser To-do-Listen. Aber egal, ob sie bereit war oder nicht: Innerhalb weniger Tage würde das Coral Café seine Pforten öffnen. Sie drückte alle Daumen, dass dieses Debüt besser laufen würde als die Katastrophe im Seabreeze Inn. Aber dieses Mal wäre sie umgeben von ihrer Familie und alten und neuen Freunden.

Ginger schaute sich zustimmend um. „Es ist schade, dass Jack nicht länger hierbleiben konnte, aber er sagte mir, dass Bennett dabei ist, eine Liste mit Häusern zusammenzustellen, die er sich anschauen kann. Ist es nicht nett, dass er in Summer Beach bleibt? Bald wird er einer von uns sein."

„Ja. Und er wird alle Hände voll zu tun haben."

Ginger schnaubte. „Ich kann mir nicht vorstellen, dass meine kleinen Bücher so viel seiner Zeit in Anspruch nehmen. Wobei seine Zeichnungen wirklich bemerkenswert sind."

Marina verzog den Mund. Sie wusste, was Ginger da machte. „Das wird nicht passieren."

„Was?"

„Was auch immer du da versuchst. Mit Kai könnten wir jedoch mehr Glück haben." Als Marina über Jacks Situation nachdachte, erinnerte sie sich daran, was er über Vanessa und Leo gesagt hatte. Und daran, dass Ginger als Witwe eines Diplomaten Menschen auf der ganzen Welt kannte. „Allerdings gibt es da etwas, um das ich dich bitten wollte. Es ist ein großer Gefallen, aber er ist nicht für mich."

„Ich freue mich immer, wenn ich deinen Freunden helfen kann."

„Das hoffe ich", sagte Marina. Der Hauch einer Chance mochte vielleicht ausreichend sein.

13

Marina liebte die neue Küche im Gästehaus. Bei zum Meer geöffneten Fenstern und fröhlichen Jazzklängen im Hintergrund war sie dabei, die Gerichte für das Eröffnungsmenü vorzubereiten, wobei sie sorgfältig darauf bedacht war, dass alles perfekt war.

Ginger stand neben ihr und schnitt die Avocados für den Meeresfrüchte-Turm.

Marina gab abwechselnd gelbe Paprika, Mango, Avocado und roten Thunfisch, den sie in einer leichten Ingwer-Vinaigrette gebeizt hatte, in die hohen Servierringe. Kurz vor dem Servieren würde sie die Ringe entfernen und ein paar krosse Asianudeln darübergeben sowie ein wenig Wasabi auf den Tellerrand. Die Kombination aus Aromen, Farben und Texturen versprach umwerfend zu werden.

Nervös stieß sie den Atem aus und wischte sich die Hände ab. „Sobald wir hiermit fertig sind, mache ich mich an die Tacos. Ich habe drei Versionen: eine mit Mahi-Mahi, eine mit gegrilltem Fleisch auf koreanische Art und eine vegetarische Version mit schwarzen Bohnen und Mango-Salsa." Sie presste sich eine Hand an die Schläfe. Es blieb ihnen nicht mehr viel Zeit, und sie fürchtete, etwas zu vergessen. „Ich habe die Salsa schon gemacht, mache mir aber Gedanken, ob wir noch mehr davon brauchen."

„Ich kümmere mich darum", sagte Ginger.

Marina schlug das Buch mit den Rezepten auf, die sie vorbereitet und getestet hatte. Jede Seite steckte in einer Plastikhülle. Sie las Ginger die Zutaten vor, die daraufhin alles zusammensuchte, was sie brauchen würde.

Was könnte sie noch vergessen haben? Marinas Herz raste. Heute musste alles perfekt sein.

Sie dachte darüber nach, wie viel sie in dieses Café investiert hatte. Vermutlich auch Geld, das in Heathers Studium hätte fließen sollen. Wobei die Kosten so hoch waren, dass es nur für ein oder zwei Semester gereicht hätte. Und dann? Dann wäre sie wieder am Ausgangspunkt gewesen. Die Jobs, die ihre Agentin in kleineren Märkten für sie gefunden hatte, waren nicht schlecht, aber sie waren nicht ausreichend gut bezahlt, um Heathers Studium zu finanzieren. Leider war Ethans Golftalent für ein Stipendium als wichtiger angesehen worden als Heathers herausragende Noten.

Das Café *musste* ein Erfolg werden. Doch Marina wusste auch, dass die Überlebenschancen für neue Restaurants verschwindend gering waren. Sie presste sich eine Hand aufs Herz.

Ginger warf ihr einen besorgten Blick zu. „Geht es dir gut?"

„Ich denke vermutlich zu sehr über alles nach."

„Das ist das Lampenfieber vor der Eröffnung." Ginger berührte sanft ihre Hand. „Du bist extrem gut vorbereitet. Geh einen Moment nach draußen und schnappe ein wenig frische Luft." Als Marina sich nicht sofort rührte, klopfte Ginger ihr kurz auf die Schulter. „Geh schon."

„Okay. Ich bin gleich wieder zurück." Marina gehorchte und ging hinaus in den Garten, von wo aus sie aufs Meer schaute. Dieselbe Angespanntheit hatte sie auf der Jacht verspürt. Auch da hatte sie ihre Vorräte dreimal überprüft und das Gefühl gehabt, auf alles vorbereitet zu sein müssen.

Dennoch wusste sie, dass sie in der Lage war, ein Café zu führen. Sie hatte in vielen Restaurants gearbeitet und kochte schon so lange, wie sie sich zurückerinnern konnte.

Sie schloss die Augen und atmete tief ein, um ihre Nerven zu beruhigen. Dann wiederholte sie die Worte, die sie sich nach Stans Tod oft vorgesagt hatte – die Worte, die Ginger einst mit ihr geteilt hatte, und die ihr geholfen hatten, jeden Tag mit zwei kleinen Kindern zu überstehen.

Ich heiße diesen Tag mit Optimismus und Aufregung willkommen. Ich werde diesen Tag mit der Intelligenz, dem Wissen und dem Talent angehen, von dem ich weiß, dass ich es besitze, auch wenn mir manchmal Zweifel kommen. Ich werde diesen Tag mit aller Energie, die ich in mir habe, genießen, und ich werde Enthusiasmus ausstrahlen, um den Weg jener zu erleuchten, die mir folgen.

Sie öffnete die Augen und atmete noch einmal tief ein, wobei sie spürte, wie die Brise vom Meer ihre erhitzten Wangen kühlte. Sofort fühlte sie sich ruhiger und bereit, in die Küche zurückzukehren.

Es musste nicht alles perfekt sein. Es würden keine Gastrokritiker oder Foodblogger kommen, die ihre Arbeit schlecht machen würden, nur um die Aufmerksamkeit auf ihr Magazin oder ihre Webseite zu ziehen, wie es manchmal der Fall war. Das konnte die Chance eines Restaurants zerstören, bevor es sich noch einen Kundenstamm aufgebaut hatte.

Ihr Essen war gut. Das Wichtige war eine entspannte, willkommen heißende Atmosphäre. Die Leute wollten am Strand Spaß und eine gute Zeit mit ihren Freunden haben. Und genau darum ging es im Coral Café.

Gutes Essen, gute Freunde, großartige Erinnerungen.

Als sie wieder in die Küche kam, nickte Ginger ihr zu. „Du siehst schon viel besser aus. Der heutige Abend – und das Café – werden ein Erfolg werden. Du hast ein großartiges Team hinter dir stehen."

„Danke", sagte Marina. „Woher wusstest du, dass ich einen kleinen Moment brauchte?"

„Du warst ein wenig blass." Ginger umarmte sie. „Das kommt vom Stress, meine Süße. Aber wir werden einen fabelhaften Abend haben."

Marina schaute nach dem Fleisch, das sie für die kleinen Burger eingelegt hatte. Denn was wäre ein Strandcafé ohne gute Burger? Oder zumindest ohne ihre Version davon? Sie würde außerdem vegetarische Pattys mit derselben aromatischen Marinade zubereiten und sie auf selbst gebackenen Sesambrötchen servieren.

Kai, Brooke und Heather kamen herein.

„Möchtest du sehen, wie wir die Terrasse geschmückt haben?", fragte Kai, und ihre Augen strahlten aufgeregt.

„Ihr kommt gerade rechtzeitig", sagte Marina. „Lasst uns eine Pause machen. Es ist nicht mehr viel zu tun."

Sie gingen nach draußen, wo Marina ausrief: „Fabelhaft! Es ist sogar noch besser, als ich es mir vorgestellt habe."

Sie schaute sich um und nahm die weißen Orchideen, Paradiesvogelblumen und roten Fackellilien in sich auf, die auf den Tischen und Servierwagen standen. Die Terrasse sah aus wie ein tropisches Paradies. Kai und Heather hatten ein Netz aus Lichterketten über die Terrasse gespannt, die nach Sonnenuntergang alles in ein magisches Licht tauchen würden.

„Ich habe Shelly um Hilfe gebeten", sagte Kai. „Sie war in New York Blumendesignerin und hat viele schicke Partys ausgestattet. Ich habe ein paar der Fotos gesehen, die wirklich spektakulär sind. Shelly hat mir ein paar tolle Anregungen gegeben, und Imani hat die Blumen geschickt."

„Die Pflanzen sind von Leilani und Roy", fügte Heather an.

„Die haben immer die gesündesten Pflanzen", sagte

Ginger. „Die hier ähneln denen, die Jack für die andere Terrasse gekauft hat.“

Marina erinnerte sich an die bezaubernde Überraschung, mit der er angekommen war, nachdem Axe das Deck erweitert hatte. Sie fragte sich, ob Jack heute Abend wohl kommen würde.

Kai deutete auf die umstehenden Bäume. „Shelly, Brooke und ich haben auch ein paar Lichter so platziert, dass sie die Palmen, Orangen- und Zitronenbäume beleuchten, so wie Shelly es im Seabreeze Inn gemacht hat. Der Effekt wird umwerfend sein.“

„Ich liebe es.“ Marina presste die Hände zusammen.

„Die Gäste sollten gegen sechs Uhr eintreffen“, sagte Brooke. „Das gibt uns noch ausreichend Zeit, um uns fertigzumachen.“

Marina fragte sich, ob Brooke ihren Mann und die Jungs eingeladen hatte. Die Entscheidung hatte sie ihrer Schwester überlassen.

„Auch wenn ich die meiste Zeit in der Küche sein werde, muss ich ab und zu mal rauskommen und alle begrüßen“, sagte Marina. „Ich habe mir noch gar nicht überlegt, was ich anziehen möchte.“ Sie schaute an ihrer fleckigen Schürze und dem alten T-Shirt hinunter.

„Aber zuerst …“ Heather wippte aufgeregt auf den Ballen. „Wir wollen den heutigen Tag für dich zu etwas ganz Besonderem machen, deshalb haben wir ein paar Überraschungen.“ Sie schaute zur Auffahrt und bedeutete Ethan, zu ihnen zu kommen.

„Dass ihr hier seid und die Dekoration übernommen habt, ist mehr als genug“, wehrte Marina ab.

Ethan stieg aus dem Wagen und kam mit einem großen, braunen Paket, das eine korallenrote Schleife zierte, zu ihnen.

„Alles Gute zur Eröffnung, Mom“, sagte er und

umarmte sie. „Heather und ich dachten, dass du das hier brauchen könntest. Mach es auf."

„Was kann das nur sein?" Marina riss das Papier auf. „Ein Schild!", rief sie und strich mit der Hand über die Buchstaben. *Das Coral Café.* Das handbemalte Schild aus Treibholz erinnerte sie an das Schild vor dem Cottage, das Heather und Ethan vor Jahren gemalt hatten und das ein Ersatz für das gewesen war, das Marina und ihre Schwestern so viele Jahre davor gestaltet hatten.

„Ich liebe es." Marina zog ihre Kinder in die Arme.

„Das wird auch beleuchtet", erklärte Ethan. „Darum kümmere ich mich jetzt. Ich habe alles, was dafür nötig ist, dabei."

Marina war so beschäftigt gewesen, dass sie sich um ein Schild gar keine Gedanken gemacht hatte. Alle, die heute Abend kamen, wussten, wo das Coral Cottage war, aber die neuen Gäste würden es nicht wissen.

„Wir haben noch mehr." Kai holte eine große Geschenktüte hinter einem Serviertisch hervor. „Überraschung!"

Marina öffnete die Tüte und lächelte. „Genau das, was ich brauche." Sie nahm eine im Hawaiimuster bedruckte Kochjacke heraus, auf deren Brust die Worte *Coral Café* und ihr Name eingestickt waren. „Ich denke, die passt perfekt", sagte sie und hielt sie an.

„Erinnerst du dich noch an unsere Unterhaltung über Kochjacken und Schürzen?", fragte Kai. „Auch wenn deine Schürze für den Markt gut ist, fanden wir, dass in der Küche eine Kochjacke besser passt. Ich habe auf der Jacht gesehen, wie es bei der Zubereitung spritzt."

Obwohl das erst ein paar Wochen her war, konnte Marina nicht umhin, zu denken, wie viel sie seitdem gelernt hatte.

Jeden Tag hatte sie Rezepte recherchiert, neue Varianten ausprobiert, gelernt, wie man eine professionelle Küche führte. Sie hatte außerdem viele Kochblogs und Anleitungen gelesen. Dazu kam langsam alles wieder, was sie vor zwanzig Jahren bei ihrer Arbeit in Restaurants und vom Gucken von Kochsendungen gelernt hatte.

Sie strich mit der Hand über die Jacke. „Ich liebe den Stoff. Und bei dem Muster sieht man die Flecken nicht so. Außerdem passt es mit den fröhlichen Farben perfekt zur Marke.“

„Das fanden wir auch.“ Ginger holte noch eine Tüte hervor. „Deshalb haben wir dir gleich mehrere gekauft. Dazu ein paar süße, rutschfeste Clogs, von denen alle Köche schwärmen. Und natürlich Hosen, die zu den Jacken passen. Das ist deine neue Garderobe als Köchin.“

„Ach, ich liebe euch alle.“ Marina blinzelte die Tränen zurück. „Ich weiß nicht, wie ich das alles ohne euch geschafft hätte.“

„Wir hatten Spaß dabei“, sagte Kai. „Danke, dass du uns mit einbezogen hast. Ich weiß, ich war keine angenehme Gesellschaft, während der, dessen Name nie mehr genannt werden soll, hier war, und ich bin so froh, wieder in den Schoß der Familie zurückgekehrt zu sein.“

„Wir hatten dir deinen Platz freigehalten“, sagte Ginger mit einem Funkeln in den Augen.

„Gott sei Dank, denn ich bin diejenige, die hier den Spaß in die Sache bringt.“ Kai sang laut los und wirbelte Marina in einem spontanen Tanz herum.

Lachend machte Marina mit. „Wir werden heute genauso viel Spaß haben wie unsere Gäste.“

„Kein Eröffnungsstress?“, fragte Heather.

„Nicht mehr.“ In den letzten Minuten war Marinas Selbstbewusstsein gestiegen, und sie fühlte sich gut vorbereitet. Sie breitete die Arme aus. „Hiervon habe ich seit Jahren geträumt. Ich will, dass heute ein glücklicher Abend wird.“

Dann fasste sie Ginger und Heather an den Händen, und Brooke, Kai und Ethan schlossen den Kreis. „Wir setzen die Stimmung, damit unsere Gäste eine tolle Zeit haben. Die Kunde wird sich verbreiten, und das Café wird ein Erfolg." Sie atmete tief ein und füllte ihre Lungen mit der frischen Meeresluft, die ihr immer neue Energie schenkte. „Wir werden alle Probleme, die heute Abend möglicherweise entstehen, mit Anmut und guter Laune meistern."

„Hört, hört", sagte Ginger.

Kai grinste. „Ich sehe keine Wasserhose am Horizont, also sollte alles gut gehen."

Marina ließ los und klatschte in die Hände. „Auf geht's", sagte sie, und alle fielen mit ein.

Sie und Ginger kehrten in die Küche zurück, um die restlichen Vorbereitungen abzuschließen. Marina hatte einen Zeitplan für das Menü erstellt. Vorspeise, Salat, Hauptgericht und Nachtisch.

Heather und Ethan würden das Kellnern übernehmen.Kai war für die Drinks verantwortlich. Ginger und Marina würden die Kochlöffel schwingen, wobei sie so viele der Gänge vorbereitet hatten, wie es möglich war. Die warmen Vorspeisen und Hauptgerichte würden zwar Zeit brauchen, aber das hatte Marina in ihrem Plan berücksichtigt.

Sie und Ginger würden auch abwechselnd hinausgehen und die Gäste begrüßen, was, wie Marina wusste, wichtig war. Außerdem wollte sie nicht, dass Ginger sich überarbeitete. Sie würde Brooke oder Kai bitten, bei Bedarf auszuhelfen. Heather und Ethan würden auch jederzeit einspringen.

„Wo hast du dein Talent fürs Planen so geschliffen?", fragte Ginger. „Beim Fernsehen?"

Marina dachte darüber nach und lachte dann. „Das auch. Aber mit den Zwillingen musste ich sehr gut organisiert sein." Als Heather und Ethan noch jung gewesen waren, hatte die Tochter einer Nachbarin die beiden am Morgen zur Schule gebracht, und Marina hatte sie nachmittags wieder abgeholt. Später waren die beiden zusammen allein zur Schule gegangen.

„Mit dem ganzen Wäschewaschen, den Hausaufgaben, der Vorbereitung der Mahlzeiten und meiner Arbeit musste ich alles ganz genau planen", fuhr Marina fort. „Das waren anstrengende Jahre, aber gut organisiert zu sein hat mich davor bewahrt, den Verstand zu verlieren."

Während Ginger die Salsa zubereitete, machte Marina die ersten Vorspeisen fertig. Sie würzte den Tofu und sah nach dem marinierten Hühnchen für die Schaschlik-Spieße mit Zitronengras. Die Erdnusssoße nach Thai-Art war bereits fertig.

Der Tisch im ehemaligen Wohnzimmer, von dem aus man in die Küche gucken konnte, war gedeckt. Marina konnte sich vorstellen, dass Brooke sich hierhin setzen würde, weil sie wegen Chip immer noch ein wenig aus der Bahn war. Mitch hatte gesagt, er würde vorbeikommen, um zu sehen, wie es ihr und Ginger ging. Immerhin hatte er viele der beliebtesten Speisen aus dem Java Beach von Ginger gelernt, genauso wie die Zubereitung der Croissants und Muffins.

Kai tauchte im Türrahmen auf. „Wir machen uns jetzt fertig, aber draußen ist alles breit. Ich habe auch einen Tisch für Vanessa reserviert, an dem sie es bequem hat."

„Das war eine gute Idee. Danke. Ich hoffe, dass sie sich gut genug fühlt, um zu kommen."

Nachdem Kai gegangen war, legte Marina letzte Hand an und Ginger wischte die Arbeitsflächen ab. „Ich glaube, wir sind so weit. Jetzt müssen wir uns nur noch umziehen. Und ich habe ein nagelneues Outfit."

Ginger hakte sich bei Marina unter, und gemeinsam gingen sie aufs Haupthaus zu. „Wegen deiner Bitte bezüglich Vanessas Krankheit. Ich habe Kontakt zu ein paar Spezialisten und Forschern aufgenommen, die ich kenne."

Marinas Herzschlag beschleunigte sich. „Und?"

„Sie werden sich umhören. Ihr Netzwerk reicht um die ganze Welt. Aber ich würde mir keine zu großen Hoffnungen machen. Wie du weißt, ist ihre Krankheit extrem selten. Dennoch war es lieb von dir, zu fragen."

„Danke, dass du dir die Zeit genommen hast."

„Das mache ich doch gerne. Der junge Leo braucht alle Hilfe, die wir ihm geben können. Die jungen Köpfe und Herzen der nächsten Generation vorzubereiten ist eine wichtige Aufgabe."

Marina hielt Ginger die Tür auf. So zäh und beharrlich ihre Großmutter sein konnte, sie hatte auch ein weiches Herz. Vor allem für Kinder. Obwohl Ginger es geliebt hatte, mit Bertrand um die Welt zu reisen, hatte sie einmal gesagt, dass ihre Tätigkeit als Lehrerin für sie die erfüllendste und befriedigendste Zeit gewesen war, die sie je gehabt hatte. Und das von einer Frau, deren Arbeit im Bereich des Codeknackens vermutlich unzählige Leben gerettet hatte.

Ginger hörte einfach nie auf, sie zu verblüffen und zu inspirieren.

14

—————

„Dieser Gang ist bereit zum Servieren!", rief Marina. „Türmchen aus rotem Thunfisch, Avocado und Mango."

Es waren nur noch zehn Minuten, bis die Party beginnen sollte, und Ethan und Heather fingen an, die kalten Vorspeisen rauszubringen. Kai hielt derweil nach den ersten Gästen Ausschau.

„Bewahr etwas davon für uns auf, Mom." Ethan nahm ein paar Teller und verließ die Küche.

„Wir haben ausreichend", sagte Marina zu Heather. „Nimm dir was für dich und Ethan. Ich kann ja schlecht zulassen, dass ihr hungrig arbeitet."

„Machst du Witze? Du hast uns den ganzen Tag über probieren lassen. Ich bin voll und habe keine Ahnung, wie Ethan so viel essen kann."

„Er spielt jeden Tag Golf und trainiert."

Heather hielt inne. „Er ist jetzt so viel glücklicher, als er es in Durham war. Ich fühle mich schlecht, weil ich ihm so zugesetzt habe."

Marina holte eine große Schüssel gekühlter Shrimps mit verschiedenen Soßen heraus, darunter ihre Spezialität, ein

Dip mit Koriander und Avocado. „Ich bin mir sicher, dass er das bereits vergessen und verziehen hat, Süße." Von klein auf hatten Heather und Ethan sich immer mal gezankt, ihre Differenzen aber auch immer wieder aus dem Weg geräumt.

„Danke Mom." Heather nahm die Schüssel und folgte ihrem Bruder nach draußen.

An diesem Abend trugen alle Kleidung im Hawaii-Muster, selbst Ginger, die unter ihrer neuen Kochjacke eine Reihe von Muschelketten angelegt hatte. Sie hatte protestiert, als Marina ihr eine der Jacken gereicht hatte, aber Marina war hart geblieben.

„Seht nur, wer da ist!", rief Kai.

Ihre Freundinnen Ivy und Shelly vom Seabreeze Inn kamen herein und wurden von allen begrüßt. Marina war so froh, dass die beiden früher gekommen waren, sodass sie sich noch ein wenig unterhalten konnten, bevor die anderen Gäste eintrafen.

„Wow, das Gästehaus ist ja nicht wiederzuerkennen", staunte Ivy. „Sieh sich nur einer die Küche an. Die sieht wahnsinnig professionell aus."

Marina war stolz auf das, was sie erschaffen hatten. „Axe war großartig. Er und seine Crew haben alles genauso umgesetzt, wie ich es mir gewünscht habe. Ich vermisse zwar den alten Herd in Gingers Küche, aber das hier ist einfach praktischer. Und bei Engpässen können wir ihn immer noch nutzen." So einen hatte es bei den Vorbereitungen für den heutigen Abend gegeben.

Ginger überreichte Ivy und Shelly eines der Appetithäppchen mit rotem Thunfisch. „Probiert die mal. Aber Achtung, der Wasabi tarnt sich als Avocado."

„Das ist wunderschön angerichtet", sagte Shelly, bevor sie probierte. „Hmm, köstlich. Ist das ein Ingwerdressing?"

„Ingwer und Sesam", sagte Marina. „Sehr leicht. Aber ist es genug?"

„Es ist perfekt", sagte Ivy nickend.

„Alles, was wir heute Abend servieren, wird auch auf der Speisekarte stehen", erklärte Marina. „Mit ein paar Extras, die noch zur Abstimmung stehen." Die hingen davon ab, wie viel sie zu tun haben würden. Eine große Speisekarte würde bedeuten, dass sie mehr Zutaten vorrätig haben müsste, und solange sie nicht voll ausgelastet wäre, würde das zu einer größeren Verschwendung von Lebensmitteln führen. Wobei Marina vorhatte, das, was sie nicht verbrauchte, nicht wegzuwerfen, sondern an die örtliche Lebensmitteltafel zu spenden.

Dennoch gab es ein kritisches Fenster für ihre Profitabilität. Ivy hatte ihr gesagt, dass im Sommer zwar viel los wäre, im Winter jedoch fast nur Einheimische in Summer Beach lebten. Die beiden Schwestern boten in dieser Zeit in ihrem Inn besondere Pakete an, um die Gäste zu sich zu locken. Und Ivy hatte versprochen, ihren Gästen das Coral Café zu empfehlen.

„Hier findet die Party also statt", sagte Bennett und gab Ivy einen Kuss auf die Wange.

Marina lachte. „Enden nicht alle Partys irgendwann in der Küche?" Sie zeigte auf den Tisch davor. „Dafür ist dieser Tisch gedacht. Macht es euch bequem."

Axe hatte eine Flügeltür installiert, die sich zur Terrasse hin öffnen ließ, sodass Marina beim Kochen die Gäste sehen konnte. Sie plante, während der kälteren Monate Heizpilze auf der Terrasse aufzustellen. Wobei es bei dem Wetter in Summer Beach nur wenige Tage gab, an denen man nicht draußen sitzen und den Meeresblick genießen konnte.

Ivy warf einen Blick nach draußen. „Da kommen weitere Gäste. Kannst du ein paar Minuten erübrigen, um sie zu begrüßen?"

„Das ist der Plan", sagte Marina. „Wir fangen mit den kalten Vorspeisen an. Nach einer Weile werde ich dann in die Küche zurückkehren und die warmen Vorspeisen sowie das Hauptgericht rausschicken."

„Das klingt sehr gut organisiert", merkte Ivy an.

„Darin ist Marina einsame Spitze", warf Kai ein. „Kommt, lasst uns rausgehen."

Ginger legte den Kopf schief. „Geh", sagte sie zu Marina. „Du bist der Star des Abends, und ich wette, alle wollen dich beglückwünschen."

„Ich komme, sobald ich kann", sagte Marina und räumte ein wenig auf.

Ginger tippe auf den Plan für den Abend, der über der Arbeitsfläche hing. „Keine Sorge. Ich habe ja den hier, für den Fall, dass du länger aufgehalten wirst." Sie presste ihre Wange an Marinas. „Ich bin sehr stolz auf dich, weil du dir ein neues Leben aufgebaut hast. Und ich glaube, meine alte Freundin Julia wäre sehr beeindruckt von dem, was du hier erschaffen hast. Vor allem von ihrem *Coq au Vin*."

Marina legte ihre Arme um Ginger. „Das alles ist genauso dein Verdienst wie meiner. Du hast in mir die Liebe zum Kochen geweckt. Komm mit, lass uns die Gäste gemeinsam begrüßen."

„Wie du wünschst, meine Liebe." Ginger zog ihre Jacke aus und hakte sich bei Marina unter.

Kai grinste. „Showtime." Summend folgte sie den beiden auf die Terrasse, wo weitere Gäste warteten. Dann nahm sie ihren Platz hinter dem Cocktailwagen ein und verteilte eiskalte italienische Limonaden und andere Getränke.

Die Party ging los.

„Herzlich willkommen", sagte Marina, und ihre Familie und Freunde brachen in Applaus aus. Sie begrüßte Poppy, die Nichte von Ivy und Shelly, sowie einige der Langzeitgäste aus dem Inn. Imani Jones war Inhaberin des örtlichen Blumenstands und in Begleitung von Clark Clarkson gekommen, dem großen, kräftigen Polizeichef.

Marina erkannte ihn sofort. Sie war ihm das erste Mal in der Nacht begegnet, als sie unangekündigt in Summer Beach angekommen war und versucht hatte, irgendwie in das Cottage ihrer Großmutter zu gelangen.

Gilda, die Artikel für ein Magazin schrieb, kam mit Pixie, ihrer Chihuahuahündin, die in einem extra für sie angefertigten Rucksack saß.

Alle Gäste drückten ihre Bewunderung für das neue Café aus und stellten sich an, um die ersten Kostproben zu probieren. Leilani und Roy, die Inhaber des Gartencenters *Hidden Garden*, kamen gemeinsam mit Jen und George, dem Ehepaar, das den Eisenwarenhandel *Nailed It* führte. Marina unterhielt sich mit Celia und Tyler, einem jungen Paar aus der Tech-Szene, das sich zur Ruhe gesetzt hatte und das Musikprogramm der örtlichen Schule unterstützte.

„Das ist köstlich", sagte Celia, nachdem sie den Macadamia-Hummus mit Gemüsesticks und hausgemachten Körnerbrötchen probiert hatte. „So habe ich Hummus noch nie gegessen."

„Es freut mich, dass es dir schmeckt", sagte Marina erleichtert. Für einen Hauch von Polynesien hatte sie dem Hummus ein wenig Kokosnusspulver zugegeben. „Ich liebe es, die frischen Produkte aus Südkalifornien mit hawaiianischen und asiatischen Aromen und mexikanischen, spanischen, italienischen und französischen Akzenten zu verbinden."

„Ja, das ist es, was die kalifornische Küche so einzigartig macht", stimmte Celia ihr zu. „Hier leben so viele Menschen aus den unterschiedlichsten Kulturen. Die Familie meiner Ur-ur-ur-Großmutter ist in den 1850er-Jahren von China hierhergezogen. Seit unserem Umzug nach Summer Beach vermissen wir die Mischung der Geschmäcker, die wir aus den Restaurants in San Francisco gewohnt sind. Deshalb sind Tyler und ich so unglaublich froh, dass du dein Café eröffnet hast. Wir werden hier häufig zu Gast sein, das kann ich dir jetzt schon versprechen."

Marina wusste diese Rückmeldung sehr zu schätzen. „Ihr seid immer willkommen."

Heather hatte kleine Aufsteller entworfen, die neben jedem Gericht standen, und während sie und Ethan mit den Serviertellern umhergingen, erklärten sie den Gästen, was sie da aßen.

Die Zwillinge zu beobachten erfüllte Marina mit Stolz. Es waren immer gute, hart arbeitende Kinder gewesen, die ihr gerne geholfen hatten. Wie so viele hatten die beiden natürlich auch ihre dunkleren Phasen als Teenager gehabt, aber jetzt waren sie dabei, zu entdecken, wofür sie brannten.

„Wenn ich schon zwangsgeräumt wurde, bin ich froh, dass es für einen guten Zweck war."

Marina drehte sich um. „Jack. Du bist gekommen." Ihr Herzschlag beschleunigte sich, aber sie nahm ihre Gefühle schnell an die Kandare.

„Nie hätte ich mir deine große Eröffnung entgehen lassen." Grinsend musterte er ihre Kochjacke. „Das ist ein netter Touch. Du siehst toll aus."

„Ginger und Kai haben mich damit überrascht. Sie ist wundervoll zum Kochen. Möchtest du gerne sehen, wie das Gästehaus sich verändert hat?"

Jack überlegte kurz, bevor er sagte: „Ja, das wäre schön."

„Komm mit." Sie führte ihn durch die offenen Türen in den privaten Speisesalon, den sie und Heather in dem alten Schlafzimmer eingerichtet hatten. „Hier entlang ist es nicht so voll." Denn vor der offenen Küche hatten sich mehrere Gäste versammelt.

Als sie eintraten, strahlte Jack. „Wow", sagte er und schaute sich um. „Was für ein Juwel. Hast du das alles gemacht?"

„Heather und Brooke haben mir geholfen." Neben Ivys Gemälde und den weißen, von Lichterketten erleuchteten

Spalieren verlieh ein antiker Kronleuchter aus mundgeblasenen Kristallmuscheln, den Marina bei *Antique Times*, dem Antiquitätenladen im Ort, gefunden hatte, dem Raum einen besonderen Zauber. Nan, eine der Besitzerinnen des Ladens, die Marina im Rathaus kennengelernt hatte, hatte die Kronleuchter gereinigt, und Axe hatte ihn aufgehängt. Die Glühlampen stammten aus einem alten Strandhaus, das die neuen Besitzer renoviert hatten. Marina liebte ihn. Bei gedimmtem Licht schuf der Kronleuchter eine sehr romantische Atmosphäre. Die Palmen, die in Töpfen in den Ecken standen, raschelten leise in der Brise. Marina hatte auch ein paar Stühle gefunden, die sie weiß gebeizt und mit Samtkissen in einem dunklen Korallenton bezogen hatte.

„Das ist unser privater Speisesaal für Feiern oder Flitterwöchner.“

„Ein ganz schöner Kontrast zu dem alten Schlafzimmer. Ist der Safe noch in dem Schrank?“

Sie lachte. „Ja, das Monster geht nirgendwo hin. Um den zu verrücken, bräuchte man einen Gabelstapler. Aber warte nur, bis du die neue Küche siehst.“ Aus Gewohnheit hielt sie ihm ihre Hand hin, bevor sie sich zurückhalten konnte.

Jack nahm sie.

Als ihre Finger einander berührten, verspürte Marina einen so starken Energiefluss, dass sie stockend einatmete und Jack anstarrte.

Jack fing ihren Blick auf. „Wir sind immer noch Freunde.“

Sie nickte wie betäubt und führte ihn dann in die Küche.

Ginger drehte sich um, und Marina sah, dass ihr Blick zu ihren verschränkten Händen huschte. Schnell löste Marina sich von Jack. Er ließ sie los, doch etwas in ihr vermisste seine Berührung sofort.

„Jack wollte die Küche sehen“, sagte sie vielleicht ein

wenig zu fröhlich. „Wir haben den Raum um das alte Esszimmer erweitert und im Wohnzimmer einen Tisch für besondere Gäste platziert. Axe hat die Wand mit neuen Türen, die zur Terrasse führen, geöffnet, und dann sind da die ganzen neuen Geräte und ..."

„Vielleicht würde Jack gerne etwas essen", unterbrach Ginger sie und rettete Marina damit davor, weiter nervös vor sich hinzuplappern.

Jack grinste. „Ja, darauf habe ich mich schon gefreut."

Marina spürte, wie ihre Wangen warm wurden, als Ginger ihm einen Teller zusammenstellte. „Setz dich doch."

Ginger tippte auf den Zeitplan. „Ich bin dabei, die Maui-Zwiebeln zu karamellisieren."

Das war Marinas Stichwort. Sie ging zum Kühlschrank und holte ein vorbereitetes Blech mit Schweinsohren aus Blätterteig heraus. Dieses schob sie in den Ofen, bevor sie sich daran machte, in einer Schüssel weichen Brie mit Kümmel zu vermischen.

Als Nächstes erhitzte sie eine Pfanne auf dem Herd, gab etwas Olivenöl hinein, gefolgt von Champignons und Gewürzen. Während das vor sich hin simmerte, holte sie die fertigen Schweinsohren aus dem Ofen und legte die Hälfte von ihnen auf einen Servierteller.

Auf jedes Schweinsohr gab sie einen Klecks von dem gewürzten Brie und verteilte dann die von Ginger karamellisierten, heißen Zwiebeln darüber. Dabei legte sie ein paar für Jack, Heather und Ethan zurück.

„Soll ich die Pilze abgießen?", fragte Ginger.

„Ja, danke", erwiderte Marina. Den Rest der warmen Schweinsohren füllte sie mit den gebratenen Champignons und ebenfalls karamellisierten Zwiebeln. Dann läutete sie die glänzende Glocke, die über der Arbeitsplatte hing – das Signal für einen neuen Gang.

Heather eilte in die Küche. „Die sehen super aus, Mom."

„Danke, meine Süße. Die links sind die mit Champignons, die anderen sind mit Brie." Marina legte zwei Schweinsohren auf Jacks Teller. „*Bon appétit.*"

„Mein Kompliment an die Köchin", sagte er.

„Das sagt man normalerweise, nachdem man gegessen hat", sagte Marina lachend.

„Das kommt darauf an, was mit dem Kompliment gemeint ist, richtig?", warf Ginger ein.

Jack lachte leise. „Ganz genau."

„Hört sofort damit auf, ihr zwei." Marina fächelte sich Luft zu und spürte, wie sie errötete. „Wow, es ist ziemlich heiß hier." Sie öffnete das Fenster ein wenig weiter.

Als Nächstes briet sie die vegetarischen Spieße an, die Ginger ähnlich denen für den Abend auf der Jacht vorbereitet hatte. Danach schlug Ginger vor, dass sie sich für einen Moment unter die Gäste mischen sollten.

„Du hast ausreichend Zeit", versicherte sie Marina. „Ich sehe hier viele neue Gesichter."

„Wenn du uns entschuldigst?", sagte Marina zu Jack. Bennett und Mitch hatten sich zu ihm an den Tisch gesetzt, sodass sie kein schlechtes Gewissen hatte, weil sie ihn allein zurückließ.

Wenn sie ehrlich war, konnte sie es nicht erwarten, ein wenig Abstand zu ihm zu kriegen. Nicht weil sie seine Gesellschaft nicht genoss, sondern weil sie sie zu sehr genoss. Und das würde nirgendwo hinführen. Warum benahm er sich auf einmal so, als wären sie beste Freunde? Sie schüttelte den Kopf. *Männer.* Er machte sie außerdem ein wenig nervös, dabei musste sie sich auf die weiteren Gerichte konzentrieren.

Während Ginger alte Freunde begrüßte, die sie eingeladen hatte, ging Marina zu ihrer Schwester hinüber. „Und, wie läuft es so?"

Kai strahlte. „Was für fabelhafte Gäste. Sie lieben die italienischen Limonaden, die du bestellt hast, aber soll ich dir sagen, was wirklich beliebt ist?" Ihre Augen funkelten verschmitzt.

„Was hatten wir denn sonst noch?"

„Gute Frage." Kai reckte einen Finger. „Erinnerst du dich an das Obst und den Joghurt, den ich gekauft habe? Tja, ich dachte, wie wäre es, wenn ich daraus Smoothies mache – denn was wäre ein Strandcafé ohne Smoothies? Dann ist mir der Joghurt ausgegangen, und ich habe ihn durch Eiscreme ersetzt."

Neben Kai standen ein Mixer und kleine, mit Smoothies gefüllte Pappbecher. Marina musste lachen, weil sie sich an den Smoothie-Stand erinnerte, den Kai ein paar Sommer lang vor dem Cottage aufgebaut hatte, um ein wenig Geld zu verdienen.

„Wie es aussieht, sind meine alten Rezepte noch genauso gut wie früher." Kai reichte ihr einen der Becher. „Ich hoffe, es macht dir nichts aus?"

„Ich finde die Idee großartig. Wir nennen sie *Kais Cooler*." Sie nippte an der schaumigen Mischung. „Hast du die mit den italienischen Limonaden und Eiscreme gemacht?"

„Ja. Ich glaube, das wäre auch ein fabelhafter Nachtisch. Du könntest noch ein paar Beeren dazugeben."

Marinas Kopf drehte sich nur so vor lauter neuen Ideen. Sie legte ihrer Schwester einen Arm um die Schultern. „Habe ich dir in letzter Zeit gesagt, wie lieb ich dich hab?"

„Ah, ich dich auch, Kleine", antwortete Kai mit den Worten, die Marina früher immer zu ihr gesagt hatte.

Marina lachte. „Hast du Axe schon gesehen?"

Kai nickte nach rechts. „Wir haben uns über das neue Theater unterhalten, und er hat mir Carol Reston vorgestellt."

Bei der Erwähnung der legendären, mit einem Grammy ausgezeichneten Sängerin schaute Marina sich um. „Sie ist *hier*?"

„Pst, reiß dich zusammen. Sie unterhält sich gerade mit Ginger. Axe hat einige Arbeiten an ihrem Anwesen auf den Klippen ausgeführt."

Carol Reston in meinem Café. Marina schüttelte erstaunt den Kopf.

„Du hast gar nicht gefragt, worüber Axe und ich uns unterhalten haben", sagte Kai und kniff die Lippen zusammen, als fürchtete sie, ihr könnte ein Geheimnis entschlüpfen.

Marina stieß sie an. „Dann erzählst du es mir besser."

„Nachdem ich Carol getroffen habe, sagte er, dass sie mich wirklich mochte. Du wirst es nicht glauben, aber sie hat mich letztes Jahr bei einem Auftritt in Seattle gesehen und …" Kai legte eine dramatische Pause ein. „Sie hat sich an meine Performance erinnert!"

„O Kai, das freut mich so für dich." Marina wusste, wie viel das ihrer Schwester bedeutete.

„Das ist noch nicht alles. Axe will sich morgen mit mir treffen. Er und Carol wollen mir ein Angebot machen." Kai sah aus, als würde sie gleich vor Glück platzen.

„Um in seinem Theater aufzutreten?"

„Vermutlich ja. Aber auch, um bei der Organisation, der Auswahl der Schauspieler und der PR für das neue Theater zu helfen. Kannst du das glauben? Ich werde Co-Produzentin werden." Sie ließ kurz den Mittelfinger hochschnellen. „Nimm das, Dimitri."

Marina umarmte sie. „Das hast du dir verdient. Schnapp dir deinen Traum, Kai."

„Ja, ich glaube, ich bin gerade dabei", antwortete Kai mit einem leichten Lächeln. „Wer hätte gedacht, dass der so nahe liegt?"

Marina hielt sich zurück, eine Frage zu Axe zu stellen – denn innerlich kannte sie die Antwort bereits.

„Rate, wer da gerade gekommen ist." Kai nickte in

Richtung Auffahrt, wo Chip und die Jungs etwas unbehaglich herumstanden.

„Ich gehe sie begrüßen", sagte Marina. Chip schien sich Mühe gegeben zu haben, ordentlich auszusehen. Die Kleidung der Jungs war ein wenig zerknittert, aber das hier war zum Glück ja nur ein Strandcafé.

„Warte. Brooke geht gerade zu ihnen."

Marina und Kai beobachteten, wie Brooke die Hand ihres Mannes nahm und die Jungs sie umarmten. Das hier war das erste Mal seit beinahe zwei Wochen, dass Brooke ihre Familie sah. Bei allen fielen ein paar Tränen, und Brooke wirkte glücklich.

„Brooke sagte, dass sie diese Woche mit der Paartherapie anfangen", sagte Kai. „Glaubst du, die beiden kriegen das hin?"

„Das hoffe ich." Marina machte sich Sorgen um ihre Schwester. „Da ist noch viel Liebe auf allen Seiten. Sie ist nur unter den Anforderungen des Alltags vergraben." Brooke hatte ihr gesagt, dass sie es nicht eilig damit hatte, zu Chip zurückzukehren, und es erst in Erwägung ziehen würde, wenn er erkannte, dass sie seine Partnerin und nicht seine Haushälterin war.

Ein Gast nahm sich einen Smoothie und stellte Kai eine Frage, sodass Marina weiterging. Es gab so viele Gäste, die sie begrüßen wollte, bevor sie in die Küche zurückkehrte.

„Das ist alles ganz wundervoll", sagte Nan, als Marina sich ihr näherte. Die Empfangsdame des Rathauses und Mitbesitzerin von *Antique Times* hatte einen vollen Teller in der Hand und schien das Essen sichtlich zu genießen. „Ich habe so viele Leute, die es nicht erwarten können, dich kennenzulernen."

„Ich freue mich darauf."

Nan hielt ein junges, attraktives Paar auf. „Marina, ich möchte dir gerne Megan und Josh Calloway vorstellen. Sie haben gerade ein Haus gleich hier in der Nähe gekauft.

Megan arbeitet an einer Dokumentation über Amelia Erickson, die ehemalige Besitzerin des Seabreeze Inn – oder besser gesagt des *Las Brisas del Mar*, wie es damals hieß."

„Ja, davon hat Ivy mir erzählt." Marina begrüßte die beiden, und sie unterhielten sich einen Moment, bevor Marina ihnen auf ihren Wunsch hin die vegetarischen Gerichte zeigte.

Die untergehende Sonne tauchte die Terrasse in einen rosigen Schimmer. Kai schaltete die Lichterketten an, was sofort eine gemütliche Atmosphäre schuf. Das haben sie gut gemacht, dachte Marina, die mit dem Gesamteindruck mehr als zufrieden war.

Bevor sie in die Küche zurückkehrte, begrüßte sie noch Denise und John. Leo und Samantha standen bei Kai und probierten sich durch die italienischen Limonaden. Vanessa saß an dem reservierten Tisch und nippte an einer Brühe, die Heather ihr auf Marinas Wunsch gebracht hatte. Leo brachte ihr einen der Smoothies, und sie umarmte ihn und gab ihm einen Kuss auf die Wange. Marinas Herz zog sich für die beiden zusammen.

Auf dem Weg in die Küche begrüßte sie Jim Boz, den Chef der Planungsabteilung von Summer Beach, der ihr erklärt hatte, was für Auflagen sie erfüllen musste, um das Café zu eröffnen.

„Das hast du in Rekordzeit auf die Beine gestellt", sagte er. „Und noch dazu ist es wunderschön geworden. Herzlichen Glückwunsch."

„Ich bin dir sehr dankbar für deine Hilfe. Auch wenn ich bei all den Regelungen zwischendurch mit den Nerven am Ende war. Aber ich verstehe, wozu sie da sind."

Boz lachte leise. „Das höre ich oft. Aber das hier war die Mühe definitiv wert."

Ginger winkte Marina zu sich.

„Da du und Ivy jetzt so gute Freundinnen seid, würde ich dir gerne ihre Eltern vorstellen: Carlotta und Sterling."

Ginger stellte sie einem künstlerisch aussehenden Paar vor. Ivy hatte ihr erzählt, dass die beiden in den Vorbereitungen für eine Weltreise steckten.

„Was für eine Freude", sagte Marina. „Ich hoffe, Sie genießen den Abend?"

„Die Shrimps mit dem Avocado-Koriander-Dip waren ein Gedicht", sagte Carlotta und machte eine Geste mit der Hand, bei der ihre handbemalten Holzarmreifen klapperten. „Sie haben mich an eine Soße erinnert, die meine Mutter immer gemacht hat."

„Wie ich sehe, hast du meine Eltern kennengelernt", sagte Ivy, die sich in diesem Moment mit Shelly zusammen zu der Gruppe gesellte.

Marina unterhielt sich eine Weile mit ihnen, bis Ginger sagte: „Wir müssen jetzt leider das Hauptgericht vorbereiten."

Sie entschuldigten sich und kehrten in die Küche zurück. „Du bist ein Hit", flüsterte Ginger.

„Dank deiner Hilfe", erwiderte Marina.

Jack saß immer noch an dem Tisch vor der Küche. Marina konnte ihn schlecht von dort vertreiben, vor allem nicht jetzt, wo Leo sich zu ihm gesetzt hatte. Sie biss die Zähne zusammen. Das hier war nicht der Zeitpunkt, um über Jack nachzudenken. Sie zog ihre emotionale Schutzmauer hoch und machte sich an die Arbeit.

Gemeinsam mit Ginger verteilte sie den *Coq au Vin* auf den Tellern und schickte ihn mit einem Toast auf Julia Childs nach draußen. Danach kam Marinas Shrimp-Pesto-Pizza. Leo schnappte sich das erste Stück, und Marina sah, dass sie genauso beliebt war wie die Hummerpizza auf der Jacht. Die würde sie ab und zu als Spezialität des Tages auf die Karte schreiben, entschied sie.

Als die koreanischen *Kalbi-* und die vegetarischen Burger fertig waren, läutete sie die Glocke, um sich sofort der Lasagne zuzuwenden, die in Gingers Küche in dem alten

O'Keefe & Merritt-Ofen auf sie wartete. Damit hatte sie alle Geschmäcker abgedeckt: Rindfleisch, Huhn, Meeresfrüchte, Pasta und Gemüse. Sie hatte auch überlegt, einmal in der Woche einen Grillabend zu veranstalten, an dem es Fisch und Meeresfrüchte gäbe. Sie wusste, dass es im Ort ein anderes Restaurant gab, das sich auf Steaks spezialisiert hatte. Ihre Nische wäre hingegen eine lockere Strandatmosphäre mit passenden Speisen. Sie konnte nicht alles abdecken, was die Leute wollten, und hatte sich deshalb entschieden, mittags leichtere und abends herzhaftere Gerichte anzubieten.

Sie würde viel zu tun haben – das hoffte sie zumindest.

„Letzte Runde", verkündete sie. „Ginger, warum machst du nicht eine Pause? Kai kann mir mit dem Rest helfen."

„Das Angebot nehme ich gerne an, meine Liebe. Ich schicke dir Kai."

In dem Moment wurde die Musik lauter. Ein paar Minuten später kam Kai in die Küche geschwebt und schnippte mit den Fingern. „Du hast nach mir gerufen?"

„Kannst du mir mit dem Nachtisch helfen? Ich habe vergessen, die Sahne zu schlagen."

„Kein Problem."

„Gib auch ein paar Prisen Zimt dazu." Marina hielt inne. „Tanzen die Leute da draußen etwa?"

„Ja, das war der Plan. Immerhin ist das hier heute eine Party", fügte Kai zwinkernd an.

Leo schaute über den Tresen. „Was gibt es zum Nachtisch?"

Marina stützte sich mit den Händen auf dem Tresen ab und beugte sich zu ihm. „Magst du Eiscreme?"

Seine Augen strahlten, und er nickte.

„Tja, ich denke, dann wirst du sehr glücklich sein. Ich habe hausgemachte Eiscreme mit Keksstückchen, dazu köstliche Brownies."

„Lecker", sagte Leo. „Das muss ich gleich Samantha erzählen."

Als er davonschoss, lachte Jack auf. „Erinnert ihr euch noch, als wir uns so über Eiscreme gefreut haben?"

Marina zog eine Augenbraue in die Höhe. „Du hast mein selbst gemachtes Eis noch nicht probiert."

„Das klingt wie eine Drohung", sagte er grinsend.

Marina schüttelte den Kopf. Sie schätzte, sie würde sich daran gewöhnen müssen, dass Jack da war. Gute Freunde, mehr wollte er nicht. Vielleicht flirtete er einfach nur von Natur aus gerne. Immerhin kannte sie ihn noch nicht so lange.

Marina arrangierte Stücke von Käse- und Karottenkuchen auf einem Servierteller und holte dann die gekühlten Fruchtbecher hervor. Auf die Erdbeeren, Blaubeeren und Himbeeren gab sie je einen kleinen Klecks Sahne, denn in der Bikinisaison wollte nicht jeder einen kalorienreichen Nachtisch.

„Partytime!", rief Kai und läutete die Glocke.

Auf der Terrasse tanzten die jüngeren Leute. Marina erkannte Ivys Tochter Misty und Imanis Sohn Jamir. Und sie war sich sicher, dass Kai sich bald mit den Zwillingen und ihren Freunden dazugesellen würde.

Heather und Ethan tauchten auf. „Ich hoffe, du hast was von dem Nachtisch für uns aufbewahrt", sagte Ethan.

„Das weißt du doch." Marina zeigte auf den Kühlschrank. „Der steht da für euch bereit, wann immer ihr so weit seid."

„Danke Mom", sagte er.

„Endlich fertig." Marina verließ die Küche und ließ sich auf die lange Bank an dem großen Tisch sinken. Jack hatte ein Feuer im Kamin gemacht und ihr ein Glas Rotwein eingeschenkt.

„Wo kommt der denn her?", fragte sie.

Jack nickte in Richtung von Ginger, die ihm gegenübersaß. „Ein Schluck von dem speziellen Vorrat deiner Großmutter."

„Das war einer von Julias Lieblingsweinen", erklärte Ginger. „Und ich dachte, heute ist der richtige Tag dafür."

Marina verwirbelte den samtigen roten Wein im Glas und atmete sein dichtes Aroma tief ein. „Der riecht köstlich."

„Und er schmeckt noch besser." Ginger stieß mit ihr an.

„Ohne dich hätte ich das nicht geschafft", sagte Marina. „Dass du mich das Gästehaus in ein Café hast umwandeln lassen und meine Sous-Köchin gewesen bist … Du bist wirklich die beste Großmutter der Welt."

Ginger umfasste Marinas Hände und gab ihnen einen Kuss. „Du hast mir auch geholfen, einen meiner Träume wahr werden zu lassen."

„Es sieht ganz so aus, als hättest du hier in Summer Beach deinen Platz gefunden", warf Jack ein.

„Das habe ich." Und zwar auf mehr als nur eine Art, dachte sie. Jetzt würde die echte Arbeit beginnen. Das Café jeden Tag mit Gästen zu füllen, würde eine Herausforderung werden. Vor allem bei der wachsenden Konkurrenz in der Nachbargemeinde. Aber darüber würde sie sich an einem anderen Tag den Kopf zerbrechen. Heute wollte sie einfach nur den Moment genießen.

Sie stieß mit Jack an. „Auf Summer Beach." So sehr es sie auch verstörte, irgendwie kam es ihr nur richtig vor, dass er hier war.

15

___

„Ist das hier das Haus?", fragte Jack, als Bennett mit seinem SUV vor einem alten Strandhaus anhielt. „Da steht gar kein Schild."

„Offiziell ist es noch nicht auf dem Markt", antwortete Bennett.

Er hatte Jack bereits ein paar Häuser gezeigt, doch keines von ihnen war zu hundert Prozent das, was Jack sich vorstellte. Er brauchte nicht viel Platz für sich, aber er musste an Leo und Scout denken. Es war ihm wichtig, dass das Haus in Laufweite zu Leos Schule lag. Außerdem zog er es vor, in der Nähe des Strandes und des Ortes zu wohnen. Aus diesem Grund hatte er alle Häuser auf den Klippen ausgeschlossen.

„Da du sagtest, dass du ein geschickter Handwerker bist, dachte ich, dass du dir das hier vielleicht anschauen möchtest. Einige Leute mögen denken, dass es einfacher wäre, es abzureißen und etwas Neues zu bauen, aber das würde nicht passen, weil das hier ein historisches Viertel ist. Das Haus hat jedoch eine gesunde Basis, auch wenn das Dekor ein wenig … ungewöhnlich ist."

Jack lachte. „Du weißt, wie du die Erwartungen deiner Kunden senken kannst."

„Ich sage nur, wie es ist, Kumpel." Bennett klimperte mit den Schlüsseln.

„Also, wie lautet die Geschichte?"

„Das Haus gehört dem Vater eines meiner Kunden. Er hat beinahe sein ganzes Leben lang hier gewohnt, aber jetzt zieht er zu seinem Sohn und dessen Familie. Deshalb sind sie gewillt, es zu vermieten, bis sie entschieden haben, was sie damit machen wollen. Wenn es dir gefällt, könntest du ihnen vermutlich später ein Kaufangebot unterbreiten."

„Das klingt so, als würdest du etwas auslassen."

Bennett lachte leise. „Der Besitzer war ein bekannter Künstler."

Jack fragte sich, was Bennett damit meinte. „Vielleicht lässt sich was daraus machen."

„Es ist ein gutes Viertel", versicherte Bennett. „Meine Schwester und ihr Mann wohnen direkt hinter dem Haus. Ihr Sohn Logan wird im Herbst mit Leo in eine Klasse gehen."

Noch ein Freund für Leo wäre gut, dachte Jack. Als sie die Treppe zur Haustür hinaufgingen, überfiel ihn wieder dieses gewisse Gefühl der Dringlichkeit. Vanessas Zustand könnte sich jeden Moment verschlechtern, deshalb musste er darauf vorbereitet sein, sich sehr kurzfristig um Leo zu kümmern. Und selbst wenn Vanessas Zustand sich durch ein Wunder verbessern würde, wollte er Leo dennoch ein Zuhause bieten. Scout würde Auslauf benötigen, und Jack könnte einen kleinen Garten anlegen. Meerblick wäre auch nicht schlecht.

Doch an erster Stelle standen die Bedürfnisse seines Sohnes. Jacks Leben hatte sich schnell verändert, und es gefiel ihm von Tag zu Tag besser. Zum ersten Mal in seinem Leben musste er sich um jemand anderen kümmern – und er stellte fest, dass er das mochte.

Marina ging ihm aber immer noch nicht aus dem Kopf, und er hoffte, dass er sich auf der Eröffnungsparty ihres Cafés nicht zum Trottel gemacht hatte. Sobald er ihre Hand genommen hatte, als sie ihm die Umbauten im Gästehaus zeigte, hatte er es auch schon bereut. Er sollte ihr keine widersprüchlichen Botschaften senden, doch es fiel ihm schwer, seine Gefühle für sie in Schach zu halten.

Bennett öffnete die Tür, und sie traten ein. Jack sah sofort, was sein Freund gemeint hatte. Im Wohnzimmer zierte eine Meereslandschaft eine ganze Wand. Eine Reihe an Fenstern bot einen Blick aufs Meer, und die Decke mit den freiliegenden Balken stieg zur Mitte des Dachs an, womit es größer wirkte, als es war.

„Es gefällt mir", sagte er, während er ein paar Schritte vor machte, um das Wandgemälde anzuschauen. „Es ist gut gemacht und hat definitiv einen Strand-Vibe."

Bennett lachte. „Das stimmt."

In eine andere Wand war ein Kamin aus glatten, weißen Natursteinen eingelassen. Der Holzfußboden war ein wenig in Mitleidenschaft gezogen worden, doch den könnte er abschleifen oder ein paar Teppiche darauf verteilen. „Es hat Potenzial. Ich würde mir gerne den Rest anschauen."

Sie gingen in die Küche, wo der Besitzer eine große Palme an eine Wand gemalt hatte, vor der vermutlich mal ein Tisch gestanden hatte. Die Küche war altmodisch, aber geräumig, mit ausreichend Arbeitsflächen, einem alten Herd ähnlich dem, den Ginger besaß, und einer tiefen Spüle.

„Das ist eine original Farmhaus-Spüle, wie sie heute so beliebt sind", sagte Bennett. „Die Geräte sind alt, funktionieren aber einwandfrei." Er zeigte auf den Herd. „Und so alt der auch ist, er sieht nagelneu aus. Die Besitzer haben nur selten gekocht."

Jack strich mit der Hand über die dunkelblaue Emaille. „So habe ich in New York auch gelebt – etwas zu bestellen war leicht, und die Küchen waren alle so klein."

„Der Besitzer ist jeden Tag ins Deli gegangen, um zu frühstücken, und hat eine Nachbarin dafür bezahlt, dass sie ihm abends etwas Selbstgekochtes vorbeibringt. Wenn sie mal keine Zeit hatte, ist er essen gegangen. Er hat immer behauptet, dass zu kochen seine Kreativität stören würde. Jeder hier im Ort kennt ihn."

Jack wippte auf den Fersen, während er sich umschaute. „Ja, das hier könnte gehen." Bennett hatte recht – das Haus hatte eine gesunde Basis.

Sie gingen in das erste Schlafzimmer. An einer Wand prangte ein Bild von einem Taucher in einem altmodischen Tauchanzug, der zwischen bunten Fischen schwamm. Auf einem Stein hockte ein Tintenfisch, und ein Hummer winkte mit seiner Schere.

Jack lächelte. „Das könnte Leo gefallen."

„Das hier war das Zimmer seines Sohnes. Der heute Ozeanograf ist."

„Lass uns das Hauptschlafzimmer anschauen", sagte Jack. Ihre Schritte hallten, als sie den Flur hinuntergingen. Bennett öffnete die Tür.

Das Schlafzimmer war größer, als Jack erwartet hatte. Es bot ausreichend Platz für ein großes Bett und hatte sogar eine kleine Sitzecke mit einem weiteren Kamin. „Das ist nett", sagte er.

„Dir ist vielleicht aufgefallen, dass es hier kein Wandgemälde gibt", sagte Bennett.

„Ja. Warum?"

„Der Besitzer sagte, dass er auf die richtige Inspiration wartete. Doch er konnte sich nie entscheiden. Also kannst du das hier ganz nach deinen Wünschen gestalten."

Jack trat durch eine weitere Tür in einen Wintergarten, der aussah, als wäre er später angebaut worden.

„Großartiges Licht", murmelte er und strich mit der Hand über die alten, welligen Fensterscheiben. „Mit dem Raum hier könnte ich vieles anstellen."

Er stellte sich vor, seinen Arbeitsplatz hier einzurichten. Auf der einen Seite konnte er zum Meer schauen. Auf der anderen in den Garten. Er sah vor sich, wie Leo und Scout draußen zusammen spielten. Er würde einen Zaun um seine Beete ziehen müssen, die er in der sonnigen Ecke anlegen könnte, die er erblickte.

Seit seiner Kindheit auf der Farm seiner Familie in Texas hatte er keinen Garten mehr gehabt – abgesehen von dem am Gingers Cottage, den er nach Scouts wilder Buddelei gemeinsam mit Marina neu angelegt hatte.

„Das wird eine große Veränderung nach meiner Wohnung in New York werden", sagte er. „Eine gute Veränderung, aber dennoch eine, die ich nicht habe kommen sehen."

Sie sahen sich die Badezimmer an, die zwar ein wenig altmodisch, aber noch voll funktionstüchtig waren. Jack machte es nichts aus. Das große Badezimmer hatte eine Badewanne und eine separate Dusche, und der Boden war mit winzigen schwarzen und weißen Kacheln gefliest. Das weitere Badezimmer auf dem Flur könnte für Leo sein.

„Über der Garage gibt es noch eine Einliegerwohnung, die der Besitzer als Arbeits- und Abstellplatz benutzt hat. Sie hat zwei Zimmer, ein Bad und eine Küche." Sie stiegen die Treppe zur Garage hoch, um sich auch diesen Teil anzusehen.

Eine Reihe an Fenstern öffnete sich zu einem weiteren spektakulären Ausblick aufs Meer. In diesem Raum war der Holzfußboden von Farbspritzern übersät, und in dem anderen Zimmer stand in einer Ecke noch ein alter Schreibtisch.

„Den Platz hier oben werde ich vermutlich nicht nutzen", sagte Jack.

„Du könntest ihn untervermieten."

„Da müsste aber vorher noch einiges getan werden."

Bennett schüttelte den Kopf. „Surfer interessieren sich nicht für Farbspritzer auf dem Boden."

Gemeinsam kehrten sie zu Bennetts Wagen zurück, und Jack schaute noch einmal zum Haus. „Sind sie bereit, sofort zu vermieten?"

„Es könnte bis zum Wochenende deins sein. Soll ich ein Angebot machen?"

Jack blinzelte. Das hier passierte wirklich. Er lachte in sich hinein. Er hatte nicht mal Möbel. Seine Wohnung in New York hatte er an einen Kollegen untervermietet, wobei er da auch nicht viele persönliche Gegenstände hatte. In all den Jahren war er immer mit leichtem Gepäck gereist, denn in seinem Beruf war man ständig auf dem Sprung. Zu viel Besitz hätte ihn nur zurückgehalten.

„Ich will dich nicht drängen, aber Häuser wie dieses kommen nicht oft auf den Markt. Und wenn sie es tun, sind sie schnell weg. Vor allem, wenn der Preis stimmt."

„Es ist ein großer Schritt." Jack wippte auf den Fersen.

„Lass dir Zeit", sagte Bennett.

Sie stiegen ein. Als Bennett losfuhr, hielt Jack den Blick auf das Haus gerichtet. Nebenan sah er ein Mädchen und einen Jungen in Leos Alter. Sie winkten ihm, und Jack winkte zurück.

„Weißt du, wer nebenan wohnt?", fragte er.

„Ein sehr nettes Paar. Sie haben einen Laden im Ort. Die beiden da sind ihre Kinder. Sie sind ungefähr in Leos Alter."

Jack stieß hörbar den Atem aus. „Wenn ich so darüber nachdenke … Das Haus ist perfekt."

„Gut. Ich habe den Mietvertrag dabei. Wie wäre es, wenn wir zusammen zu Mittag essen?"

„Gute Idee", sagte Jack. Sie unterhielten sich weiter über das Haus, sodass Jack nicht mitbekam, wohin sie fuhren, bis Bennett vor dem Coral Café anhielt.

„Es ist gut, die neuen Unternehmer im Ort zu unterstützen." Bennett schaute sich auf der spärlich besetzten Terrasse um. „Ich bin überrascht, dass nicht mehr Leute hier sind. Ich dachte, die Eröffnung wäre super gelaufen."

„Marina hat angedeutet, dass die Fast-Food-Ketten im Nachbarort ziemlich viele Leute anziehen."

„Ich weiß, wie bequem die sind", sagte Bennett kopfschüttelnd. „Ich habe einigen Druck von ein paar Einheimischen bekommen, sie hier auch zuzulassen. Aber Fast Food- und andere Restaurantketten würden viele unserer Restaurantbesitzer vom Markt drängen. Das würde nicht nur ihnen schaden, sondern auch nach und nach den Charakter der Gemeinde verändern. Viele der Geschäfte in Summer Beach leben von den Touristen. Deshalb erlauben wir hier keine Ketten. Wir ziehen die Menschen an, weil wir anders sind und ein einzigartiges Erlebnis bieten. Außerdem gibt es in unseren Restaurants besseres Essen zu ähnlichen Preisen."

Jack dachte an die Orte, die er oft besuchte, allein weil er die dortigen Restaurants mochte. Bennett hatte recht, und er war froh, dass der Bürgermeister von Summer Beach sich für Individualität und kleine Geschäfte einsetzte. „Ich schätzte, es ist besser für die Leute, ein eigenes Restaurant zu besitzen, als Burger für die großen Ketten zu braten."

Bennett nickte. „Und sie kaufen regional ein und nicht bei irgendwelchen weit entfernten Kooperationen, was auch hilft, das Geld in der Gemeinde zu halten. In Summer Beach denken wir gerne langfristig."

Auf der Terrasse wurden sie von Ginger begrüßt. „Na, wenn das nicht zwei meiner Lieblingsmänner sind. Sucht euch einen Platz, und ich schicke euch Heather."

„Ist Marina in der Küche?", fragte Jack.

„Das ist sie. Ich werde ihr sagen, dass du hier bist und nach ihr gefragt hast."

Jack hob abwehrend eine Hand, um zu sagen, dass das

nicht nötig sei, doch sie war schon verschwunden. „Ah …“ Er strich sich mit der Hand übers Gesicht.

„Ginger ist eine wahre Kupplerin“, erklärte Bennett lächelnd. Nach einer kurzen Pause fragte er leise: „Läuft da was zwischen Marina und dir?“

Hin und her gerissen zwischen seinem Kopf und seinem Herzen dachte Jack einen Moment über diese Frage nach. „Wir hatten einen Moment, aber ich habe es vermasselt, weil ich mich nicht mehr bei ihr gemeldet habe. Ich mag sie sehr, aber das Timing ist fatal. Jetzt, wo Vanessas Zustand so fragil ist, muss ich mich um Leo kümmern und sehe einfach nicht, wie das mit uns funktionieren könnte.“

„Vanessa scheint auch sehr viel an dir zu liegen“, sagte Bennett.

Jack wusste Bennetts Freundschaft wirklich zu schätzen. Obwohl er einige Bekannte hatte, gab es nicht viele Männer, mit denen er sich richtig unterhalten konnte. Männer teilten ihre persönlichen Probleme nicht so miteinander, wie Frauen es taten, doch Jack wünschte sich, sie würden es tun. Die meisten Männer waren sorgsam darauf bedacht, die Fassade aufrechtzuerhalten, und fürchteten sich davor, auch nur die geringste Schwäche zu zeigen.

Doch Bennett hatte ihm erzählt, wie er seine junge, schwangere Frau vor zehn Jahren verloren hatte. Jack schätzte, dass ihm das eine andere Perspektive auf das Leben gab. Außerdem war er mit Ivy zusammen, Marinas alter Freundin aus Teenagerzeiten.

„Vanessa und ich haben für unterschiedliche Zeitungen über ein paar derselben Storys berichtet“, sagte er und erklärte, in welcher Situation sie beide sich bei einem dieser Aufträge wiedergefunden hatten. „Ich bin darauf nicht stolz und wünschte mir, sie hätte mir früher von Leo erzählt. Aber ich bin entschlossen, ein guter Vater zu sein.“

Seine Emotionen schwankten immer noch zwischen Zweifel, Angst und Wut auf Vanessa, weil sie ihm nichts von seinem Sohn erzählt hatte. Doch angesichts ihres Zustands hatte sich der Großteil dieser Wut in Mitgefühl verwandelt.

„Vanessa scheint einen starken Willen zu haben."

„Das stimmt. Aber sie ist auch extrem realistisch. Und pragmatisch. Die Gefühle anderer sind ihr wichtig, weshalb sie die Schwangerschaft um ihrer Eltern willen vor mir verheimlicht hat."

„Du bist doch gar kein so schlechter Kerl", sagte Bennett und lachte leise „Oder vielleicht hast du dich im Laufe der Jahre verändert."

Jack strich sich über sein stoppeliges Kinn. „Ja, das auf jeden Fall."

„Tun wir das nicht alle?"

Gedankenverloren faltete Jack seine Serviette zu einem Dreieck. „Ich habe mich auf der Eröffnungsparty Marina gegenüber möglicherweise etwas zu vertraulich benommen. Ich habe versucht, ihre Hand zu halten. Ich weiß, ich weiß, das klingt harmlos …"

„Nicht für eine Frau."

„Und ich will ihr nichts vormachen. Es ist einfach passiert. Ich habe mir nichts dabei gedacht, aber als wir einander berührt haben …" Er fuhr sich mit der Hand durchs Haar. „Ich muss an Leo denken. Was Beziehungen angeht, bin ich nicht gerade der Beste. Wenn er seine Zuneigung auf Marina überträgt, nachdem Vanessa … Du weißt schon. Das wäre für den kleinen Kerl ziemlich hart."

„Kann ich irgendwie helfen?"

Jack legte den Kopf schief. „Du könntest mich davon abhalten, mich in Marinas Gegenwart zum Idioten zu machen. Auch wenn ich weiß, dass das eine schwere Aufgabe ist."

Bennett schaute sich um. „Ich hatte keine Ahnung von all dem. Vielleicht hätten wir woanders hingehen sollen."

„Nein, ist schon gut. Ich will, dass ihr Café Erfolg hat. Ich will nur nicht so wirken, als hätte ich Interesse an ihr."

„Auch wenn du das hast.“

„Ganz genau.“ Jack grinste. „Ich wusste, dass du mich verstehst.“

Bennett lachte und stieß mit der Faust gegen Jacks. „Das tue ich tatsächlich.“

Jemand, den Bennett kannte, blieb an ihrem Tisch stehen, und Bennett stellte ihn Jack vor. Während die beiden Männer sich über Angelegenheiten der Stadt unterhielten, schaute Jack aufs Meer hinaus. Von der Terrasse des Cafés aus hatte man klare Sicht auf den Hafen. Die *Princess Anne* ankerte dort immer noch.

Als der andere Mann gegangen war, nickte Jack in Richtung der Jacht. „Was glaubst du, warum sie noch hier sind?“

„Keine Ahnung. Ich schätze, sie genießen die Zeit hier.“

Jack senkte die Stimme, obwohl das Café nicht voll besucht war. „Hast du irgendetwas Ungewöhnliches über die beiden gehört? Charles und Anne meine ich.“

„Sollten wir uns Sorgen machen?“

Jack kam sich ein wenig dumm vor. „Ich weiß es nicht. Es scheint mir nur ein ungewöhnlicher Hafen für sie zu sein.“

„Soweit ich weiß, sind sie mit Carol und Hal befreundet.“

Jack schüttelte den Kopf. „Carol sagte, sie würden die beiden kaum kennen.“

„Riechst du da eine Story?“

„Vielleicht.“ Jack zuckte mit den Schultern. Kurz darauf kam Heather an ihren Tisch.

„Willkommen im Coral Café. Wie wäre es mit einem unserer Sommer-Smoothies zum Start?“ Sie reichte ihnen beiden je eine Speisekarte. „Das ist unsere vorläufige Karte, und wir freuen uns über Feedback, welche Speisen ihr euch noch wünschen würdet – oder ob es etwas gibt, das ihr gar nicht mögt. Ihr könnt es mir sagen, und ich verspreche, Mom nicht zu verraten, von wem es kommt.“

Jack zog eine Augenbraue in die Höhe. „Vollkommene Anonymität?"

„Definitiv." Heather nickte. „Wir wollen den Gästen das bieten, was sie sich wünschen. Innerhalb eines vernünftigen Rahmens natürlich, wie Ginger und Mom immer sagen."

Bennett lachte. „Die Worte einer wahren Unternehmerin."

„Ich möchte auch irgendwann ein eigenes Unternehmen haben."

„Deine Mom ist eine echte Inspiration für dich, oder?", fragte Jack.

„Du hast ja keine Ahnung. Sie hat uns ganz allein aufgezogen. Ich habe nie verstanden, was das wirklich bedeutet, bis ich aufs College kam und alles allein machen musste." Sie tippte mit dem Stift auf den Kellnerblock. „Also, mit was für einem Smoothie kann ich euch erfreuen?"

Jack schaute auf die Karte. „Ich glaube, heute ist ein Tag für Pfirsiche."

„Für mich den mit Erdbeeren", sagte Bennett.

„Oh, und meine Mom sagt, die Salate sind gut und sehr sättigend, aber wenn ihr nicht gerade auf Diät seid – und das seid ihr nicht, oder? –, solltet ihr etwas Gehaltvolleres bestellen. Ein Salat und ein paar Miniburger zum Beispiel. Außer ihr seid Veganer. Ah, ich habe die vegane Speisekarte vergessen, aber die kann ich euch bringen. Einige meiner Freunde essen nicht gerne Salat, doch meine Mom meint, der wäre gut für die Verdauung. Sorry, was für Milchshakes, äh Smoothies wolltet ihr noch mal?"

Heather verzog das Gesicht. Die Sache war ihr offensichtlich peinlich. „Mom sagt immer, ich solle nicht zu viel reden, aber da ich dich kenne, Jack, macht es dir bestimmt nichts aus. Und Ginger meinte, Bennett wäre der attraktivste Bürgermeister, den Summer Beach je gehabt hat, und sie hofft, dass du noch lange im Amt bleibst, weil du außerdem weißt, was du da im Rathaus machst." Sie hielt inne und biss sich auf die Unterlippe. „Ich habe zu viel gesagt, oder? Heute ist mein erster richtiger Tag. Ich versuche, alles richtig zu machen, aber ich habe noch nie zuvor gekellnert."

Jack lachte, während Bennett rot anlief. „Heather, du machst das super. Auch wenn du ein paar dieser Informationen vielleicht lieber für dich behältst. Du weißt schon, das mit dem Bürgermeister. Ich habe gehört, dass er ziemlich schüchtern ist. Ach ja, und es waren ein Pfirsich- und ein Erdbeer-Smoothie."

„Stimmt." Sie notierte sich die Bestellung und beugte sich dann vor. „Ich hoffe, ihr haltet mich nicht für ein totales Dummchen. Ich bin nur ein wenig nervös."

„Keine Sorge. Deine Mutter hat uns stolz von deinen Noten erzählt", versicherte Jack ihr.

Heather strahlte. „Danke. Ich bin gleich wieder da."

„Erinnerst du dich noch daran, als du in dem Alter warst?", fragte Bennett.

„O ja. Sie wirkt beinahe schmerzhaft aufrichtig. Das erinnert mich an ihre Mutter." Jack konnte Marina in der Küche sehen und versuchte, nicht zu offensichtlich hinzustarren.

„Was die Miete von dem Haus angeht", sagte Bennett. „Wir können die Option zum Kauf gerne in den Mietvertrag mit aufnehmen." Er holte die Dokumente aus der Aktentasche, und die beiden Männer machten sich an die Arbeit. Während Jack die Papiere noch einmal durchging und unterschrieb, tippte Bennett mit dem Stift auf die Tischplatte.

„Wenn ich eines über Frauen gelernt habe – also über die richtigen Frauen; die, mit denen man sich ein Leben aufbauen will – dann, dass man Geduld haben muss."

„Redest du von Ivy?"

Bennett grinste. „Sie ist für mich die Eine. Ich weiß nicht, ob Marina das für dich auch ist, aber ihr beide habt viele Gemeinsamkeiten, ganz abgesehen davon, dass ihr beide in den Medien gearbeitet habt. Geh es langsam an, mein Freund, und ich versichere dir, es wird dir nicht leidtun. Und wer weiß? Das Haus ist groß genug für eine Familie. Du wirst ausreichend Zeit haben, es zu renovieren."

Jack dachte über diesen Ratschlag nach. „Geduld war nie meine Stärke. In meinem Beruf muss man seinem Instinkt trauen und der Story folgen, wenn sich die Gelegenheit ergibt. Aber Geduld und gute Recherche haben immer die besten Artikel geschrieben."

„Und wie ich gehört habe, hast du einen Pulitzerpreis, um das zu beweisen."

Jack lachte leise. „Ja, von denen wird es keine mehr geben, aber du hast recht. So bin ich dazu gekommen."

„In dieser Phase deines Lebens wirst du vielleicht keine Preise mehr gewinnen, aber sie wird trotzdem mit vielen Belohnungen aufwarten."

„Fehlt es dir manchmal, keine Kinder zu haben?"

„Auf der Party hast du meinen Neffen Logan kennengelernt. Er ist genauso mein Sohn wie der von meiner Schwester Kendra und ihrem Mann Dave. Das wissen sie nur nicht. Aber Logan und ich stehen uns sehr nahe. Er und Leo haben sich auf der Eröffnungsparty des Cafés gut verstanden."

Jack beobachtete, wie Heather mit ihrer Bestellung aus der Küche kam. Hinter ihr sah er Marina. Sie beugte sich vor und winkte ihm zu – eine Geste, die Jack erwiderte.

Bennett hatte ihm gute Ratschläge gegeben, über die er nachdenken würde. *Geduld.* Nicht gerade seine Stärke, aber vielleicht war es an der Zeit, das zu ändern.

Nach dem Lunch setzte Bennett Jack am Inn ab, da er noch ein paar Meetings im Rathaus hatte.

Jack machte einen langen Spaziergang mit Scout, dann schnappte er sich sein Handy und die Bluetooth-Kopfhörer und machte es sich auf einer Chaiselongue auf der Terrasse bequem. Er wählte entspannende Musik aus und schloss die Augen.

Der Tag war warm, und Jack war früh am Morgen am Strand joggen gewesen. Ein kleines Nickerchen in der Sonne, gefolgt von ein paar Bahnen im Pool, war genau das, was er brauchte, um seine Batterien aufzuladen, bevor er heute Abend mit Leo, Vanessa und ihren Freunden zu Abend essen würde.

Er hatte viel im Kopf, aber ein Haus zu haben würde einige seiner Sorgen mindern, denn dann hätte Leo bald sein eigenes Zimmer und noch einen Ort, den er sein Zuhause nennen könnte. Bennett hatte ihm versprochen, sich sofort zu melden, wenn der Besitzer seine Bewerbung akzeptiert hatte.

Irgendwann würde Jack sich bei seinem Boss melden müssen, der ihn in ein paar Monaten nach seiner Auszeit zurückerwartete. Er könnte als freiberuflicher investigativer Journalist weiterarbeiten, wobei er dann auf einige Leistungen seines Arbeitgebers verzichten müsste. Doch es könnte ihm helfen, den Übergang in sein neues Leben leichter zu machen. Eines war klar: Er mochte die intellektuelle Stimulation. Zu zeichnen und Ginger zu helfen war für ihn nur ein Vergnügen. Natürlich würde er an den Büchern mitverdienen, aber wie viel hing stark von den Verkaufszahlen ab.

Während er über seine Zukunft nachdachte, schlummerte Jack ein.

Gedämpfte Stimmen drangen zu ihm herüber. Einer seiner Kopfhörer schaltete sich aus. Er hatte vergessen, sie zu laden. Ein paar Minuten später verstummte auch der andere, und er konnte hören, was gesagt wurde.

Ohne die Augen zu öffnen, bewegte er seine Hand.

„Pst, er hat sich bewegt."

„Er kann uns nicht hören. Kopfhörer."

„Trotzdem …"

Jack blieb still liegen. Sofort setzte sein professionelles Training ein, und er nahm alle Details in sich auf. *Ein Mann. Eine Frau.* Vermutlich etwas peinlich berührt wegen eines kleinen Streits. Er entspannte sich, doch sein Interesse war geweckt. Was sollte er nicht hören?

Das Pärchen begann wieder, mit leisen Stimmen zu sprechen. In einer anderen Sprache.

Russisch.

Der Wind trug die Stimmen herüber, verwirbelte sie unter den Dachbalken des alten Hauses und wehte sie zu ihm.

Jack hatte ein paar Vorlesungen auf dem College besucht in der Hoffnung, irgendwann einmal Aufträge zu erhalten, die ihn nach Russland führen würden. Das war auch geschehen, dennoch waren seine Sprachkenntnisse nicht so gut, wie sie es sein sollte. Er lauschte angestrengt und schnappte ein paar Wörter auf.

Als das Pärchen sich zum Gehen wandte, öffnete er ein Auge ein wenig. *Charles und Anne.* Vermutlich hatten sie ihn anfangs nicht gesehen. Und nun würden sie auch sicher nicht vorbeikommen, um Hallo zu sagen.

16

Marina saß mit ihrem Laptop am Esstisch und gab die Zahlen für die erste Woche ein. Stirnrunzelnd biss sie sich auf die Unterlippe. Der Umsatz war nicht so hoch, wie sie es sich gewünscht hätte.

Sie überlegte, welche Hebel sie zur Kostenkontrolle hatte. Sie könnte die Speisekarte einkürzen und so an Kosten für die Zutaten sparen. An den Personalkosten war kaum etwas zu drehen, denn Heather war mit einem sehr geringen Gehalt zufrieden und Ginger arbeitete umsonst. Also blieb ihr nichts anderes übrig, als mehr Gäste anzuziehen. Viele Einheimische unterstützten sie, wofür sie sehr dankbar war.

Die Küchentür fiel zu, und Ginger kam nach ihrer morgendlichen Wanderung herein. „Ich würde ja fragen, was du da machst, aber deine Miene verrät mir alles."

Marina fuhr sich mit der Hand übers Gesicht. „Ich habe bisher noch kein Geld verdient."

„Am Anfang ist es immer schwer. Kann ich irgendwie helfen?"

„Hast du einen Zauberstab?"

Ginger setzte sich zu ihr. „Du kriegst das schon hin. Erzähl mir von deinem Marketingplan."

„Mein Budget für Anzeigen ist ziemlich schmal, und ich habe vor, alle Profite zurück ins Unternehmen zu stecken."

„Wenn ich Marketing sage, meine ich andere Dinge. Deine Mailingliste, soziale Medien. Wie geht es mit *Der Geschmack von Summer Beach* voran?"

„Ich habe mit dem Rathaus zusammen einen Termin gefunden und angefangen, mit den örtlichen Restaurantbesitzern zu reden. Aber wir brauchen eine große Reichweite, um das Festival zu einem Erfolg zu machen. Ich habe einfach keine Zeit, mich um alles zu kümmern. Und kein Geld, um jemanden damit zu beauftragen."

„Dieses Festival würde vielen Menschen zugutekommen. Hast du das nicht in deine Überlegungen mit einbezogen, als du dich dafür entschieden hast, es auf die Beine zu stellen?"

„Doch. Aber ich habe nicht genügend Zeit, um alles zu machen, was ich mir überlegt habe."

„Dann guck, welche Tauschgeschäfte du mit wem eingehen kannst. Alle Menschen müssen essen."

Marina schaute von ihrer Tabelle auf. „Wieso ist mir das nicht eingefallen?"

„Weil du überwältigt und zu nah an dem Problem dran bist."

„Dein Vorschlag ist brillant. Ich brauche nur einen hungrigen Marketingprofi. Und zwar im wahrsten Sinne des Wortes." Sie überlegte kurz. „Und ich weiß genau, wen ich anrufen muss. Danke, Ginger."

Ihre Großmutter stand auf. „Du wärst irgendwann von allein darauf gekommen. Manchmal müssen wir einfach eine Abkürzung nehmen. Meine Schüler sind oft mit einem Matheproblem zu mir gekommen, und kaum waren sie mit der Erklärung fertig, waren sie von selbst auf die Lösung gekommen."

Marina wählte eine Nummer auf ihrem Handy. „Hi Poppy, ich bin's, Marina. Wir haben uns auf der Eröffnungsparty unterhalten. Ich habe eine Idee, über die ich gerne mit dir sprechen würde."

NACHDEM DIE WENIGEN Mittagsgäste gegangen waren, betrat Poppy das Coral Café, und Marina ging zu ihr, um sie zu begrüßen.

„Hi Marina", sagte Poppy. „Ich bin so froh, dass du angerufen hast. Und ja, ich bin kurz vorm Verhungern."

„Komm mit in die Küche. Ich kann dir machen, was immer du willst."

„Die Shrimp-Pesto-Pizza, die du auf der Feier serviert hast, war köstlich."

„Kommt sofort." Marina bat Heather, ein Auge auf die Terrasse zu haben, während sie sich mit Poppy unterhalten würde.

Poppy hatte ein sonniges Gemüt und die langen, blonden Haare zu einem Pferdeschwanz gebunden. Sie sah jünger aus, als sie war, aber Ivy hatte Marina erzählt, dass Poppy einen Abschluss von der University of South California hatte und mehrere Klienten aus dem Bereich Mode und Design in Los Angeles betreute. Sie war dabei, sich einen Namen zu machen, indem sie sich um deren Marketing- und PR-Aktivitäten kümmerte. Ivy hatte auch gesagt, dass Poppy extrem gut organisiert und proaktiv sei.

Während Marina die Zutaten für die Pizza zusammenstellte, erklärte sie: „Wie du weißt, habe ich gerade erst angefangen, deshalb habe ich kein großes Budget zur Verfügung. Ich kann dir ein kleines Honorar bezahlen, und ich kann dir eine großzügige Anzahl an freien Mahlzeiten anbieten und das Catering für jede Veranstaltung liefern, die du organisieren willst. Das gilt auch für das Seabreeze Inn. Wäre so ein Tauschgeschäft für dich interessant?"

Marina fing an, das Pesto auf der Pizza zu verteilen, und Poppy holte einen Block und einen Stift heraus. „Ja, das kann ich mir vorstellen. Ich hätte gerne einen Ort, an dem ich mich mit Klienten treffen oder mir ein Abendessen holen kann."

„Ich weiß deine Hilfe sehr zu schätzen", sagte Marina.

Poppy tippte mit dem Stift auf den Block. „Ich habe mir eine Liste an Bloggern und Influencern aufgebaut. Ich könnte eine Pressemitteilung schreiben, Fotos und Videos vom Café machen und dich interviewen. Wir könnten einen Presse-Lunch organisieren und Leute einladen, um dich zu treffen und dir Fragen zu stellen."

„Das wäre eine große Hilfe." Marina gab die italienische Käsemischung und die Shrimps auf die Pizza und schob sie in den Ofen. „Ich bin außerdem dabei, ein Festival namens *Der Geschmack von Summer Beach* zu organisieren, an dem viele der Restaurants aus dem Ort teilnehmen wollen. Sie könnten vielleicht sogar ein wenig Geld für die Vermarktung zuschießen. Da müsste ich aber erst noch fragen."

„Ich kann mich um beides kümmern", versicherte Poppy und machte sich eine Notiz. „Ich stelle dir einen Kostenvoranschlag zusammen und werde dabei sehr rücksichtsvoll sein. Ich habe ein paar große Modekunden in L.A., die supergroßzügig sind. Sie ermöglichen mir, Herzensprojekte wie dieses anzunehmen."

„Was hältst du davon, das Festival hier stattfinden zu lassen?"

Poppy schaute sich um. „Je nachdem, wie viele Restaurants mitmachen, könnte der Platz nicht ausreichen. Wie wäre es, wenn wir es im Inn veranstalten? Ich werde mal Ivy und Shelly fragen, aber wir haben mehr Räume, und die Kunstmesse letztes Jahr hatte großen Andrang. Ich denke, ein Teil der Anziehung besteht darin, dass die Leute neugierig auf das alte Haus sind. Alle glaubten, es würde dort spuken."

„Und, stimmt das?"

Poppy lachte. „Ah, es gibt ein paar freundliche Geister, was Ivy aber niemals zugeben würde."

Marina stieß den Atem aus, den sie unbewusst angehalten hatte. „Das wäre super. Und ich glaube, den anderen Restaurantbesitzern würde es auch gefallen."

„Ich kümmere mich darum." Poppy machte sich noch eine Notiz.

Marina holte die Pizza aus dem Ofen, und Poppy schob ihren Block beiseite. Marina setzte sich zu ihr, und sie teilten sich die Pizza und einen Salat, während sie sich über die möglichen Teilnehmer an dem Festival, den Zeitplan und andere Details unterhielten.

Als Poppy schließlich ging, war Marina zu gleichen Teilen erleichtert und aufgeregt und ging ins Cottage hinüber, um Ginger von dem erfolgreichen Treffen zu erzählen.

Sie klopfte an Gingers Schlafzimmertür und wartete, weil sie die Privatsphäre ihrer Großmutter respektierte.

Während der Rest des Cottages im Strandlook und mit Blick auf tobende Enkel und Urenkel eingerichtet war, sah Gingers Zimmer ganz anders aus. Es enthielt die Erinnerungen eines ganzen Lebens und spiegelte ihren guten Geschmack wider. In der Luft lag ein Hauch von ihrem Parfüm, genauso wie in Bertrands Bibliothek noch der Vanilleduft seines Pfeifentabaks hing.

„Komm rein", sagte Ginger.

Nachdem Marina die Schuhe ausgezogen hatte, ging sie über den weichen, fein gemusterten Seidenteppich, den Ginger auf einer Reise bei einem persischen Teppichhändler gekauft hatte. Alles in diesem Raum hatte eine Geschichte, die meist mit ihren Reisen und ihrem Leben mit Bertrand im Zusammenhang stand.

Marina liebte den Duft nach Rosen, der in Gingers Zimmer stets präsent war. Ihre Großmutter stellte sich kleine

Sträuße aus den Rosen aus ihrem Garten zusammen, und wenn diese keine Blüten trugen, kaufte sie welche bei Imanis Blumenstand. An der Decke funkelte ein Kronleuchter im Sonnenlicht. Von allen Zimmern im Haus hatte dieses die beste Sicht aufs Meer.

Gingers privater Raum war ein Fenster in das Leben von Marinas Großeltern. Gerahmte Fotos des attraktiven Paars mit Diplomaten und Staatsoberhäuptern hingen an den Wänden. Kissen, die Ginger mit codierten Nachrichten bestickt hatte, zierten das Sofa in der Sitzecke. Sie waren Geschenke von ihr für ihren Mann gewesen. Einige gedachten ihrer Liebe, während andere Überraschungen bereithielten, so wie die Reise nach Capri, die Ginger einst für ihren Hochzeitstag geplant hatte.

Im Moment saß Ginger an ihrem antiken französischen Schreibtisch und schrieb einen Brief. Sie nahm die Lesebrille ab und drehte sich um. „Deiner Miene nach zu urteilen hast du gute Neuigkeiten", sagte sie.

„Poppy und ich hatten gerade die beste Unterhaltung. Du hattest recht. Sie hat eingewilligt, mir mit dem Marketing des Cafés und des Festivals zu helfen. Sie hat ein paar großartige Ideen und viele Kontakte zu Reisebloggern."

„Das klingt ganz so, als hättest du eine symbiotische Beziehung mit dem Seabreeze Inn. Ihr bedient eine ähnliche Klientel." Ginger tätschelte die Sitzfläche des Sessels neben ihrem Schreibtisch. „Setzt dich. Ich habe auch Neuigkeiten für dich."

Marina ließ sich auf den Sessel sinken. Ginger klang ernst, was sie ein wenig nervös machte. Ihre Großmutter war eine gesunde, lebhafte Frau, aber auch nicht mehr ganz jung. „Was gibt es?"

„Ich habe mit einer befreundeten Ärztin gesprochen."

Marina hielt den Atem an.

Ginger sah ihre Miene und sagte: „Entspann dich. Es

geht nicht um mich. Ich habe sie gebeten, sich wegen Vanessas Erkrankung umzuhören."

Erleichterung erfüllte Marina. „Und?"

Ginger nahm ihre Hand. „Sie hat herausgefunden, dass in Europa Forschungen zu dieser sehr seltenen Krankheit betrieben werden. Und die sehen sehr vielversprechend aus. Angesichts dessen, dass Vanessa noch relativ jung ist, werden sie sich bei ihrem Ärzteteam melden, um zu gucken, ob sie eine Kandidatin für die Forschung wäre. Wenn ja, würden sie sie gerne in ihre Studie aufnehmen. Die Behandlung befindet sich noch im experimentellen Stadium, aber bisher waren die Ergebnisse gut, um nicht zu sagen ein Wunder."

Marina schlang die Arme um Ginger. „Ich danke dir so sehr. Ich glaube, dass Vanessa außer sich vor Freude sein wird, das zu hören. Und Leo …" Sie presste sich die Hand aufs Herz, als ihre Kehle sich zuschnürte.

Ginger lächelte. „Es könnte sein, dass Vanessa nie erfährt, dass du diejenige warst, die ihr diesen Dienst erwiesen hat. Ist das für dich in Ordnung?"

„Natürlich. Ich brauche dafür keine Anerkennung. Ich will nur, dass sie länger lebt – sowohl um ihretwillen als auch wegen Leo. Ich weiß, wie sehr die Zwillinge ihren Vater vermissen, obwohl sie ihn nie kennengelernt haben."

Ginger legte eine Hand auf Marinas Knie. „Eines musst du verstehen: Sollte Vanessa sich erholen, wird das, was du in Bewegung gesetzt hast, auch Einfluss auf Jack haben. Bist du bereit, diese Konsequenzen zu tragen?"

„Ich verstehe nicht, was du meinst."

„Vanessa scheint Jack sehr gern zu mögen", sagte Ginger. „Ihre Chancen aufs Überleben stehen mit dieser neuen Behandlung sehr gut." Sie wählte ihre Worte sorgfältig. „So, wie ich Jack kenne, könnte er das tun wollen, was er für das Richtige hält. Was eine Wiedervereinigung mit

Vanessa um Leos willen sein könnte. Bist du darauf vorbereitet? Denn ich weiß, dass dir etwas an ihm liegt."

Marina atmete scharf ein. „Das ist Jacks Entscheidung. Und wenn er sich dafür entscheidet, gebe ich ihnen meinen Segen."

Sie blinzelte ein paar heiße Tränen zurück. „Vielleicht wird mein Herz ein wenig brechen, aber ich habe gelernt, dass Herzen auch wieder heilen. Eine weise Frau hat mir mal gesagt, dass Narben das Herz zäher und stärker machen."

Ginger umfasste ihre Hände. „Ich bin so stolz auf dich."

arina hielt sich damit beschäftigt, sich um all die Einzelheiten zu kümmern, die dazugehörten, wenn man ein Restaurant führte. Sie wertete aus, was die Gäste bestellten, und veränderte die Speisekarte entsprechend, indem sie einige Angebote strich oder gegen andere austauschte. Die Strandbesucher schienen Pizza, Salate, Burger und Miniburger zu mögen. Dazu kleine Häppchen zum Lunch. Wohingegen die abendlichen Besucher vollständige Mahlzeiten vorzogen. Sie fügte ein paar Zutaten zur Pizzakarte dazu, aus denen die Gäste auswählen konnten, und bot außerdem Pommes frites aus Süßkartoffeln mit Knoblauch-Aioli sowie Ringelpommes an. Die beliebten Klassiker waren schnell herzustellen und für die Gäste leicht zu bestellen. Marina konzentrierte sich ganz darauf, sie besonders gut zu machen.

Um ihr Geschäft anzuschieben, hatte sie Flyer mit einem Coupon für eine kostenlose Vorspeise drucken lassen. Die verteilte sie in den Läden im Ort, wobei sie sich vorstellte und die Ladeninhaber und Angestellten ins Coral Café einlud. Nan Ainsworth fragte, ob sie ein paar Flyer für die Kunden dalassen wollte, was Marina tat. Auch andere Ladenbesitzer erlaubten ihr, das zu tun.

Sie genoss es, mit den Leuten zu reden, und alle versprachen ihr, ihren Kunden von *Der Geschmack von Summer Beach* zu erzählen. Denn wenn das Festival Menschen in den Ort brächte, würden alle davon profitieren.

Im Café nahmen die Gästezahlen stetig zu, aber sie waren immer noch nicht so hoch, wie Marina es sich wünschte.

An einem Tag kamen Carol Reston und ihr Ehemann Hal zum Lunch. Marina bediente die berühmte Sängerin persönlich, weil Heather zu nervös war.

„Es ist so schön, Sie wiederzusehen", sagte sie, als sie ihnen die Speisekarte reichte. Carol war eine zierliche Rothaarige mit einer mächtigen Stimme. Marina und ihre Schwester waren mit ihrer Musik aufgewachsen. Hal war ein sehr attraktiver Mann mit silbergrauen Haaren. „Ginger sollte bald zurück sein. Ich sage ihr Bescheid, dass Sie hier sind."

„Ginger ist einer meiner absoluten Lieblingsmenschen", erklärte Carol. „Was sie für Geschichten zu erzählen hat … Sie kann ganz allein eine Unterhaltung am Dinnertisch tragen. Ich habe sie einmal neben einen brillanten, aber sehr zurückhaltenden Wissenschaftler gesetzt, und wer hätte geahnt, dass Ginger mit seinen Studien vertraut war? Der Mann ist mit dem Gefühl nach Hause gegangen, der Held des Abends gewesen zu sein. Ginger ist einfach göttlich."

„Wir haben schon viel Gutes über die neue Veranstaltung gehört, die Sie organisieren", sagte Hal. „*Der Geschmack von Summer Beach*, richtig?"

„Ja, mit mehr als dreißig teilnehmenden Restaurants", bestätigte Marina stolz. „Es wird im Seabreeze Inn stattfinden. Wir hoffen, damit Leute anzuziehen, die die kulinarische Seite von Summer Beach entdecken wollen. Wir könnten der neue Gourmethimmel werden."

„Das gefällt mir", sagte Hal.

Carol verzog mitfühlend das Gesicht. „Ich habe gehört, dass die großen Ketten Ihnen die Gäste stehlen."

„Nicht nur mir, fürchte ich. Wenn Sie mich einen Moment entschuldigen mögen? Ich bin gleich zurück. Sie können derweil schon mal einen Blick in die Speisekarte werfen."

Hal hob eine Hand. „Wir wissen schon, was wir wollen." Er gab ihre Bestellung auf.

Marina wandte sich zum Gehen, doch Carol rief sie noch einmal zurück.

„Mir kam gerade eine Idee", sagte sie, und ihre Augen funkelten aufgeregt. „Sie brauchen einen A-Promi, um Leute für das Festival anzulocken. Und damit meine ich nicht mich, auch wenn ich da sein werde. Ich meine jemanden aus der Welt der Kulinarik – einen bekannten Koch. Wissen Sie da jemanden?"

Marina schüttelte den Kopf. „Ich kenne einige in San Francisco, aber die würde ich nicht als prominent bezeichnen."

Carol trommelte mit ihren lackierten Nägeln auf die Tischplatte. „Hal, Darling, wir sollten Alain George anrufen." An Marina gewandt erklärte sie: „Er ist ein guter Freund von uns und hat nach dem grässlichen Feuer das Catering der Hochzeit unserer Tochter Victoria im Seabreeze Inn übernommen. Wir mussten die ganze Hochzeit sehr kurzfristig verlegen. Ivy und Shelly haben das alles wo spektakulär organisiert, und die Akustik in dem alten Haus ist erstaunlich gut."

Hal wirkte nicht überzeugt. „Meine Liebe, das ist für Alain ziemlich kurzfristig."

„Er könnte einer der Juroren sein. Das würde ihm gefallen."

„Ja, aber für ihn müsste dabei auch etwas herausspringen."

Carol trommelte schneller mit den Fingern. „Ich werde mir etwas überlegen."

„Wie wäre es mit einem Wettbewerb wie in diesen Kochsendungen im Fernsehen?" Die Worte waren raus, bevor Marina die Folgen noch ganz durchdacht hatte. Im Wettbewerb mit einem Weltklassekoch zu kochen? Vermutlich würde das mit einem weiteren Meme über ihr katastrophales Scheitern enden.

Sie biss sich auf die Unterlippe. Ginger würde ihr sagen, sie solle aufhören, so über sich zu denken. Entschlossen reckte sie das Kinn. „Alain könnte ein Gericht wählen, für das er berühmt ist, und wir könnten alle versuchen, es nachzukochen. Und das Ganze für die sozialen Medien filmen." Poppy würde bestimmt jemanden kennen, der professionelle Videos drehte. Und das Geld dafür würden sie auch irgendwie auftreiben.

„Ich rufe ihn an", verkündete Carol. „Alain ist uns etwas schuldig, weil ich ihm so viele hungrige Gäste geschickt habe. Außerdem liebt er es, uns zu besuchen. Das gibt ihm die Gelegenheit, seinen Restaurants mal zu entfliehen."

Ein wenig überwältigt kehrte Marina in die Küche zurück. Was hatte sie da nur angestoßen? Gegen einen Top-Koch anzutreten war verrückt. Aber wenn sie Alain George dazu bringen könnten, zu kochen, würde das Festival die Aufmerksamkeit erregen, die es brauchte. Es war weit hergeholt, aber definitiv einen Versuch wert.

Marina bereitete gerade das Essen für Carol und Hal zu, als Ginger hereingeschlendert kam. Sie schaute auf. „Carol und Hal sind hier. Und du wirst nie erraten, wen sie zu unserem Festival einladen wollen."

„So, wie ich Carol kenne, muss es jemand Berühmtes sein."

„Alain George."

Gingers grüne Augen flammten auf. „Was für eine wundervolle Idee."

„Und dann habe ich einen Kochwettbewerb vorgeschlagen."

„Oh, ich rede besser mal mit den beiden." Ginger eilte nach draußen.

Heather kam mit einem Tablett in den Händen in die Küche. „Mom, ich habe gehört, was du da gerade gesagt hast. Das wäre super."

„Drück die Daumen. Es ist ziemlich kurzfristig."

„Aber es wäre so cool. Warte nur, bis Ethan davon hört." Heather nickte in Richtung eines der Tische. „Wenn du eine Minute hast, wirst du an Tisch vier verlangt."

„Wer ist das?"

„Jack und Leo. Und Leos Mutter."

„Sag ihnen, dass ich gleich komme."

Marina legte letzte Hand an die Bestellung von Carol und Hal und schickte Heather damit raus, die ihr versicherte, es hinzukriegen. Dann straffte sie die Schultern und ging hinaus zu Tisch vier.

„Wie schön, euch alle hier zu sehen." Sie zerzauste Leo die Haare, und er grinste zu ihr auf. Vanessa hatte mehr Farbe im Gesicht, als Marina je gesehen hatte, und Jack strahlte. Sie alle sahen aus, als hätten sie ein wundervolles Geheimnis.

„Als wir zu deiner Party hier waren", fing Vanessa an. „Konnte ich nicht viel essen, aber alles sah so köstlich aus." Sie griff über den Tisch nach Jacks Hand. „Als ich also anfing, mich besser zu fühlen, war das hier der erste Ort, wo ich hinwollte."

„Es freut mich sehr, das zu hören", sagte Marina. „Ich mache dir alles, was du willst – solange ich die Zutaten vorrätig habe." Sie versuchte, nicht zu Jacks und Vanessas verschränkten Händen zu schauen.

„Wir haben etwas zu feiern", sagte Jack. „Vanessas Arzt hat kürzlich angerufen und ihr gesagt, dass es eine neue, experimentelle Behandlung gibt, mit der sie gleich beginnen könnte. Und jetzt sieh sie dir an."

„So viel Energie hatte ich seit Jahren nicht mehr." Vanessa legte einen Arm um Leo. „Ich war so müde, dass ich mir kaum vorstellen konnte, eine neue Behandlung zu beginnen. Aber da Leo darauf bestanden hat, konnte ich mir diese Chance nicht entgehen lassen." Sie gab ihm einen Kuss auf die Stirn, und Leo schenkte ihr ein strahlendes Lächeln. „Meine beiden Männer sind immer für mich da."

„Das sind wundervolle Neuigkeiten." Marina dachte über das nach, was Ginger gesagt hatte, und musste ein paar Tränen zurückblinzeln. Das hier war, wie es sein sollte. Jack, Vanessa und Leo waren eine Familie. Sie schluckte den Kloß in ihrer Kehle herunter. „Was kann ich euch bringen?"

Vanessa lachte leise. „Ich bin noch nicht ganz bereit für ein Festmahl. Aber wenn du mir eine Hühnerbrühe mit Tomaten, Avocado und Koriander machen könntest – also eine leichtere Version deiner Tortilla-Suppe – wäre das großartig. Dazu ein wenig Salsa. Und ich glaube, ich könnte auch einen kleinen Mango-Smoothie vertragen. Die sehen lecker aus."

„Ich freue mich, dass dein Appetit zurückgekehrt ist", sagte Marina und meinte es auch so. Zu sehen, wie Leo seine Mutter mit so viel Liebe in den Augen anschaute, erinnerte sie an Ethan und Heather in dem Alter. Das waren einige ihrer kostbarsten Erinnerungen. Sie hatte ihre Zeit mit den beiden genossen, vor allem in dem Wissen, dass sie jederzeit vorbei sein könnte, so wie es bei ihrem Vater der Fall gewesen war.

Marina fiel ein Satz von Ginger ein, den sie mal zu ihr gesagt hatte: *Ohne Angst zu leben ist das Mutigste, das man tun kann.*

Sie nahm die restliche Bestellung auf und eilte in die Küche zurück. Während sie kochte, gingen ihr Gedanken an Jack durch den Kopf, und sie musste sich die eine oder andere verirrte Träne abwischen. Genau wie Ginger es vorausgesagt hatte.

Sie arbeitete schneller, als sie sollte, um sich von Jack abzulenken, und gab Hühnerbrühe in einen Topf. Dann holte sie die klein geschnittenen Tomaten und die Avocado heraus, die den perfekten Reifegrad hatte, dazu ein Bund Koriander, das sie auf ein Schneidebrett legte. Ihr Blick war von Tränen verschleiert, als sie zu ihrem Messer griff, um den Koriander zu hacken.

Auf einmal rutschte das Messer ab, und Marina schrie auf.

Sie zog die Hand zurück und sprang beiseite, als das Messer zu Boden fiel. Aus einer langen Schnittwunde an ihrem Finger tropfte Blut.

Heather kam zu ihr geeilt. „Was ist passiert?"

Marina hielt ihren verletzten Finger unter fließendes Wasser. Das Blut quoll weiter hervor, und die Wunde brannte. „Du weißt, wie gerne ich scharfe Messer mag."

„Mom, du weinst ja." Heather kam zu ihr.

„Alles ist gut. Ich habe mich nur erschrocken, mehr nicht." Sie schaute zu der halb fertigen Bestellung. Ginger war bei Carol und Hal, und sie wollte sie nicht aus ihrer Unterhaltung herausreißen.

„Kann ich irgendwie helfen?"

Marina sah sich die Wunde an. Sie war tiefer, als sie gedacht hatte. Mit einem Mal war ihr ein wenig schwindelig. Sie übte Druck aus, um den Blutfluss zu stoppen. „Heather, du musst diese Bestellung zu Ende zubereiten."

„Ich bin mir nicht sicher, ob ich weiß, wie das geht …"

„Ich erkläre es dir. Aber ich muss die Wunder säubern und weiter Druck ausüben. Als Erstes musst du das Messer, das Brett und alles, was sich darauf befindet, entsorgen. Hol das Desinfektionsmittel und reinige die Arbeitsfläche gründlich. Wir müssen noch mal von vorne anfangen."

Marina schaute sich wieder ihren Finger an. Sie war sich

ziemlich sicher, dass die Wunde genäht werden musste, doch zuerst wollte sie sicherstellen, dass Vanessas Wünsche erfüllt wurden. Diese Mahlzeit bedeutete ihnen beiden viel.

Heather würde das hinkriegen.

Schritt für Schritt führte Marina ihre Tochter durch die Zubereitung. Heather war damit aufgewachsen, ihre Mutter in der Küche zu beobachten, an Feiertage mitzuhelfen und als Teenager Omeletts und gegrillte Käsesandwiches zu machen.

Als Heather die fertigen Gerichte gerade auf ein Tablett stellte, kam Ginger in die Küche. „Guter Gott! Was ist denn hier los?"

„Es ist nur ein kleiner Schnitt, aber ich musste weiter Druck auf die Wunde ausüben. Heather hat das super gemacht. Sitzen draußen noch weitere Gäste?"

„Mach dir darüber keine Gedanken. Lass mich die Wunde mal sehen", befahl Ginger. Als Marina sie ihr zeigte, schüttelte Ginger den Kopf. „Heather, bring deine Mutter zu der Praxis an der Main Street. Sie muss sofort genäht werden. Ich kümmere mich um das Café." Sie schaute zu dem Tablett. „Und ich bringe das hier nach draußen."

Marina wickelte sich ein frisches Geschirrhandtuch um die Hand, während Heather losging, um den Schlüssel für den Mini Cooper zu holen.

„Sorg dafür, dass sie das gut machen, denn dir steht ein wichtiger Auftritt bevor", sagte Ginger, als sie auf Heather warteten. „Du und die anderen aus Summer Beach werden gegen Alain George kochen. Das ist alles schon abgemacht. Carol hat ihn angerufen und ihm gesagt, dass es für einen wohltätigen Zweck ist. Das Thema ist *Sommer am Strand*, und es gilt, eine Zutat zu verwenden, die man mit tropischen Paradiesen in Verbindung bringt. Aber das erkläre ich dir alles später. Jetzt fahrt."

18

„Stopp, mein Junge", sagte Jack zu Scout, als er den Schlüssel in der Tür zu seinem neuen Haus drehte und eintrat. *Mein neues Zuhause.* Es war mehr als nur ein gemietetes Haus – er hatte die Option, es zu kaufen und zum ersten Mal in seinem Erwachsenenleben Wurzeln zu schlagen. Einst hatte er solche Gedanken an Stabilität achselzuckend abgetan, aber jetzt sprach ihn die Vorstellung an. Keine wilde Jagd auf die nächste Geschichte mehr, keine Reisen in gefährliche Gebiete auf der Suche nach Action, mit der Angst, nicht lebend herauszukommen.

Diese Veränderung verdankte er Leo und Vanessa.

Scout tapste ins Haus und raste dann durch alle Räume, um jede Ecke abzuschnüffeln. Jacks Schritte hallten in dem leeren Wohnzimmer. Er streckte die Hand aus, löste eine staubige Übergardine und ließ sie zu Boden fallen. Kleine Staubflocken wirbelten durch die Luft.

Durch die Fenster, die mal wieder geputzt werden müssten, fiel Licht in den Raum, und das Haus schien sich in dem willkommenen Sonnenschein zu aalen.

„Der wird unsere alten Knochen wärmen", sagte Jack

und fuhr mit der Hand über den glatten Kaminsims. „Bennett hatte recht. Das Haus hat eine solide Basis."

Er öffnete die Fenster, damit die frische Meeresluft den leicht abgestandenen Geruch vertreiben konnte. Dann brachte er seinen Rucksack ins Schlafzimmer. Wenn der Untermietvertrag für seine Wohnung am Ende seiner Auszeit ablaufen würde, würde Jack nach New York zurückkehren und die Wohnung ausräumen. Er hatte sie möbliert gemietet, sodass er außer seiner Kleidung und seiner Bücher nicht viel nach Summer Beach schicken musste.

„Ist jemand zu Hause?" Vanessa und Leo tauchten an der Tür auf.

„Hey Dad." Leo warf sich mit seinem üblichen Enthusiasmus in Jacks Arme. „Kann ich mein neues Zimmer sehen?"

„Na klar. Komm." Er nahm Leos Hand.

Jack hatte vorgehabt, Leo abzuholen, doch Vanessa meinte, dass sie und Denise einen Tag im Spa mit Massagen und einer Gesichtsbehandlung gebucht hätten und ihn auf dem Weg bei ihm absetzen würden. Vanessa schien es jeden Tag besser zu gehen. Obwohl sie noch einen langen Weg vor sich hatte, waren ihr Arzt und ihr Behandlungsteam optimistisch.

„Wow!", rief Leo aus und blieb an der offenen Tür zu seinem Zimmer stehen. „Ich kann so tun, als wäre ich ein Meeresentdecker."

Er lief auf die Wand zu und strich mit den Händen über das Gemälde. Da die Vorhänge in diesem Zimmer die ganze Zeit über geschlossen gewesen waren, hatte es seine lebhaften Farben behalten – dunkelblau, türkis, bunte Fische, die zwischen roten Korallen herumflitzten. „Das ist wie an dem Tag, an dem wir schnorcheln waren. Können wir das noch mal machen, Dad?"

„Darauf kannst du wetten", sagte Jack lachend. „Doch zuerst müssen wir dir ein Bett kaufen."

„Aber danach?"

„Warum nicht." Beinahe alles andere konnte warten. Jack hatte überlegt, mit Leo zusammen über die Hauptstraße im Ort zu schlendern und alles zu kaufen, was sie benötigten. Was nicht viel war. Zwei Betten, Kissen, Bettzeug und Handtücher. Eine Kaffeemaschine, Geschirr, Besteck, Töpfe und Pfannen. Vielleicht noch ein paar Barhocker für den gefliesten Tresen in der Küche, damit sie erst einmal irgendwo sitzen konnten.

Mehr Sorgen machte ihm der Garten, denn es war schon spät in der Saison. Vermutlich würde er noch ein paar schnell wachsende Tomaten, Paprika und Erbsen pflanzen können. Zum Glück wurde eine Seite des Grundstücks von einer Reihe Zitrusbäume begrenzt – Mandarinen, Zitronen und Grapefruits – und auf der anderen Seite gab es Aprikosen-, Pflaumen- und Pfirsichbäume. Der ausladende Avocadobaum in der Ecke sah auch aus, als würde er mehr Avocados liefern, als sie essen könnten.

„Wir sind dann weg!", rief Vanessa. „Habt viel Spaß!"

„Ich bringe ihn nach dem Abendessen rüber."

„*Adios mijo*", sagte Vanessa und schlang die Arme um Leo. „Sei lieb zu Jack. Zu deinem Vater", sagte sie und lächelte Jack an.

Dann umarmte sie ihn. „Danke, dass du das machst. Leo freut sich so darüber, mehr Zeit mit dir zu verbringen. Er wird mir allerdings fehlen."

Denise legte eine Hand an Vanessas immer noch dünnen Rücken. „Ich werde dich schon auf Trab halten. Du hast viel nachzuholen."

„Geht und entspannt euch", sagte Jack. Er konnte kaum glauben, wie gut sie auf die neuen Medikamente reagierte.

„Dad, kann ich mit Scout in den Garten gehen?"

„Ja, klar. Ich komme gleich nach."

Er begleitete die Frauen zu Denise Wagen und öffnete Vanessa die Tür. Nachdem sie eingestiegen war, ging er neben ihr auf dem Bürgersteig in die Knie. „Du siehst so gut aus, Vanessa. Ich glaube, du wirst die Dokumente, die dein Anwalt aufgesetzt hast, nicht mehr brauchen."

„Wir werden sehen. Aber danke, dass du das sagst." Vanessa lächelte. „So viel Hoffnung hatte ich schon seit einer Ewigkeit nicht mehr. Ich kann immer noch nicht glauben, dass mein Arzt diese experimentelle Studie gefunden hat. Das ist wahrlich ein Segen. Vor allem für Leo."

„Und für mich. Ich will dich nicht verlieren, Vanessa. Du bist die Mutter meines Kindes." Er hielt kurz inne. „Wow, es ist komisch, das zu sagen."

Sie lachte. „Hast du je gedacht, dass du das mal sagen würdest?"

Er schüttelte den Kopf. „Nein. Aber ich könnte nicht glücklicher sein."

„Ich hoffe wirklich, dass du das bist, Jack. Ich mache mir Sorgen, dass dich bald wieder das Reisefieber packt und du losziehst."

Er deutete mit dem Daumen zu seinem VW-Bus. „In diesem Bus ist Platz für vier. Das ist ausreichend für Leo und Scout."

„Du weißt, was ich meine."

„Ich bin da draußen genügend Kugeln ausgewichen. Und ich habe nicht vor, mein Glück auf die Probe zu stellen. Auf meiner sonnigen Veranda zu sitzen, zu zeichnen und Ginger zu helfen, ihre Kinderbücher zum Leben zu erwecken, ist Aufregung genug für mich. Und möglicherweise eine Killer-Tomatenernte. Ich bin im Herzen der Sohn eines Farmers, vergiss das nicht."

Ihr Lächeln ließ ihre Augen strahlen. „Wir sehen uns heute Abend. Pass auf, dass Leo nicht zu viele Süßigkeiten isst."

Jack versprach es ihr, dann schloss er die Tür und winkte ihnen nach, als sie davonfuhren. Als er gerade die Treppe zur Tür hinaufging, hörte er einen anderen Wagen. Er drehte sich herum und sah einen türkisfarbenen Mini Cooper am Straßenrand anhalten. Sein Puls beschleunigte sich.

Marina stieg aus, in der Hand einen Pizzakarton. „Ich dachte, ich bringe das traditionelle Einzugsgeschenk vorbei."

„Du hast keine Ahnung, wie gut das klingt. Leo ist mit Scout im Garten. Komm rein."

Marina betrat das Haus, und ihre Reaktion war die gleiche, die Jack gehabt hatte. „Wow, das ist unglaublich. Ginger hat mir von dem Künstler erzählt, der hier gewohnt hat."

Als sie sich umdrehte, stieg Jack ein Hauch vom Duft ihres Shampoos in die Nase – Wildblumen. Ihr so nahe zu sein weckte in ihm den beinahe schmerzhaften Wunsch, sie zu berühren, sein Gesicht in ihren Haaren zu vergraben. Aber das durfte er nicht. Er hatte es versprochen.

Also räusperte er sich. „Die meisten Räume haben Wandgemälde, und in der Einliegerwohnung über der Garage fühlt man sich wie in einem Jackson-Pollock-Gemälde. Überall Farbspritzer." Er schaute zu ihrer bandagierten Hand. „Was macht dein Finger? Ginger hat mir erzählt, was passiert ist."

„Die Wunde musste genäht werden", antwortete sie und hielt seinen Blick einen Moment länger fest, als nötig gewesen wäre, bevor sie wegschaute. „Aber es wird verheilen. Köche sind bekannt dafür, ein paar Narben von Schnitten und Verbrennungen zu haben." Sie drehte ihre andere Hand herum. „Ich habe bereits eine kleine Sammlung, aber die hier ist bisher das Meisterstück."

„Ich hoffe, das bleibt sie auch", sagte er und trat einen Schritt zurück. „Bist du mit dem Messer abgerutscht?"

Marina wirkte ein wenig peinlich berührt. „Ich war abgelenkt. Aber egal. Leo und du, ihr solltet die Pizza essen, solange sie noch heiß ist, oder sie sonst in den Ofen tun. Wo geht es zur Küche?"

„Hier entlang", antwortete er und ging voran. Dann tätschelte er den alten Ofen, der die Küche seit Jahrzehnten dominierte. „Sieh dir dieses Relikt an. Mir wurde versichert, dass er noch funktioniert, also kann ich mir vorstellen, dass er perfekt ist, um die Pizza aufzuwärmen."

Marina lachte. „Und für vieles mehr. Das ist ein echtes Arbeitstier." Sie strich mit den Fingern über die glatte Emaille. „Er sieht aus, als wäre er kaum benutzt worden. Mit dieser Küche hast du wirklich Glück gehabt. Eines Tages muss ich auch so ein kleines Häuschen wie dieses finden."

„Du hast nicht vor, bei deiner Großmutter wohnen zu bleiben?"

„Das würde Ginger vermutlich gefallen, aber ich glaube, wir werden beide irgendwann unsere Privatsphäre benötigen. Im Moment ist es im Cottage ziemlich voll." Marina warf sich die Haare über die Schulter. „Manchmal glaube ich, dass Ginger mehr Spaß am Café hat als ich. Die ganzen Unterhaltungen mit den Gästen, das Kochen, wann immer sie will, ohne sich um die Buchhaltung und Bestellungen kümmern zu müssen …"

„Sie ist eine unglaubliche Frau." Wie ihre Enkelin, hätte Jack gerne gesagt, beschloss aber, es nicht zu tun. Nun, wo es mit Vanessas Gesundheit bergauf ging, regte sich eine Frage in seinem Kopf, über die er bisher noch nicht nachgedacht hatte.

Er gab Marina eine schnelle Führung durch das Haus, dann gingen sie zu Leo und Scout in den Garten hinaus, bevor sie sich die Wohnung über der Garage anschauten, für die Jack nicht wirklich eine Verwendung hatte.

Aber Marinas Augen strahlten. „Hiermit könntest du so viel anstellen. Sobald deine Familie und Freunde erfahren, dass du am Strand wohnst, wirst du viel Besuch bekommen."

„Ich hoffe, dass sie mit einer Luftmatratze zufrieden

sind“, sagte Jack halb im Spaß, als sie wieder in den Garten hinuntergingen.

Mit einem Mal rief ein kleiner Junge über den Zaun: „Hey Leo, mein Onkel hat mir gesagt, dass du hier einziehst.“

„Ist dein Onkel der Bürgermeister?“, fragte Jack, als Leo auf den Zaun zulief.

„Ja. Onkel Bennett.“

Die Eltern des Jungen kamen zum Zaun. „Du musst Jack sein“, sagte die Frau. „Ich habe dich auf der Eröffnungsparty des Coral Cafés gesehen, aber es hat sich keine Gelegenheit ergeben, miteinander zu reden. Mein Bruder hat mir von dir erzählt. Ich bin Kendra, das ist mein Mann Dave und das ist Logan. Die Jungs haben sich auf der Party kennengelernt, und ich habe mich auch mit Vanessa unterhalten.“

Jack stellte alle vor. „Ist es in Ordnung, wenn Logan zum Pizzaessen rüberkommt? Marina hat eine aus dem Café mitgebracht.“

Als seine Eltern einwilligten, kletterte Logan über den Zaun.

„Willst du mein Zimmer sehen?“, fragte Leo. „Das ist so cool.“ Die beiden Jungen rasten los, und Jack und Marina folgten ihnen ins Haus.

„Er hat schon einen Freund gefunden“, sagte Marina lächelnd. „Mit dem Haus hast du eine gute Wahl getroffen.“

Als sie mit ihren Schlüsseln klimperte, fragte Jack schnell: „Hast du Zeit, mit uns zu essen?“

„Leider nicht. Ich bin auf dem Weg, mich mit Poppy im Seabreeze Inn zu treffen und mit ihr, Ivy und Shelly über das Festival zu reden. Ich wollte nur die Pizza vorbeibringen. Behältst du dein Zimmer im Seabreeze Inn, bis die Möbel geliefert werden?“

„Nein. Ich habe heute früh ausgecheckt. Ich habe ein

Bett im Bus, das vollkommen ausreichend ist, bis ich hier alles eingerichtet habe.“

„Du campst in deiner Auffahrt?“

„Na klar.“ Unsicher, ob er Marina umarmen oder ihr die Hand schütteln sollte, schob er seine Hände in die Hosentaschen. Er war hin und her gerissen zwischen seinem Pflichtgefühl Vanessa gegenüber und der beharrlichen Anziehung, die für Marina empfand.

Marina lächelte. „Okay. Ich finde selbst hinaus.“ Damit verließ sie schnell das Haus.

Als Jack ihr nachschaute, spürte er, wie sich sein Herz zusammenzog. Er erinnerte sich an Bennetts Worte. *Geduld.* Aber Vanessas Gesundung könnte alles verändern.

SPÄTER AM ABEND, nachdem die Jungs die Pizza verschlungen hatten und nach Hause gegangen waren, machte Jack sich mit Scout zusammen auf zu seinem alten VW-Bus. Er klopfte mit den Knöcheln leicht gegen die Karosserie. „Guten Abend, Rosinante, alte Freundin. Wie geht es dir?“

Dann öffnete er die Tür, und Scout sprang hinein und machte es sich in einer Ecke gemütlich, während Jack die Bank zum Bett auszog und seinen Schlafsack darauf warf.

Er nahm an, dass er nur wenige Nächte hier schlafen musste. Was ihm nichts ausmachte. Der Bus war während seiner Reise durchs Land sein Zuhause gewesen. Nachdem er die Vorhänge zugezogen hatte, holte er seinen Laptop heraus und nutzte sein Handy als Internetverbindung, um sich in die Datenbank seines Arbeitgebers einzuloggen. Irgendetwas nagte schon seit einiger Zeit an ihm.

Seine Finger flogen nur so über die Tastatur. *Princess Anne Jacht.* Er drückte *Enter* und scrollte durch die Informationen. Doch er fand nicht viel und fing an, verschiedene

Kombinationen aus Charles, Anne und anderen Schlüssel-
wörtern auszuprobieren.

Während er las, zog er die Augenbrauen hoch. Charles
und Anne hatten eine ganz schön wilde Vergangenheit.
Auch wenn das nicht hieß, dass sie sich jetzt irgendetwas
schuldig gemacht hätten. Dennoch strich er sich nachdenklich übers Kinn. Die *Princess Anne* war eine ziemlich teure
Jacht. Und eine der ersten Lektionen, die er als Journalist
gelernt hatte, war: *Folge dem Geld.*

Jack fragte sich, was die beiden vorhatten.

Marina und Kai schlenderten durch den Garten des Seabreeze Inn. Ginger hatte angeboten, sich um das Café zu kümmern, was, als Marina gegangen war, bedeutet hatte, dass sie den Tisch ihrer grauhaarigen Freunde mit Geschichten über ihre Reisen unterhalten hatte. Sie alle hatten Vorspeisen bestellt – Tapas, wie Ginger sie nannte – und sie hatte Lemon Spritzer ausgeschenkt. Marina vermutete, dass einer der Gäste eine Flasche Limoncello mitgebracht hatte. Als sie ging, hatte sie den Eindruck, dass die Gruppe viel Spaß hatte.

Aber sie waren die einzigen Gäste gewesen.

„Und da drüben können wir die Stände und Tische aufbauen", erklärte Poppy und nahm ihre langen Haare zusammen, an denen der vom Meer kommende Wind zerrte. „Wir haben ausreichend Verlängerungskabel, sodass die Stromversorgung gewährleistet ist."

„Das wird so ein Spaß", sagte Kai.

Marinas Sommerkleid mit dem bunten Blumenmuster flatterte um ihre Waden, als sie den Platz mit ihren Schritten abmaß. „Du bist für den Spaß zuständig", sagte sie zu Kai.

„Ich bin dafür zuständig, dass alles aufgebaut wird und gekocht werden kann."

„Sieh dich nur an. Du machst dir schon wieder Sorgen." Kai stieß sie gut gelaunt mit der Schulter an. „Ich habe dir doch gesagt, dass du dich entspannen sollst. Denn wir wissen alle, dass Missgeschicke passieren."

Dem musste Marina zustimmen. „Okay. Ich sorge dafür, dass Spaß auf dem Programm steht."

Wenn sie nicht so durcheinander gewesen wäre, hätte sie sich nicht beinahe den Finger abgehackt. Und jetzt musste sie mit einem verbundenen Finger – den sie irgendwie in einen Handschuh quetschen musste – gegen einen Weltklassekoch antreten.

„Normalerweise ist es hier nicht so windig", sagte Poppy und drehte einer weiteren Böe den Rücken zu.

„Das ist der Strand", sagte Marina. Sie machte sich eine mentale Notiz, alles zu sichern, was im Café weggeweht werden konnte.

„Ich kann die Koordination mit den anderen Ausstellern übernehmen", schlug Poppy vor. „Das habe ich bei der Kunstausstellung auch gemacht, und ich kann mir vorstellen, dass du andere Dinge zu tun hast."

„Das wäre super", sagte Marina. „Das Café ins Laufen zu kriegen ist trotz der wenigen Gäste mehr Arbeit, als ich mir vorgestellt hatte."

„Genauso wie dieses alte Haus in ein Inn zu verwandeln", sagte Poppy. „Das erst Jahr ist das schwerste. Aber inzwischen läuft es bei uns wesentlich besser. Wir haben schon die ersten Gäste vom letzten Jahr, die wiederkommen."

„Danke, dass ihr eure Gäste zu uns schickt." Marina sah sie an. „Das hat wirklich geholfen."

„Ach, ich wollte dir noch etwas erzählen." Poppy blieb stehen. „Wir haben gestern früh einen Strandspaziergang für die Gäste organisiert, und dabei ist mir aufgefallen, dass man dein Schild vom Strand aus gar nicht sehen kann, weil es von der Bougainvillea verdeckt wird. Du solltest den Busch entweder beschneiden oder umpflanzen. Und überleg dir mal, ob du nicht auch ein Schild an der Straße aufstellen willst. Ich wette, die Stadt hätte nichts dagegen."

„Das ist ein guter Vorschlag", sagte Kai. „Ich kann Axe bitten, ein paar Schilder zu machen, die Ethan und ich dann bemalen können. Ich bin mir sicher, dass Axe uns hilft, sie aufzustellen."

„Das ist eine tolle Idee." Marina lächelte Poppy an. „Kai hat angefangen, mit Axe an dem neuen Theater zu arbeiten."

„Davon habe ich gehört", sagte Poppy. „Ein Theater wird ganz sicher mehr Besucher nach Summer Beach locken."

„Das ist alles so aufregend." Kais Augen funkelten. „Wir haben vor, eine besondere Weihnachtsvorstellung zu geben. Das ist noch nicht offiziell bekannt, aber ich kann euch sagen, dass es spektakulär wird."

„Ich hoffe, du bist dabei."

Kai nickte grinsend.

Marina schnippte mit den Fingern. „Das Coral Café könnte Picknickkörbe und Snacks anbieten, die die Leute mitnehmen können. Und ein früheres Abendessen für die, die sich die Show ansehen." Dazu musste sie nur sicherstellen, dass das Café bis dahin noch existierte. So, wie es im Moment lief, war sie sich da nicht so sicher. Aber das war ja einer der Gründe, warum sie heute hier waren.

„Das sind tolle Ideen", sagte Poppy. „Aber zurück zum Festival. Besteht die Chance, dass Carol Reston singen wird?"

„Ich glaube, Ginger könnte sie dazu überreden", sagte Marina.

„Wow, stellt euch mal vor, mit Carol Reston zusammen

zu singen." Ein schwärmerischer Ausdruck legte sich über Kais Gesicht. „Das wäre ein Traum."

„Wir können die Bühne aufbauen, die wir schon öfter benutzt haben", erklärte Poppy. „Sie lagert im Keller. Ich kümmere mich darum. Mein Job ist es, vorherzusagen, was möglicherweise schiefgehen könnte."

„Was meinst du damit?", fragte Marina.

„Ich habe gelernt, dass man zu *Flaming Gingerbread Martinis* Nein sagen sollte."

Kai lachte auf. „Davon habe ich gehört. Das war an Weihnachten, oder?"

Poppy nickte. „Die hätten das ganze Haus niederbrennen können."

„Wir werden uns bemühen, das nicht zu tun", versicherte Marina. „Ich werde ein paar mehr Feuerlöscher bestellen." Sie hatte selbst ausreichend Erfahrung mit flammenden Katastrophen. Ihr Blick wanderte über den Rasen. „Das hier wird wirklich passieren, oder?"

Poppy lachte. „Natürlich. Kommt mit rein, dann können wir uns die Antworten anschauen, die ich bisher bekommen habe."

Als Marina noch beim Fernsehen gearbeitet hatte, hatte sie nie die Gelegenheit gehabt, eine Idee zu entwickeln und dann zuzusehen, wie sie Gestalt annahm. Sie fand das alles wahnsinnig aufregend, und es erfüllte sie mit einem tiefen Gefühl der Zufriedenheit. Mehr noch, sie fühlte sich, als würde sie nun ein Teil von Summer Beach werden.

Eine Windböe verwirbelte ihnen die Haare, als sie zum Haupthaus zurückgingen. Ivy begrüßte sie im Foyer. Mit dem warmen Parkettboden, den Kristalllüstern und den hohen Glastüren, die sich zum Meer hin öffneten, war das alte Strandhaus trotz seiner über hundert Jahre immer noch wunderschön.

„Wie läuft die Eventplanung?", fragte sie.

„Poppy wirkt wahre Wunder", antwortet Marina.

Sie alle folgten Poppy in die Bibliothek, wo sie ihnen die Pressemitteilung für *Der Geschmack von Summer Beach* auf dem Computer zeigte. „Bisher läuft es super. Ich hatte schon viele positive Rückmeldungen. Und das Festival wird in vielen Regionalzeitungen und auf Reiseseiten im Internet erwähnt."

Marina beugte sich vor und begann zu lesen: „Summer Beach: Ein neues Ziel für Gourmets. Promi-Koch Alain George als Gastgeber des neuen Festivals *Der Geschmack von Summer Beach* im Seabreeze Inn, bei dem preisgekrönte Restaurants ihr Können zeigen."

Ivy schaute ihr über die Schulter. „Einen Promi-Koch für die Überschrift zu haben ist definitiv eine Hilfe."

„Ja, das haben wir Ginger und Carol zu verdanken." Marina wusste, wem die Lorbeeren gebührten.

„Aber du hattest die brillante Idee", sagte Poppy. „Vor allem das mit dem Wettkochen. Kannst du uns sagen, worum es dabei gehen wird?"

Marina zog eine Augenbraue in die Höhe. „Ich wünschte, ich könnte, aber alle Teilnehmer sind zur Geheimhaltung verpflichtet. Alain will, dass es eine Überraschung wird. Was ich jedoch sagen kann, ist, dass es ein beliebtes Gericht mit einer Verneigung ans Strandleben ist." Als Alain das vorgeschlagen hatte, war Marina überrascht gewesen. Aber dann hatte sie erfahren, dass es eines seiner Lieblingsgerichte war.

Poppy erzählte ihnen, was noch alles passiert war, und Marina war sehr beeindruckt von dem, was sie auf die Beine gestellt hatte.

Als die Frauen ins Foyer zurückkehrten, um zu gehen, sagte Ivy zu Marina: „Du solltest wieder bei unseren morgendlichen Strandspaziergängen mitmachen. Kai ist in Shellys Yogakurs, also könntet ihr morgens gemeinsam herkommen. Dann hast du die Chance, neue Gäste kennenzulernen und sie ins Café einzuladen."

„Das ist eine gute Idee", sagte Marina. „Ich werde Brooke mitbringen." Brooke hatte an diesem Nachmittag eine Therapiesitzung mit Chip. Die beiden machten Fortschritte, und Brooke und ihre Jungs wollten zum Abendessen im Café vorbeikommen. Sie weigerte sich, zu kochen, bis ihre Kinder ihr halfen, den Tisch zu decken und abzuwaschen. Marina fand, dass das nicht zu viel verlangt war, aber Chip musste erst noch überzeugt werden.

„Wir könnten uns dann auch noch etwas mehr unterhalten", sagte Ivy. „Es gibt so viel, das ich seit meinem Umzug hierher über Summer Beach gelernt habe. Ich weiß, Ginger lebt schon seit Jahren hier, aber ich meine aus Sicht einer Unternehmerin. Wir können uns alle gegenseitig helfen."

„Das fände ich schön." Marina lächelte. „Außerdem brauche ich regelmäßige Bewegung." Ihre Gerichte zu probieren sorgte langsam für ein wenig mehr Gewicht um ihre sowieso schon rundliche Mitte, und sie wusste, dass sie aufpassen musste. Außerdem sollte sie ihre Ausdauer verbessern, damit sie weiterhin den ganzen Tag auf den Beinen stehen und in der Küche arbeiten konnte. So sehr sie ihre Arbeit liebte, ein Restaurant zu leiten war anstrengend.

Auf dem Weg zum Wagen fragte Kai: „Hast du Lust, dir Axes Gelände anzuschauen und zu hören, welche Ideen wir für das Theater haben?"

Marina schaute auf die Uhr. „Ich glaube, Ginger und Heather kommen noch ein wenig länger allein klar." Sie stiegen ein.

Nachdem sie ein Stück gefahren waren, zeigte Kai auf das noch unbebaute Gelände, und Marina nahm den Fuß vom Gas. Das Grundstück lag in Laufweite vom Ort. „Ich wusste nicht, dass es so nah dran ist."

„Ja, es sind ungefähr zehn Minuten zu Fuß vom Coral Café", sagte Kai.

„Das wird gut sein fürs Geschäft."

Marina hielt am Straßenrand an, und sie stiegen aus. An

der Grundstücksgrenze stand ein großes Schild: *Zukünftiges Zuhause des Summer Beach Theaters für darstellende Kunst.*

Kai wirbelte glücklich herum. „Wir müssen uns einen einprägsameren Namen einfallen lassen, findest du nicht? Wie *Summer Beach Bowl* oder *Theater am Strand.*"

„Dir wird schon etwas einfallen. Wow, das ist mal eine Kulisse." Marina schaute über das Gelände hinweg, das im ersten Teil flach war und dann langsam nach unten abfiel.

„Axe meinte, das Gelände ist wie ein natürliches Amphitheater", erklärte Kai. „Carol hat die Bühne gespendet, und den Sommer über werden wir einheimische Ensembles einladen, hier aufzutreten. Das ist eine meiner Aufgaben. Neue Produktionen testen ihre Shows auch gerne vor einem Live-Publikum, bevor sie an den Broadway oder andere wichtige Theater gehen. Und welcher Ort wäre dafür besser geeignet als Summer Beach?"

„Das ist perfekt für dich, Kai." Marina war begeistert von der Veränderung, die ihre Schwester nach Dimitri durchgemacht hatte.

Kais Augen funkelten aufgeregt. „Im Herbst, wenn nicht mehr so viele Touristen da sind und es im Baugeschäft ein wenig ruhiger ist, wird Axe mit seiner Crew die Tribünen bauen. Ich werde helfen, das Geld dafür einzusammeln. Carol hat mir ein paar gute Tipps gegeben, und ich kenne auch so einige Leute – abgesehen von Dimitri."

„Das ist eine ziemlich große Vision." Marina nahm Kais Hand und drückte sie. „Wer hätte gedacht, dass es in Summer Beach für uns so viel zu tun gibt?"

„So sehr ich es geliebt habe, zu reisen, es war an der Zeit, das Tourneeleben aufzugeben", sagte Kai. „Das hier ist die perfekte Gelegenheit. Ich kann produzieren und auftreten. Ich kann sogar anfangen, Regie zu führen."

Obwohl Kai ihre neue Position erst seit Kurzem innehatte, war Marina eine grundlegende Veränderung in ihr aufgefallen. Sie schätzte, dass Kai nicht nur die Arbeit aufregend fand. „Wie geht es Axe?"

Kai presste die Lippen zusammen, als hätte sie ein Geheimnis. „Er ist ein sanfter Riese. Und du solltest ihn singen hören. Wir waren vor Kurzem beim Karaoke. Als er nach vorne ging, haben alle geklatscht." Sie legte die Hände an ihre Wangen. „Er hat den unglaublichsten Bariton – er ist so gut, dass er am Broadway auftreten könnte. Er war ein Jahr auf der Juilliard, bevor er auf die Ranch zurückkehren musste, um seiner Familie während einer schweren Zeit zu helfen."

„Und er ist nicht auf die Juilliard zurückgekehrt?"

„Er sagte, dass er da bereits älter war und das Geld ein wenig knapp. Eigentlich hatte er vor, im Baugewerbe zu arbeiten, bis er seinen Durchbruch in Hollywood oder mit einer Band hätte. Das hat nicht geklappt, aber das mit seiner Baufirma schon. Es ist lustig, wie das Leben so läuft, oder? Und jetzt sind wir hier und arbeiten an etwas, das die nächste *Hollywood Bowl* sein könnte. Ein wenig kleiner, aber es kann trotzdem erfolgreich sein."

„Ja, das Leben ist manchmal wirklich seltsam", stimmte Marina ihr zu. Sie war sich bewusst, dass Kai ihre Fragen bezüglich Axe nicht wirklich beantwortet hatte. Aber Kai war noch immer dabei, ihre Erfahrungen mit Dimitri zu verarbeiten. Mit Axe zusammenzuarbeiten und ihn langsam kennenzulernen war daher eine gute Idee.

Marina dachte daran, wie sie hier in Summer Beach gelandet war. Trotz der Herausforderungen liebte sie das, was sie tat, von ganzem Herzen. Ihre Kinder waren auch dabei, ihren Weg zu finden. Und Marina konnte ihrer Großmutter näher sein, während diese älter wurde – wobei sie schätzte, dass Ginger auch mit hundert Jahren noch aktiv und eine Erscheinung sein würde mit ihren seidenen Kaftanen und den umwerfenden Ketten, die sie auf der ganzen Welt gesammelt hatte.

Für einen Moment konnte sie die Zukunft klar vor sich sehen. Ginger hatte ihr mal geraten, nie zu weit vorauszuplanen, damit sie Gelegenheiten ergreifen konnte, die sie sich niemals hätte vorstellen können. In diesem Rat steckte sehr viel Wahrheit. Denn Marina hätte sich nie träumen lassen, mal mit Alain zu kochen.

Vor einem Jahr hatte sie gedacht, dass ihr Verlobter ihr neues Haus entwerfen und sie eine Hochzeit planen würden. Und so bezaubernd das auch klang, es war nicht real. Das hier hingegen schon. Entschlossen reckte sie das Kinn in der frischen Meeresbrise. Sie konnte auch ohne Mann glücklich sein.

Und das schloss Jack Ventana ein.

„DAS IST PERFEKT." Marina trat einen Schritt zurück, um das neue Schild fürs Coral Café zu bewundern, das Axe installiert hatte.

Sie hatte bei Bennet und Boz im Rathaus angefragt, ob sie ein Schild an der Straße aufstellen dürfte, die zum Coral Café führte. Als Unternehmerin war Marina gerade dabei, die machtvolle Lektion zu lernen, um das zu bitten, was sie wollte oder brauchte. Auch wenn sie in ihrer Zeit beim Fernsehen gelernt hatte, sich durchzusetzen – immerhin hatte sie für Hal arbeiten müssen – war ein Unternehmen zu führen etwas anderes. Sie musste ständig zwei Schritte vorausdenken, um auf das Unerwartete vorbereitet zu sein.

In den letzten Tagen hatte sie an Ivys Strandspaziergängen mit den Gästen teilgenommen, was geholfen hatte, neue Leute ins Café zu bringen. Langsam füllten sich immer mehr Tische. Das neue Schild würde auch helfen. Nach und nach fiel alles an seinen Platz, und die Gäste empfahlen das Café ihren Freunden, sodass auch die Mundpropaganda Fahrt aufnahm.

Sie kehrte zum Café zurück und ging in die Küche, um

den Pizzateig herzustellen, dessen Rezeptur sie perfektioniert hatte. Passend zum Sommer – und zu dem neuen Restaurant, das er bewarb – hatte Alain George sich für das Thema Pizza entschieden. In Neapel als Alain Giorgeschi geboren, hatte er vor, seine Version eines italienischen Fladenbrots sowie neue Pizzakombinationen mitzubringen.

Marina dachte an die Entwicklung der Pizza an der Westküste der USA. In Berkeley, Kalifornien, hatte die Köchin und Restaurantbesitzerin Alice Waters als Erste Gourmetpizzen mit exotischen Zutaten in ihrem Restaurant *Chez Panisse* angeboten – einem von Marinas Lieblingslokalen.

Wolfgang Puck hatte sich davon inspirieren lassen und in Zusammenarbeit mit dem Koch vom *Prego*, Ed LaDou, die Restaurantgäste in Los Angeles in Ekstase versetzt, als er das *Spago* in West Hollywood eröffnete, wo er in luftiger Atmosphäre und an weiß gedeckten Tischen seiner reichen Klientel hochwertige Pizzen anbot. Bald hatten ihm das *Spago* und seine Pizzen Ruhm und Lizenzdeals eingebracht.

Alain George folgte somit einem beliebten Trend, und Marina fragte sich, was für Veränderungen er wohl vornehmen würde.

Sie dachte auch darüber nach, was sie anders machen könnte. Denn was auch immer sie im Wettbewerb gegen Alain George präsentieren würde, es müsste spektakulär sein.

20

„Willkommen zum ersten jährlichen *Der Geschmack von Summer Beach*-Festival." Marina hieß die ersten Besucher auf dem Rasen des Seabreeze Inn willkommen, den Poppy in ein kulinarisches Wunderland verwandelt hatte. Auch wenn der Vormittag bewölkt und windig gewesen war, drängten sich nun vereinzelt Sonnenstrahlen durch die kühle Wolkenschicht. Die ersten Leute fingen schon an, ihre Jacken auszuziehen.

Marina trug eine ihrer neuen Kochjacken im Hawaii-Muster mit dem aufgestickten Coral-Cottage-Logo und ihrem Namen. Sie und Heather verteilten Flyer, auf denen erklärt wurde, wo sich welcher Stand befand.

In der Mitte hielt Alain George mit einem Team von Assistenten Hof, die ihm halfen, seine beliebtesten Gerichte zu zaubern. Am Nachmittag würde er die anderen Köche einladen, in einem freundlichen Wettbewerb mit ihm zusammen zu kochen. Zumindest glaubte Marina, dass es freundlich sein würde.

Verlockende Düfte erhoben sich in die Luft: von Mitchs Gourmet-Sandwiches mit Parmaschinken, geschmolzenem Camembert und Ei auf selbst gebackenen Croissants bis zu

Rosas authentischen Tacos mit perfekt gegrilltem Lachs, angeröstetem Mais, Avocado und einer Orangen-Chipotle-Soße. Ein neues, pflanzenbasiertes Restaurant bot vegane und vegetarische Speisen an, darunter Tacos mit gegrillter Jackfrucht, Tofu-Muffins und Blumenkohl-Tapas.

„Wir waren fasziniert, als wir auf unserem Lieblings-Foodie-Podcast von dem Festival gehört haben", sagte eine Frau. „Wir waren oft mit unseren Kindern in Summer Beach, haben aber nicht gewusst, dass der Ort ein Hotspot für kulinarische Aktivitäten ist. Normalerweise sind wir immer im Nachbarort zu einem Burgerladen gegangen, weil die Kinder die Menüs mit den Spielzeugen haben wollten."

„Ich wünschte, wir wären in Summer Beach geblieben", sagte ihr Mann. „Hmm, wie das duftet."

„Man muss wissen, wo man gucken muss", sagte Marina zwinkernd. „Die Einheimischen fanden, dass sie ihre Geheimtipps lange genug für sich behalten haben, deshalb öffnen wir die Insiderrestaurants jetzt für die breite Öffentlichkeit."

Dank ihres Medientrainings wusste Marina, wie man einem Thema einen interessanten Dreh verlieh. Je exklusiver oder schwerer zu finden ein Restaurant war, desto mehr Leute wollten dorthin. „Einige haben VIP-Veranstaltungen, also sollten sie sich auf die Listen eintragen lassen. Und die Visitenkarten mitnehmen."

„Ich bin so froh, dass Sie das erwähnen", sagte die Frau. „Die besten Restaurants sind auch immer am besten besucht."

Ihr Mann schaute auf den Flyer, den Marina ihm gegeben hatte. „Und das Eintrittsgeld geht an örtliche Vereine, die sich um Kinder kümmern?"

„Richtig. Es ist für Stipendien für Kulinarik und andere Künste gedacht." Marina zeigte in die Mitte des Rasens. „Alain George ist sehr großzügig, und wir freuen uns über die Maßen, dass er Summer Beach ausgewählt hat."

Zufrieden tippte der Mann auf den Flyer. „Wir werden wohl öfter nach Summer Beach kommen müssen."

„Das wäre schön. Die entspannteren Strandlokale finden Sie zu Ihrer Rechten, die hochwertigeren Restaurants zu Ihrer Linken. *Bon appétit.*"

Marina sah ein Nachrichtenteam durch den Seiteneingang kommen, das von Poppy in Empfang genommen wurde. Die Anzahl an Reportern hatte Marina überrascht, obwohl Poppy ihr gesagt hatte, dass das Interesse groß gewesen war.

Nachdem Poppy dem Team gezeigt hatte, wo sie ihre Geräte einstöpseln konnten und wo sich der Geschenketisch für die Presse befand, kam sie zu Marina herüber.

„Ich bin überrascht, wie viele Medien hierüber berichten", sagte Marina.

Poppy grinste. „Dazu braucht es nur einen beliebten Prominenten mit einer großen Fanbase. Wie so jemand Leute anziehen kann, ist wirklich unglaublich." Sie wurde ernster. „Marina, du musst zusehen, dass du auf so viele Fotos wie möglich kommst. Können Heather und Brooke sich um den Einlass kümmern? Du musst an deinem Stand stehen, vor allem, weil du später mit Alain zusammen kochen wirst."

„Nur wenn ich es ins Finale schaffe", sagte sie. Da so viele Restaurantbesitzer und Köche mit Alain kochen wollten, hatte sein Team einen Wettbewerb ausgeschrieben, in dem sie um diese Ehre konkurrieren würden.

„Du schaffst das, Mom", sagte Heather und nahm ihr die Flyer ab. „Sunny und Jamir sagten, sie würde mir gleich helfen. Im Moment stehen sie noch an, um die Poblano-Chili-Tacos mit Ricotta und Limone zu probieren. Ich bin kurz vorm Verhungern."

„Die gehören zu meinen Favoriten", sagte Marina, die bereits selbst einige Gourmet-Tacos in ihrem Café an Freunden und Familie ausprobiert hatte.

Heather schaute über die Menschenmenge hinweg und bedeutete ihren Freunden, sich zu beeilen. „Sie gehen in San Diego auf die Uni und wollen mir alles erzählen, was ich wissen muss, um mich im Herbst einzuschreiben." Sie hielt inne und lächelte. „Diese Entscheidung fühlt sich richtig gut an, Mom."

„Das freut mich. Danke, meine Süße." Marina war froh, dass Heather hier bereits Freunde gefunden hatte.

Ivy hatte ihr von den Problemen erzählt, die sie mit Sunny gehabt hatte. Ihr Tochter war von ihrem Vater so sehr verwöhnt worden, dass sie nach dessen Tod einige Zeit gebraucht hatte, um zu verstehen, dass ihr Leben sich ändern musste. Nachdem sie sich mit den etwas bodenständigeren jungen Erwachsenen in Summer Beach angefreundet hatte, redete Sunny nun sogar davon, nach dem College mit einer Freundin ein eigenes Unternehmen aufzuziehen. Imanis Sohn Jamir steckte in den Anfängen seines Medizinstudiums, und Marina fand, dass ihre Tochter keinen besseren Freund hätte finden können, um ihr an der Uni alles zu zeigen.

Während Marina und Poppy zum Coral-Café-Stand gingen, blieben sie immer wieder stehen, um andere Restaurantbesitzer zu begrüßen und ihre Gerichte zu probieren. Die Freundlichkeit ihrer Kollegen aus dem Gastrogewerbe hatte Marina extrem beeindruckt. Die meisten waren offen und froh, helfen zu können. Und diejenigen, die es nicht waren, hatten es sowieso abgelehnt, an dem Festival teilzunehmen. Egal, wo man ist, es gibt immer ein paar mürrische Menschen, dachte Marina.

Ginger stand hinter dem Stand. Neben ihnen war der des *Starfish Café*, ein viktorianisches Haus an den Klippen, das zu einem Café umgebaut worden war. Die Besitzer boten amerikanische und französische Küche an, die von herzhaften und süßen Crêpes bis zu beliebten Pariser Grillgerichten reichte.

„Ich bin froh, dass du da bist", sagte Ginger. „Die Leute fragen nach dir. Offenbar hat das Wort über einige deiner Gerichte die Runde gemacht."

Ginger hatte eine Herdplatte und einen transportablen Kühlschrank aufgestellt. Sie hatten sich auf ein paar Gerichte geeinigt, die sie heiß servieren konnten, und Ginger war gerade dabei, Brooke zu zeigen, wie diese vorzubereiten waren.

Marina wusch sich die Hände und zog sich Einmalhandschuhe über – was mit ihrem verbundenen Finger nicht leicht war. Die Verletzung machte sie zwar etwas langsamer, aber sie war froh, dass sie den Finger noch hatte. In Zukunft würde sie den Umgang mit ihren Messern noch ein wenig mehr üben müssen. „Wenn du dich unter die Leute mischen willst, kann ich übernehmen, Ginger."

„Ich bin genau da, wo ich sein will, meine Liebe", erwiderte Ginger. „In meinem Alter können die Leute, die mich sehen wollen, zu mir kommen."

„Chip und die Jungs kommen heute auch", sagte Brooke.

„Wir laufen eure Sitzungen?", fragte Marina.

Ein Lächeln, das viel zu lange gefehlt hatte, erhellte Brookes Gesicht. „Chip und die Jungs haben sich zusammengesetzt und gemeinsam eine Aufgabenliste ausgearbeitet. Sie müssen jeweils eine gewisse Punktzahl erreichen, um sich mit ihren Freunden treffen zu dürfen. Chip hat eingewilligt, die Einhaltung der Regeln zu unterstützen. Er hat die Tür, die Lampe und meine Fensterläden repariert, und die Jungs haben mir einen neuen Küchengarten gebaut."

„Das ist ja wundervoll." Marina freute sich aufrichtig für ihre Schwester.

„Ich habe so viel gelernt, als ich dir auf dem Markt geholfen habe, dass ich jetzt mit einer Freundin zusammen einen Stand auf unserem Markt haben werde. Mit einem Teil des Geldes kann ich jemanden engagieren, der einmal im Monat putzen kommt. Denn auch wenn die Jungs sich langsam machen, traue ich ihnen nicht, dass sie unter ihren Betten oder hinter der Toilette sauber machen."

„Das klingt fabelhaft." Marina umarmte Brooke, und Ginger nickte zufrieden.

„Es sieht also so aus, als würde ich nicht mehr lange im Coral Cottage wohnen." Brooke wandte sich an Marina. „Morgen kann Heather mein altes Zimmer zurückhaben, denn ich gehe wieder nach Hause. Aber ich möchte mindestens einmal im Monat einen Schwestern-Lunch haben."

Dem stimmten sie alle zu, dann machten sie sich wieder an die Arbeit.

Marina und Ginger hatten so viele Gerichte wie möglich vorbereitete. Während Ginger kleine Schüsseln mit dem Erdbeer-Spinat-Salat ausgab, schaltete Marina die Herdplatte an, gab etwas Olivenöl in eine Pfanne und organisierte die Gerichte, die sie abwechselnd zubereiten würde. Sie hatten auch zwei große Toaster-Öfen, sodass sie Stücke der Shrimp-Pesto-Pizza backen konnten.

Zwei Frauen blieben stehen, um Marinas hausgemachtes Brot und ihre Salate zu probieren. „Köstlich", sagte die eine und steckte ein paar Scheine in das Trinkgeldglas.

Ginger reichte ihnen eine Postkarte, die Kai gestaltet und gedruckt hatte. „Das Coral Café ist nagelneu und liegt direkt am Strand, mit einem der besten Ausblicke des Ortes. Woher kommen Sie, wenn ich fragen darf?"

„Aus San Diego und Riverside. Wir haben beschlossen, uns auf halbem Weg zu treffen, deshalb sind wir hier. Was für eine tolle Idee. Wir lieben Summer Beach."

„Dann kommen Sie doch einfach öfter", sagte Ginger.

„Ich glaube, das werden wir tun." Die Frauen gingen zum nächsten Stand weiter.

Das Team vom *Starfish Café* verteilte Mini-Gemüse-Crêpes mit Hollandaise und Bearnaise, sowie süße Crêpes mit gemischten Beeren und Schlagsahne. Eine Frau in einem bunten Batik-T-Shirt lehnte sich über die Trennwand zu Marinas Stand und reichte ein paar Teller herüber. „Willkommen in Summer Beach. Ich bin Colette, und ich kenne Ginger schon sehr lange."

Marina stellte sich vor und gab Colette im Gegenzug eine Auswahl der Gerichte, die sie anbot. „Da kommt noch mehr", versprach sie.

„Danke, dass du diese Idee hattest", sagte Colette. „Das wird allen von uns, die wir ein Restaurant im Ort haben, helfen. Viele Touristen wissen gar nicht, dass es uns gibt."

Marina machte sich wieder ans Kochen und gab vorsichtig einige hausgemachte Ravioli, die mit Spinat, Zucchinikürbis und Mascarpone gefüllt waren, in eine mit Ingwer gewürzte Kokosnussbrühe. In der Pfanne daneben schwitzte sie schnell ein paar Süßkartoffel-Julienne an, um ihnen ein krosses Finish zu geben. Sie wollte die Reaktion der Leute auf dieses Gericht sehen, das sie für ihre abendliche Speisekarte im Sinn hatte. Oder als Vorspeise. Die Ravioli waren einfach herzustellen und hatten einen ganz eigenen Geschmack, der sie von den traditionellen italienischen Ravioli abhob.

„Mach nur weiter", sagte Ginger. „Ich fülle die Zeit dazwischen mit deinen Salaten."

„Du bist die beste Sous-Köchin aller Zeiten, aber du weißt, dass du eigentlich an meinem Platz stehen solltest."

„Mit all der Verantwortung? Nein, danke." Ginger lachte. „Ich habe den ganzen Spaß und kann trotzdem meinen Traum leben."

Marina stieß sie mit der Schulter an. „Was würde ich nur ohne dich tun? Du hast mir beinahe alles beigebracht, was ich übers Kochen weiß – und übers Leben."

„Einiges davon musstest du auf die harte Tour lernen, und das tut mir leid."

Eine tiefe Stimme hallte zu ihnen herüber. „Das duftet hier aber köstlich."

Marina schaute auf. „Jack." Sofort unterdrückte sie die Gefühle, die jedes Mal in ihr aufstiegen, wenn sie ihn sah. Daran würde sie sich wohl gewöhnen müssen.

„Kann ich dir etwas anbieten?"

Er hielt ihren Blick fest, womit sie sich noch ein wenig unbehaglicher fühlte. „Alles, was du machst, ist gut."

Ginger schaltete sich ein und reichte ihm einen kleinen Teller. „Die Ravioli sind mal etwas ganz anderes. Wir nennen sie *Paradies-Ravioli*."

„Probier auch gerne die Salate." Marina durfte keine Fehler machen. Deshalb richtete sie ihre Aufmerksamkeit schnell drauf, den frischen Fisch auszuwickeln, den sie am Morgen direkt von einem Fischerboot gekauft hatte, das viele örtliche Restaurants belieferte – wenigstens musste sie den nicht mit einem Messer zerteilen. Sie bestäubte den Fisch mit Panko und zerstoßenen Pistazien, bevor sie ihn in die zischende Pfanne gab. „Wo ist die Zitronenbutter?", fragte sie Ginger.

„Hier." Ginger reichte sie ihr und fuhr dann fort, kleine Stücke Pita-Brot mit Macadamia-Hummus auf einem Tablett zu arrangieren.

„Die Ravioli sind ausgezeichnet", sagte Jack und steckte ein paar Scheine in das Trinkgeldglas. Hinter ihm wiegte Denise sich im Takt der Jazzmusik, die leise zu ihnen herüberdrang. Dann hob sie den Arm und winkte.

Marina schaute auf. Vanessa war mit Leo an einer und Samantha an der anderen Hand auf dem Weg zu ihnen.

„Da seid ihr ja." Sie begrüßte Marina und Ginger.

Das Erste, das Marina auffiel, war Vanessas sehr kurzes, lockiges Haar. „Dein neuer Stil gefällt mir", sagte sie.

Vanessa strich sich mit der Hand über den Kopf. „Die Löcher füllen sich langsam. Ich war es so leid, ständig Kopftücher zu tragen. Als wir im Spa waren, hat Denise mich überredet, mir die Haare schneiden zu lassen. Das fühlt sich so gut an."

„Du siehst bezaubernd aus", sagte Marina. „Spricht irgendetwas hiervon deinen Appetit an?"

„Die Tortilla-Suppe war köstlich. Ich hatte noch gar keine Chance, dir das zu sagen."

Marina hielt ihren bandagierten Finger hoch. „Ich musste leider los, um mich hierum zu kümmern."

„Das tut mir leid."

„Das wird schon wieder."

Ein kleines Lächeln legte sich um Vanessas Mundwinkel. „Die Heilungskräfte des menschlichen Körpers sind ein wahres Wunder."

„Ich freue mich wirklich, dass es dir besser geht, Vanessa." Marina und Ginger waren sich einig, dass sie nichts von ihrer Intervention sagen würden, um Vanessa nicht das Gefühl zu geben, sich in Dinge eingemischt zu haben, die sie nichts angingen. Die Entscheidung, die Behandlung anzunehmen oder nicht, war eine sehr private Sache.

„Oh, super, Ringelpommes", sagte Leo mit Blick auf die Süßkartoffeln.

„Ich glaube, ich möchte den Hummus probieren", sagte Vanessa.

Während Marina ihnen die Kostproben reichte, berührte Vanessa sie an der Schulter. „Leo hat mir gesagt, dass du vor Kurzem eine Pizza vorbeigebracht hast. Ich wollte dir dafür danken, dass du so lieb zu meinem Sohn bist. Und so eine gute Freundin für Jack."

Jack hüstelte. „Ich stehe direkt hier, Ladys."

Marina lächelte nur. „Es ist schön, euch alle zu sehen. Oh, und habt ihr schon das Angebot vom *Starfish Café* probiert?"

„Hallo!", rief Colette herüber.

Nach einem kurzen Blick zu Marina zog Jack mit der kleinen Gruppe weiter.

Einen Augenblick später kehrte er zurück und beugte

sich mit besorgter Miene zu ihr. „Hast du Charles und Anne in letzter Zeit gesehen?"

„Sie waren vorhin hier", antwortete sie.

„Wenn du sie siehst, könntest du mir Bescheid sagen?"

„Du willst, dass ich dich anrufe?"

„Ja, bitte. Es ist wichtig."

Marina stimmte zu. Als er ging, seufzte sie.

„Was bedeutet dieser Seufzer?", fragte Ginger.

„Dass du recht hattest."

Ginger legte ihr einen Arm um die Schultern. „Das wird schon."

„Ja, das wird es", erwiderte Marina mit frischem Elan.

Sie war dabei, sich hier in Summer Beach das neue Leben aufzubauen, das sie sich wünschte, und Freundschaften zu schließen. Doch vor allem half sie anderen Menschen, während sie ihr eigenes Geld verdiente. Ihr Umsatz stieg − vermutlich langsamer, als es ihr lieb war, aber er zeigte in die richtige Richtung, und ihre Ausgaben waren niedrig.

Ihren Kindern ging es auch gut. Ethan verfolgte seinen Traum, und Heather würde die Uni wechseln. Dazu verbrachten sie alle so viel Zeit mit Ginger, wie sie es lange nicht getan hatten.

Marina lehnte ihren Kopf an den ihrer Großmutter. „Ich bin so froh, dass du hier bist."

„Ich würde es nicht anders haben wollen." Ginger gab ihr einen Kuss auf die Stirn. „Du weißt, wie stolz eure Eltern auf dich wären, oder?"

„Ich wünschte, sie wären noch hier. Und Grandpa Bertrand auch."

„Das Leben geht weiter, meine Süße." Ginger klopfte sich aufs Herz. „Ich trage sie jeden Tag bei mir, sodass ich niemals allein bin."

Marina liebte die Art, wie ihre Großmutter das Leben sah. Sie fragte sich, ob Ginger je an ihren Fähigkeiten gezweifelt hatte oder ob sie mit einem natürlichen Selbstbewusstsein geboren worden war. Doch egal wie, sie war eine Frau, die alle um sie herum inspirierte.

„Da ist deine Freundin", sagte Ginger.

Ivy suchte sich einen Weg durch die Menge. „Wie läuft es hier?"

„Wir verteilen viele Kostproben." Marina bot ihr auch etwas an. „Es sind mehr Leute da, als ich erwartet hatte."

„Ja, das verdanken wir Poppy." Ivy nahm einen Bissen von der Pizza. „Hmm, die ist köstlich. Wir haben auch viele Leute, die sich nach Zimmern im Inn erkundigen. Ich bin so froh, dass du beschlossen hast, das Festival hier stattfinden zu lassen. Das müssen wir jedes Jahr machen. Shelly und Mitch haben so viel Spaß."

Ivys Schwester stand hinter dem Stand von Mitch. Die beiden waren in voller Strandstimmung. Shelly trug einen Sarong und eine Blumenkrone im Haar, und Mitch hatte einen alten Strohhut keck auf dem Kopf sitzen.

Der Lautsprecher über ihnen knackte. „Und nun die Liste der Finalisten, die gegen Alain kochen werden", verkündete Nans Ehemann Arthur – die andere Hälfte von *Antique Times* – und las mit seinem britischen Akzent die Liste vor.

Dreißig Restaurantbesitzer hatten um nur drei Plätze im Strand-Pizza-Wettbewerb konkurriert. Die Pizzen mussten kein Strandthema haben, aber am Strand gut zu essen sein. Marina hatte ihre vegetarische *Strand-Supreme*-Pizza mit gegrillten Champignons, Zucchini, Artischocken, karamellisierten Maui-Zwiebeln und eingelegten Mozzarella-Bällchen auf einer Tomatensoße ins Rennen geschickt. Sie hatte sie mal für Kai entwickelt, und die Pizza gehörte zu den Favoriten auf ihrer Speisekarte.

Die meisten Teilnehmer hatten sich für eher traditionelle Rezepte mit Tomatensoße, Fleisch, Gemüse und Käse entschieden. Marina fand sie alle außergewöhnlich gut.

Nachdem die Juroren ihre Wahl getroffen hatten, hatten die Leute für die Reste Schlange gestanden. Marina hatte mit ihrer Wahl herausstechen wollen, um sich einen Platz im Finale zu sichern.

Arthur las die ersten beiden Finalisten vor, und Applaus füllte die Luft. „Die dritte und letzte Teilnehmerin, die gegen Alain kochen wird, ist die Erfinderin der vegetarischen *Strand-Supreme*, Marina Moore vom Coral Café.“

Brooke quiekte vor Freude, und sie und Ginger zogen Marina in eine Umarmung. Marina konnte kaum glauben, dass sie es wirklich ins Finale geschafft hatte.

Wieder knackte der Lautsprecher. „Heißen wir unseren ersten Teilnehmer im Alain-George-Wettbewerb für die beste Strandpizza willkommen.“ Jede Stunde würde ein anderer Finalist mit dem berühmten Koch um die Wette kochen.

Der ausgewählte Koch trat hinter die Reihe an Tischen, an denen Alain arbeitete. Schweiß schimmerte auf seinem vollen, rötlichen Gesicht, und die Kochjacke spannte sich über seiner breiten Brust. Sein Team hatte tragbare Holzfeuer-Öfen für die Pizzen mitgebracht, was Marina sehr beeindruckend fand.

In dieser letzten Runde galt die Regel, dass die Pizzen wenigstens eine Zutat aus dem Meer oder von einer tropischen Insel haben mussten. Die Menschen versammelten sich, und Alain nahm das Mikrofon, um zu erklären, was er zubereiten würde. Er mochte befehlsgewohnt, laut und elitär sein, aber er beherrschte sein Handwerk und stellte sofort eine Verbindung mit den Zuschauern her. Er war eine überlebensgroße Persönlichkeit, die immer ablieferte.

Kai kam von hinten an den Stand und gab Marina einen Kuss auf die Wange. „Glückwunsch! Ich habe gerade gehört, dass dein Name genannt wurde. Tut mir leid, dass ich so spät bin, aber Axe und ich haben übers Theater gesprochen und ich habe die Zeit vergessen. Außerdem wollte Carol noch mal mit mir reden."

„Ist schon gut." Marina lachte. „Ich freue mich, dass du Spaß hast."

Der erste Teilnehmer am Wettbewerb machte eine Ananas-Pizza mit dünnem Teig. Marina wusste, dass Ananas als Zutat sehr umstritten war. Einige liebten sie, andere hassten sie, aber wenn sie richtig gegrillt wurde, konnte sie köstlich sein.

Alain war jetzt der Mittelpunkt des Festivals, dennoch waren die Stände immer noch gut besucht.

„Hast du alles, was du für die Finalrunde brauchst?", fragte Kai. „Wenn du etwas vergessen hast, kann ich schnell zum Cottage zurückfahren."

„Danke, aber ich habe alles."

„Auch den Cognac?"

Marina stieß ihre Schwester mit der Schulter an. „Vor allem den."

Während Marina weiter ihre Kostproben zubereitete, beobachtete sie Alain und den anderen Koch. Bald war sie so gefesselt, dass sie zusammenzuckte, als ihr Ofen piepte.

Pizza zuzubereiten war ziemlich einfach, aber wie bei jedem Gericht lag die Kunst darin, die besten Zutaten zu benutzen, zu wissen, welche Aromen sich wie miteinander verbanden, alles auf den Punkt zu backen und wunderschön zu präsentieren.

Als die Pizzen fertig waren, bekam jedes Mitglied der Jury, die aus Köchen aus Südkalifornien und einigen von Alain empfohlenen Fernsehberühmtheiten bestand, je ein Stück zum Probieren. Sie beurteilten das Gericht nach Präsentation, Thementreue und natürlich nach seinem Geschmack und trugen ihre Bewertung auf einer Punkte-karte ein.

Kai verschränkte die Arme. „Die Zusammensetzung der Jury ist definitiv zu Alains Vorteil."

Ginger zuckte mit den Schultern. „Wir erwarten, dass er gewinnt. Nicht weil er das beste Gericht hat, sondern wegen seines Egos. Wie Poppy schon sagte, wichtig sind die Fotos und der Wert, den es hat, neben Alain kochen zu dürfen. Das kann Marina für die Vermarktung ihres Cafés nutzen. Dieses Recht hat Alain allen Teilnehmern zugestanden. Dafür hat Carol gesorgt. Immerhin haben alle Restaurants viel Geld in dieses Event gesteckt."

Marina nickte. „Ich bin froh, dass ihr beide das ausgearbeitet habt. Und dass Carol die Kosten für das Anwaltshonorar gespendet hat." So sehr Marina auch gewinnen wollte, sie verstand den Sinn dieser Veranstaltung und des Wettbewerbs.

Der Sinn des Festivals war es, die Restaurants von Summer Beach zu promoten und eine jährliche Veranstaltung zu etablieren, die die Gemeinde zu einem Mekka für gutes Essen machte. Deshalb wäre Marina auch dann glücklich, wenn sie nicht gewinnen würde.

Als sie von ihrer Arbeit aufschaute, sah sie, dass Vanessa direkt vor ihr stand. Sie war allein und wirkte besorgt.

„Können wir uns einen Moment unterhalten?", fragte sie.

„Kann das warten? Ich muss gleich mit Alain kochen."

„Ich habe auf den Zeitplan geschaut." Vanessa lächelte. „Du hast eine Stunde. Ich brauche aber nur ein paar Minuten." Sie schaute sich um. „Alle glucken ständig um mich herum, aber jetzt sind wir gerade allein. Bitte?"

Marina schaute zu Ginger, die nickte. „Komm mit", sagte sie und bedeutete Vanessa, ihr hinter das Zelt ihres Standes zu folgen.

21

„Gehen wir zur Hinterseite des Hauses", schlug Marina vor. Die Zutaten für ihre Pizza waren fertig, und sie hatte eine Stunde, bis sie dran wäre.

Vanessa, die neben ihr her ging, atmete schnell und angespannt. Die Sonne ließ die Spitzen ihrer kurzen, dunkelbraunen Haare rötlich schimmern. Der Haarschnitt betonte ihre dunklen, ausdrucksvollen Augen.

Nachdem sie um die Ecke gebogen und außer Sichtweite waren, deutete Vanessa auf eine Gartenbank. „Können wir uns setzen? Ich bin immer noch schnell erschöpft."

„Natürlich." Marina hatte Mitgefühl mit Vanessa und ihren gesundheitlichen Herausforderungen. Sie setzten sich.

Vanessa legte eine Hand auf Marinas und begann: „Du sollst wissen, dass Jack der beste Vater ist, den ich mir für Leo wünschen könnte. Niemand ist perfekt, aber für meinen Sohn ist er der Richtige."

Marina konnte nur nicken. „Das sehe ich."

„Vielleicht hat Jack es dir gegenüber erwähnt, aber ich weiß, dass er vorhat, mich zu bitten, ihn zu heiraten."

Marina verspürte einen scharfen Schmerz in ihrer Brust.

Sie wünschte, Vanessa hätte für dieses Gespräch nicht einen Zeitpunkt so kurz vor ihrem Kochwettbewerb gewählt. Doch sie schätzte, dass Vanessa wusste, wie viel ihr an Jack lag, und versuchte, den Schlag abzumildern. Dafür war sie dankbar. „Das freut mich für euch", brachte sie hervor.

„Jack hat Denise und John gebeten, sich nächstes Wochenende um Leo zu kümmern", fuhr Vanessa fort. „Das war sehr rücksichtsvoll von ihm."

Marina schluckte. Sie wollte die Einzelheiten nicht hören. „Danke, dass du es mir erzählst." Sie stand abrupt auf. „Aber ich muss jetzt wieder zurück."

„Bitte, warte noch einen Moment."

Marina verspürte den Wunsch, zum Strand zu laufen und erst stehen zu bleiben, wenn ihr Herz versagte. Aber das war keine erwachsene Reaktion. Sie hatte gewusst, dass dieser Moment kommen würde, und bereute nichts. Was sie getan hatte, war für Leo gewesen — und für Vanessa. Warum sollte eine so sanfte Frau so ein grausames Schicksal erleiden müssen? Ihr Anflug von Eifersucht war Marina sofort peinlich. Sie setzte sich wieder. „Ein paar Minuten habe ich noch. Was wolltest du mir noch erzählen?"

Vanessa spielte mit dem Saum ihres Rocks. „Es ist ironisch, nicht wahr? Jack ist vermutlich der attraktivste, intelligenteste, mitfühlendste Mann, den ich kenne. Und doch hatte ich nie irgendwelche romantischen Gefühle für ihn. O ja, ich weiß. Wir hatten eine Nacht, aber da ging es nicht um Liebe. Es war ein verzweifelter Akt des Trostes, weil wir nicht wussten, ob wir am nächsten Morgen noch am Leben sein würden. Das war mein letzter gefährlicher Auftrag. Danach habe ich gekündigt."

„Das wusste ich nicht."

„Damals hatte ich nicht vor, zu heiraten. Ich wollte nicht für den Rest meines Lebens an einen Mann gebunden sein. Ich habe gesehen, wie meine Mutter meinen Vater umsorgt hat — und sie hatten eine gute Ehe. Doch diese Rolle war nichts für mich. Als Einzelkind wusste ich, dass ich mich später um meine Eltern würde kümmern müssen. Da wollte ich mich nicht auch noch um einen anspruchsvollen Ehemann kümmern. In meiner Kultur sind nicht alle so progressiv, wie man glauben möchte."

Marina nahm das alles in sich auf, wusste aber immer noch nicht, worauf Vanessa hinauswollte. „Du hast in den letzten Jahren viel durchmachen müssen. Hast du deine Meinung jetzt geändert?"

„Meine Perspektive hat sich auf viele Arten geändert." Vanessa strich ihren Rock glatt. „Weißt du, als ich erfuhr, dass ich schwanger bin, habe ich beschlossen, Leo zu behalten. Ich konnte meinen Eltern nicht die Hochzeit geben, die sie sich für mich erträumt hatten, aber ich konnte ihnen das gewünschte Enkelkind schenken. Zum Glück hatten sie noch die Freude, Leo kennenzulernen, bevor sie gestorben sind. Und sie haben schlussendlich meine Weigerung, zu heiraten, akzeptiert." Sie hielt inne und schaute auf. „Was das angeht, habe ich meine Einstellung nicht geändert."

Marina versuchte, den Funken der Hoffnung, der bei diesen Worten in ihr aufglomm, zu ersticken. „Weiß Jack das?"

„Ja. Aber er ist einer der Guten, einer, der sich immer um andere kümmert. Als Reporter hat er zu gefährlichen Themen recherchiert: Drogen, korrupte Politiker, Spionage. Diesen Drang, der Gute zu sein, hat er nun auf Leo und mich gerichtet. Für meinen Sohn könnte ich mir nichts Besseres wünschen. Aber was mich angeht ..." Sie schüttelte den Kopf.

„Also hast du nicht vor, seinen Antrag anzunehmen?", fragte Marina mit angehaltenem Atem.

„Ganz genau. Das steht für mich felsenfest." Vanessa nahm Marinas Hand. „Und selbst wenn ich es wollte, könnte ich nie einen Mann heiraten, der so offensichtlich in eine andere Frau verliebt ist."

Marina blinzelte. „Wir kennen einander noch nicht lange. Wir hatten noch nicht mal ein richtiges Date."

„Deshalb wollte ich mit dir reden. Dir scheint auch viel an ihm zu liegen. Vor ein paar Wochen, als ich meine letzten Vorbereitungen getroffen habe, fand ich Frieden darin, zu glauben, dass Jack mit dir zusammenkommen würde und du dich um Leo kümmerst."

Marina lächelte. „Das war ein wenig voreilig."

„Ich weiß. Aber ich musste um Leos willen so weit vorausdenken. Ich musste an sein Studium denken, an meine Enkelkinder. Und das war das Bild, das ich vor meinem inneren Auge sah. Und wenn es nicht du wärest, dann eine Frau, die so ist wie du. Die deine Charakterzüge hat. Doch tief im Herzen weiß ich, dass du gut für Leo wärst. Und er betet dich an."

Marina wischte sich eine Träne ab. Sie konnte sich nicht vorstellen, diese Worte über ihre Kinder zu einer anderen Frau zu sagen. Vanessa hatte mehr Kraft und Mut, als Marina sich vorstellen konnte. „Leo ist so ein Schatz", stieß sie aus. „So ein wundervoller Junge."

„Ja, das ist er." Vanessa drückte Marinas Hand. „Ich weiß, dass Jack nicht perfekt ist. Er hat schon immer unter Wanderlust gelitten, auch wenn das schwächer geworden zu sein scheint. Und er kann sehr ehrgeizig und hartnäckig sein, was Dinge angeht, die ihn faszinieren. Ich bitte dich nur darum, zu verstehen, warum er vorhat, mir einen Antrag zu machen. So sehr ich auch versucht habe, ihn zu entmutigen, ich glaube jetzt, wo es mir besser geht, hat er das Gefühl, es tun zu müssen."

Marina nickte.

„Ich werde ihm einen Schubs in deine Richtung geben, aber es ist an dir, ob du deswegen irgendetwas unternehmen willst. Auch wenn ich vorhabe, hier in Summer Beach und in der Nähe meiner Freunde ein Zuhause für und Leo und mich zu schaffen, gebe ich Jack frei."

Erleichterung flutete Marina und ließ sie geschwächt vor Freude zurück. Als ihr Tränen in die Augen stiegen, umarmte sie Vanessa und hielt die zierliche Frau ganz fest. „Danke, dass du deine Geschichte mit mir geteilt hast. Du hast keine Ahnung, wie sehr das mein Herz erleichtert. Und ich werde mich immer um Leo kümmern, selbst wenn Jack und ich nicht zusammenkommen. Auch wenn ich natürlich hoffe, dass du noch sehr lange nirgendwo hingehst."

Vanessa legte eine Hand an Marinas Wange. „Nicht viele von uns erkennen, dass wir wirklich nur einen Tag nach dem anderen leben. Also lebe heute." Sie zog ihre Hand zurück. Ein erleichtertes Lächeln ließ ihre Züge weich wirken. „Und jetzt ist es an der Zeit, dich zurückzuschicken."

Sie standen auf und gingen zurück. An Marinas Stand angekommen, sagte Vanessa: „Ich fände es schön, wenn wir in Kontakt bleiben würden."

„Ich auch", antwortete Marina und meinte es auch so.

Als sie ihren Stand betrat, schaute Ginger sie neugierig an. „Ist alles in Ordnung?"

„Es war nie besser." Marina ergriff Gingers Hände und lächelte. „Ich erzähle es dir, nachdem ich dem Koch da oben gezeigt habe, wer hier wirklich der Chef ist."

„Meine Güte, so entschlossen habe ich dich nicht mehr gesehen seit …" Ginger schaute Vanessa hinterher, die sich umdrehte und einen Daumen in die Höhe reckte. Sie lachte. „Guter Gott, ich glaube, ich weiß, was gerade passiert ist."

Marina umarmte ihre Großmutter. „Ich werde dafür sorgen, dass alle Welt vom Coral Café erfährt."

Gemeinsam bedienten sie weitere Gäste, während der nächste Teilnehmer gegen Alain antrat. Nach einer Weile kam das Team des Promikochs, um die von Marina benötigten Zutaten einzusammeln. Es war schon spät, dennoch musste Marina die beste Performance ihres Lebens hinlegen. Und wenn irgendjemand aus dem Publikum das Wort

Meme erwähnte, würde sie es ignorieren. Dieses Mal war sie auf alles vorbereitet. Sie steckte die Haare hoch, strich sich die Kochjacke glatt und war bereit.

Die Kameras liefen.

Arthur Ainsworth zwinkerte ihr zu, als sie ihm die von ihr verfasste Beschreibung ihrer Pizza reichte.

„Die letzte Teilnehmerin des heutigen Wettbewerbs ist Marina Moore, Besitzerin von Summer Beachs neuestem Restaurant, dem Coral Café direkt am Strand, das täglich für Lunch und Dinner geöffnet hat. Sie ist außerdem diejenige, die unser erstes Festival *Der Geschmack von Summer Beach* auf die Beine gestellt hat. Ein Applaus für Marina."

Der Applaus erhob sich, und Marina nickte dankend. Dabei sah sie Jack. Doch anstatt den Blick abzuwenden, schaute sie ihn direkt an und lächelte.

Aus dem Augenwinkel sah sie, wie Ginger sich mit entschlossener Miene einen Weg durch die Menge zu ihm bahnte. Als sie ihn erreichte, beugt er sich zu ihr herunter, und sie flüsterte ihm etwas zu. Jack riss den Kopf hoch, und Ginger nickte in Richtung von Charles und Anne.

Das kam Marina seltsam vor, aber darüber konnte sie jetzt nicht nachdenken. Sie wandte sich Alain zu und schüttelte ihm die Hand.

Er musterte ihre Hand unter hochgezogenen Augenbrauen. „Du bist verletzt."

„Das hält mich nicht auf", antwortete sie.

Langsam breitete sich ein Lächeln auf seinem Gesicht aus. „Dann lass uns kochen."

Arthur stellte die Zeituhr und rief: „Los geht's."

Marina und Alain traten an ihre Stationen. Sofort schaltete Marina eine Herdplatte an und gab Butter in eine Pfanne. Den Cognac stellte sie daneben.

Sie sah, dass Alain sie interessiert beobachtete, und gab Mehl auf die Arbeitsplatte aus Edelstahl. Dann nahm sie eine der Teigkugeln, die sie vorbereitet hatte, und presste ihren Handballen hinein. Ihr Teig war mit Mehl, Olivenöl, Salz, Hefe und Honig zubereitet worden, und sie zog ihn nun mit den Händen auseinander und strich ihn auf der bemehlten Arbeitsfläche glatt, wobei sie einen leicht dickeren Rand ließ.

Als Nächstes bestrich sie ihn mit einer weißen Soße, die unter anderem getrockneten Senf und einen Hauch Cayenne-Pfeffer enthielt, und gab den Käse darüber: Fontina und Parmesan gemischt mit Mozzarella.

Aus dem Augenwinkel sah sie, dass Alain fieberhaft am Arbeiten war. Sie erblickte einen Behälter mit der Aufschrift: *Entenconfit. Kaviar. Wildchampignons. Mangosoße.*

Sie schluckte. Der Mann war tatsächlich ein Profi.

Schnell schüttelte sie den Gedanken ab und konzentrierte sich wieder auf ihre Arbeit. Ihre Pizza musste perfekt werden. Sie verteilte Shrimps und Steinpilze am Rand, sodass sich in der Mitte eine Vertiefung bildete. Dann schob sie einen Pizzaschieber unter den Teig und schob ihn in den Ofen.

Erneut spürte sie Alains Blick auf sich, aber dieses Mal schaute sie nicht auf. Er fuhr mit dem spielerischen Geplänkel fort, das die Menge erheiterte, doch Marina lächelte nur und machte mit ihrer Arbeit weiter.

Sie arrangierte die nächste Runde an Zutaten, die sie früher vorbereitet hatte. Rosetten aus geräuchertem Lachs, pralle Riesengarnelen mit Schwanz und Hummerstücke. Schnell briet sie die Garnelen und die Hummerstücke in etwas Butter an und löschte sie mit einem großzügigen Schluck Cognac ab. Sie ließ die Mischung köcheln, bis die Soße perfekt reduziert war. Sie war Alain immer noch voraus, als sie die Pizza aus dem Ofen holte und für die finale Präsentation fertigmachte.

Im Wettlauf mit der Uhr ordnete Marina die Riesengarnelen in einem Kreis um die innere Vertiefung an, sodass die Schwänze nach oben zeigten. Als Nächstes folgten die

Hummerstücke, mit denen sie den Rest der Pizza füllte, bevor sie ein wenig Kräuter-Aioli darüber träufelte. Ganz zum Schluss folgten die Lachsrosetten wie eine Krone in der Mitte.

Schnell raspelte sie ein paar weiße, italienische Trüffeln und gab klein geschnittenes Basilikum über die Garnelen und den Hummer. Als Letztes folgte ein großer Klecks Beluga-Kaviar in der Mitte auf den Lachs. Es war der Kaviar, den Charles und Anne ihr nach dem Abend auf der Jacht geschenkt hatten.

Marina trat in dem Moment von ihrer Station zurück, als Arthur verkündete, dass die Zeit abgelaufen sei. Sie hatte ihr Bestes gegeben, aber würde es reichen?

Arthur tippte ans Mikrofon. „Auf der einen Seite haben wir eine Pizza mit Entenconfit und Mangosoße von Alain George, auf der anderen eine Pizza mit Hummer Thermidor von Marina Moore, inspiriert von Julia Child.“

Pressefotografen versammelten sich, um Fotos zu machen. Marina stand stolz hinter ihrer Kreation. Kai, Heather und Jack machten ebenfalls Fotos.

Als Nächstes präsentierten sie ihre Arbeit der Jury und schnitten die Pizzen für sie in Stücke. Marina wartete, während die Juroren alles probierten und ihre Kärtchen ausfüllten.

Alain wandte sich an Marina. „Das war eine ziemlich ehrgeizige Kreation.“

„Deine sah auch großartig aus.“ Sie nahm seine Worte als Kompliment auf, auch wenn er nicht wirklich gesagt hatte, dass er ihre Pizza bewunderte.

„Steht die auf deiner Speisekarte?“

„Für ein Strandcafé ist sie ziemlich teuer. Aber vielleicht biete ich sie als Spezialgericht an. Ich würde deine gerne mal probieren.“

„Dann lass uns tauschen.“ Er reichte ihr ein Stück, und sie tat dasselbe.

Marina aß einen Happen und verdrehte vor Wonne die Augen. „Die ist unglaublich köstlich."

Alain musterte ihre Kreation, bevor er ein Stück abbiss. „Das ist ein Festmahl auf einer Pizza."

Marina lachte. „Ja, vermutlich hast du recht." Sie hatte die perfekte Präsentation gewollt, aber vielleicht hatte sie es damit übertrieben. *Ist es zu viel?*

Die Jury zählte die Punkte zusammen und reichte das Ergebnis an Arthur weiter.

„Ladys und Gentlemen, lassen Sie uns allen Teilnehmern und Restaurantbesitzern für ihre Bemühungen am heutigen Tag danken."

Alain posierte mit den Teilnehmern für Fotos. Marina wusste, dass diese Bilder für sie und ihre Kollegen unbezahlbar waren, und auch die Presseberichte waren für sie alle extrem wertvoll. Eine Frau aus Alains Team bat die Finalteilnehmer, bei der Bühne zu warten. Marina nahm ihren Platz ein und winkte ihrer Familie zu, die in der ersten Reihe stand.

Nachdem der Applaus und die Jubelrufe verstummt waren, fuhr Arthur fort. Er rief den Drittplatzierten auf, der für seine Chicago-Deep-Dish-Pizza dem traditionellen Stil mit Spinat und Meeresalgen einen frischen Dreh verpasst hatte. Die Ananas-Pizza belegte den zweiten Platz.

Nun entschied es sich zwischen Marina und Alain.

„Der erste Platz geht an …"

Entgegen aller Hoffnung hielt Marina den Atem an.

„Die Pizza mit Entenconfit und Mango von Alain George."

Jubelrufe ertönten. Alain trat ans Mikrofon und dankte allen für ihre Teilnahme. Marina war ein wenig enttäuscht, durfte jedoch nicht die Perspektive verlieren. Hatte sie wirklich erwartet, gegen einen erfahrenen Koch zu gewinnen? Sie musste über sich selbst lachen, weil sie auch nur davon geträumt hatte. *Vielleicht in ein paar Jahren.* Sie wollte gerade zu ihrer Familie gehen, als Alain das Mikrofon in die Hand nahm.

„Bevor ich mich verabschiede, möchte ich noch einen besonderen Dank an meine Mitköchin Marina Moore aussprechen", sagte er. „Es war eine willkommene Überraschung, so viel Kreativität hier in Summer Beach zu finden. Ich hätte mir nicht vorstellen können, dass ich heute von einer Frau geschlagen werde, die gerade erst ihr erstes Restaurant, das Coral Café, eröffnet hat."

Hatte sie das richtig gehört? Marina drehte sich um und sah, dass Alain sie zu sich herüberwinkte.

„In diesem Fall waren die Juroren definitiv voreingenommen", sagte er, und die Menge keuchte auf. „Ich erkenne ein Meisterstück, wenn ich es sehe – und schmecke. Marina hat diesen Preis verdient."

Über den Jubel der Menge hörte Marina, wie Kai und Shelly gemeinsam laut: „Woohoo!", riefen.

Jack eilte nach vorne und schoss Fotos. Ginger lächelte strahlend und winkte.

Mit weichen Knien ging Marina zu Alain.

„Du hast heute fair und eindeutig gewonnen." Er streckte ihr die Hand hin, um ihr zu gratulieren. „Du bist sehr talentiert. Wäre es in Ordnung, wenn ich dich mal anrufe? Wir haben immer mal wieder Gäste in meiner Sendung, und ich würde meinen Zuschauern gerne zeigen, wer mich im Strand-Pizza-Wettbewerb geschlagen hat. Das hast du wirklich sehr gut gemacht."

Als Marina seine Hand schüttelte, hatte sie das Gefühl, die Welt würde sich um sie herum drehen. „Das wäre mir eine Ehre. Danke."

Nach weiteren Fotos wurden die restlichen Pizzen verteilt. Ginger, Kai, Heather, Ethan sowie Brooke und ihre Familie versammelten sich um Marina, um ihr zu gratulieren. Kai flüsterte: „Ich muss los. Rühr dich nicht vom Fleck."

Marina fragte sich, was ihre Schwester damit meinte. Immer mehr Leute kamen, um sie zu beglückwünschen – Colette vom *Starfish Café*, Mitch vom *Java Beach*, und Rosa vom Taco-Stand. Sie freuten sich alle so sehr, dass eine von ihnen Alain George besiegt hatte, und fingen schon an, Ideen zu spinnen, was sie im nächsten Jahr machen könnten.

Marina erblickte Jack und winkte ihm, zu ihr zu kommen. Er eilte an ihre Seite und packte ihre Hände.

„Das war unglaublich." Er beugt sich vor und gab ihr einen Kuss auf die Wange. „Du bist eine verdammt beeindruckende Frau."

In diesem Moment hallte Musik durch den Garten, und Carol Reston betrat die Bühne. Alle fingen an zu klatschen und zu pfeifen. Sie begann, einen ihrer bekanntesten Songs zu singen – ein Duett – und mit einem Mal trat Kai neben sie und ließ ihre Stimme über die Menge schallen.

Die Menge drehte durch, während Marinas Familie und Freunde Kai anfeuerten. Marina wusste, dass das hier ein Traum von Kai war – mit der legendären Carol Reston auf der Bühne zu stehen. Kai legte alles in das Lied hinein, und die Presse machte Fotos und Videos. Sie freute sich, dass ihre Schwester auch ihren Moment erhielt.

„Ist Kai nicht umwerfend?", sagte sie zu Jack, doch als sie sich zu ihm umdrehte, war er verschwunden.

22

„**D**u hättest dortbleiben und deinen Sieg mit allen feiern sollen", sagte Ginger, als sie das Cottage betraten. „Ich hätte allein nach Hause fahren können."

Nach dem Ende des ersten *Der Geschmack von Summer Beach*-Festivals hatte der Besitzer von *Spirits & Vine* an der Main Street alle teilnehmenden Restaurantbesitzer eingeladen, gemeinsam zu feiern.

Marina ließ ihre Handtasche aufs Sofa fallen, zog ihre Clogs aus und bewegte ihre schmerzenden Knöchel. „Ehrlich gesagt war ich froh, dass du nach Hause wolltest. Die Veranstaltung war unglaublich, die Restaurants werden sicher von neuen Gästen profitieren, und wir haben eine neue Tradition begründet – aber ich bin erschöpft." Ihr Handy vibrierte, und Marina zog es aus der Tasche.

Dann hielt sie es Ginger hin. „Die Reservierungsapp, die Kai installiert hat, steht schon den ganzen Tag nicht still. Die Leute glauben, sie müssten einen Tisch reservieren." Sie war verblüfft und von Dankbarkeit erfüllt.

„Ich würde sagen, dass sie das während der beliebtesten Zeiten bald wirklich tun müssen", sagte Ginger und betrachtete das Display. „Wow, das ist wirklich beeindruckend. Gut gemacht."

„Es ist interessant, wie viele der Besucher keine Ahnung hatten, was für eine Vielfalt an Restaurants es in Summer Beach gibt." Marina sank auf die Couch, schaltete das Handy auf stumm und steckte es in die Handtasche. Sie brauchte eine Pause. „Das kann alles bis morgen warten."

Kai war mit Axe zum *Spirits & Vine* gegangen, um das Coral Café zu repräsentieren. Sie war immer noch aufgeregt, weil sie die Bühne mit Carol Reston hatte teilen dürfen, die sie schon so lange bewunderte. Die Besucher waren alle zur Main Street weitergezogen, und die meisten Läden hatten an diesem Tag länger auf. Heather und Ethan waren mit Freunden aus, und Brooke war mit Chip und den Jungs in die Spiel-Arkaden gegangen. Deshalb war es im Coral Cottage ungewöhnlich ruhig.

Ginger stellte ihre Handtasche ab. „Wir werden heute alle sehr gut schlafen."

„Ich bin so froh, dass wir nicht auspacken müssen", sagte Marina.

Am Morgen hatten Ethan und sein Mitbewohner Marina geholfen, die Tische und Geräte für ihren Stand in den Lieferwagen des Freundes zu laden, und die beiden hatten den Stand nach Ende der Veranstaltung auch wieder abgebaut. Es war nicht ein Fitzelchen von ihrem Essen übrig geblieben. Die Jungs hatten versprochen, die Sachen am nächsten Morgen vorbeizubringen, und während sie ausluden, würde Marina ihnen Frühstück machen.

Während der Großteil von Marinas Freunden und Familie feierte, musste sie sich ein wenig entspannen. Sie machte es sich auf der Couch im Wohnzimmer gemütlich und schaute zu dem alten Kamin und den glänzenden grünen Friedenslilien mit den weißen Blüten, die darum herum verteilt waren. Das warme Gefühl, etwas geschafft zu haben, breitete sich in ihren schmerzenden Gelenken aus.

Ginger wandte sich mit einem triumphierenden Lächeln zu ihr um. „Herzlichen Glückwunsch, meine Liebe. Der heutige Tag hat bewiesen, dass große Ergebnisse mutige Ideen und sorgfältige Planung benötigen. Und vor allem eine perfekte Ausführung.“

„Ohne die ganze Unterstützung hätte ich das nicht geschafft. Vor allem deine.“

„Das hätte niemand allein hinbekommen. Aber du hast die Sache angestoßen und durchgezogen. Du hast die richtigen Leute um Hilfe gebeten. Und deine Kreativität und dein Mut haben bewiesen, dass du ganz oben mitspielen kannst. Das hast du wirklich gut gemacht.“

Marina lächelte und wackelte mit den Zehen. „Es fühlt sich gut an, zu wissen, dass ich das alles hinbekommen habe – vom Café bis zum Festival. Und noch besser ist es, zu wissen, dass ich meinen Weg auch ohne die Hals dieser Welt gehen kann.“ Und dass sie ihre neuen Freunde und die Restaurantbesitzer aus dem Ort in ihren Erfolg mit einbeziehen konnte.

Ginger setzte sich neben sie und legte ihr einen Arm um die Schultern. „Warum öffnen wir nicht eine Flasche guten Wein und feiern ein wenig? Wir können uns auf die Terrasse setzen, den Wellen lauschen und die Ruhe genießen.“

Marina streckte sich. „Das klingt himmlisch. Ich mache uns die Feuerstelle an. Bisher hatte ich kaum Gelegenheit, mich daran zu erfreuen.“ Von der Feuerstelle aus hatte man einen klaren Blick auf das Meer und den Jachthafen, sodass die Gäste die Boote kommen und gehen sehen konnten.

„Der Abend ist so schön, wir sollten auch die Lichterketten anmachen.“ Ginger stand auf und streckte Marina eine Hand hin. „Genieß diesen Moment. Ich bin mir sicher, dass du morgen viel zu tun haben wirst.“

Gemeinsam gingen sie in Richtung des alten Gästehauses.

Marina war glücklich. Mit der Welt war alles in Ordnung, und die Zukunft sah strahlender aus als je zuvor.

„Mach du das Feuer an, während ich den Wein hole", sagte Ginger. „Ich habe eine spezielle Flasche beiseitegestellt." Sie ging zum Café, in dem ein Licht brannte. „Wie es aussieht, haben wir eine Lampe angelassen."

Als Ginger im Café verschwand, machte Marina sich daran, das Feuer zu entzünden. Mit einem Mal hörte sie einen Schrei, ein Handgemenge und einen dumpfen Schlag. Marina sprang auf und lief auf das Café zu. Ihr Herz schlug wie wild. Als sie eine dunkle Gestalt in Richtung Straße laufen sah, wurde sie von Panik erfasst.

„Ginger!" Das Schlimmste fürchtend, eilte sie durch die Tür. „Ginger!" Das Adrenalin kreiste durch ihre Adern.

Ginger wirbelte herum. „Es waren zwei. Hast du den anderen gesehen?"

Ihre Großmutter stand über einem großen Mann, der auf den Fliesen im Flur vor dem privaten Speiseraum lag. Eine dunkle Lache breitete sich unter ihm aus. In der Hand hielt Ginger den Hals einer Weinflasche, von dem Flüssigkeit tropfte.

Marina packte sie und zog sie von dem Mann weg.

„Der geht so schnell nirgendwo hin. Das habe ich ihm auch gesagt, aber er wollte mir nicht glauben. Ich hätte ihm nie eine übergezogen, wenn er mich nicht bedroht hätte." Sie hob die zerbrochene Weinflasche an. „Was für eine Verschwendung von einem so guten Tropfen."

Marina führte Ginger nach draußen. In dem Moment durchdrang das Schrillen von Sirenen die Luft, und blinkende Lichter erhellten die Terrasse. Mehrere Streifenwagen fuhren vor, und Chief Clarkson stieg aus einem aus. „Geht es euch gut?"

„Einer der Täter liegt drinnen auf dem Boden, Chief", antwortete Ginger. „Er ist nicht tot, nur bewusstlos. Er hat noch einen Puls."

„Der andere ist dort entlang gelaufen", fügte Marina an und zeigte in die Richtung, in die der Mann verschwunden war.

Der Chief gab seinem Team den Befehl, das Grundstück abzusuchen.

„Warum hast du mich nicht gerufen?", verlangte Marina zu wissen. Sie zitterte immer noch am ganzen Körper, obwohl Ginger ruhig und gefasst wirkte.

„Du bist nicht die Einzige, die einen Selbstverteidigungskurs besucht hat." Ginger gab ihr einen Kuss auf die Stirn. „Es ist nicht das erste Mal, dass ich einen Eindringling überrascht habe. Wobei es das erste Mal in Summer Beach ist. Habe ich dir je erzählt, wie ich mal …" Ginger hielt inne. „Dein Gesichtsausdruck verrät mir, dass ich die Geschichte besser für ein andermal aufhebe."

„Das weiß ich sehr zu schätzen." Marina versuchte immer noch, ihren Atem zu beruhigen. Der Schock, dass Ginger etwas hätte zustoßen können, saß tief.

Nachdem die Polizisten sichergestellt hatten, dass sich niemand auf dem Grundstück befand, verfrachteten sie den jungen Mann, den Ginger niedergeschlagen hatte, auf den Rücksitz eines Streifenwagens. Chief Clarkson bat Ginger und Marina ins Café.

„Fasst nichts an", wies er sie an. „Wir schicken morgen früh ein Team vorbei, um Spuren zu sichern."

Marina dachte an die ganzen Reservierungen für den morgigen Lunch. „Können wir zur Mittagszeit wieder öffnen?"

„Wir können in der Küche vom Cottage kochen", sagte Ginger. „Solange wir auf der Terrasse bedienen dürfen."

„Das sollte klargehen", versicherte Chief Clarkson. „Das Team fängt früh an."

„Und wir werden Frühstück für sie bereit haben", erklärte Ginger.

Der Chief lächelte. „Das ist lieb von dir, aber nicht nötig."

„Ich entscheide, was nötig ist, um sicherzustellen, dass dein Team seine beste Arbeit liefern kann. Und ich habe auch so einen Verdacht, wer hinter dem Ganzen stecken könnte."

„Ja, Ma'am. Jack hat diesen Verdacht mit mir geteilt."

Marina schaute Ginger aus großen Augen an und fragte sich, was Jack damit zu tun hatte und was Ginger über all das wusste. Dann erinnerte sie sich daran, wie Ginger auf dem Fest zu Jack geeilt war, gerade als Marina dabei gewesen war, gegen Alain zu kochen.

Der Polizeichef betrat den privaten Speiseraum, wo der Kronleuchter noch – wenn auch gedimmt – brannte. Er zeigte auf den Safe. „Sie waren darauf aus."

Die Schranktür stand offen, und der Safe war über den Boden gezogen worden, was Kratzer auf den Saltillo-Fliesen hinterlassen hatte.

Chief Clarkson zeigte auf die offene Terrassentür. „Es sieht so aus, als hätten sie ihn nicht aufbekommen und deshalb versucht, ihn mitzunehmen. Ich habe den Verdacht, dass sie einen dritten Verbündeten mit einem Wagen hatten. Uns ist nämlich ein gestohlenes Fahrzeug gemeldet worden."

„Wer würde so etwas machen?" Marina konnte sich nicht vorstellen, wer von dem Safe wusste. Außer Jack. Aber … nein, sicher nicht. „Und woher wusstest du, dass ihr so schnell herkommen müsst?", fragte sie den Chief.

Chief Clarkson warf Ginger einen Blick zu. „Das können deine Großmutter und Jack besser erklären. Er hat angerufen und uns einen Tipp gegeben. Er meinte, er würde auch euch informieren und bitten, das Café nicht zu betreten. Ich gehe davon aus, dass ihr seinen Anruf nicht erhalten habt?"

Marina suchte reflexartig nach ihrem Handy, stellte

dann aber fest, dass sie es in der Handtasche auf dem Sofa gelassen hatte.

„Nein, aber ich war vorbereitet", sagte Ginger. „Jack hat mir vor einiger Zeit von seinem Verdacht erzählt. Ich habe ihn gebeten, dich heute Abend zu informieren, Chief."

In dem Moment fuhr ein weiterer Streifenwagen vor. Jack stieg aus und kam über den Rasen auf sie zu. Er sah Marina und zog sie in die Arme. Noch nie war sie so froh gewesen, ihn zu sehen, und sie ließ sich in seine Umarmung sinken.

„Ich bin so froh, dass du in Sicherheit bist", sagte er. „Und Ginger? Wie geht es dir?"

„Ihr geht es besser als mir", antwortete Marina. Noch immer zitterte sie unter den Nachwirkungen des Vorfalls. „Aber ich habe viele Fragen an euch beide." Sie hätte Ginger ins Café begleiten sollen. Oder die Polizei rufen, als sie das Licht gesehen hatten. Wenn Ginger gewusst hatte, dass es Probleme geben könnte, warum war sie dann überhaupt hineingegangen?

Weil sie nicht wollte, dass mir etwas zustößt. Ihre Großmutter kannte keine Angst. Aber diese Situation hätte fürchterlich schiefgehen können. Darüber würde Marina mit Ginger sprechen müssen, auch wenn sie wusste, dass es keine große Wirkung zeigen würde. Ihre Großmutter war so stur wie … nun ja, genauso stur wie sie. Seufzend schüttelte Marina den Kopf. Sie hätte für Heather und Ethan dasselbe getan.

Einer der Polizisten rief etwas, und Jack wirbelte herum. In der Ferne sahen sie, wie die *Princess Anne* den Hafen verließ.

„Wir werden die Küstenwache informieren", sagte Chief Clarkson. „Sie werden nicht weit kommen."

„Ich wünschte, jemand würde mir sagen, was hier los ist", sagte Marina.

„Das werden wir." Ginger rieb ihr über die Schulter. „Das hier ruft förmlich nach Julias Lieblingswein."

„Na endlich", sagte Marina.

Jack lachte leise. „Ich habe mal gehört, dass sie, als ein Sommelier sie fragte, welches ihr Lieblingswein sei, Gin geantwortet habe."

„Das ist meine Julia", sagte Ginger mit einem sehnsüchtigen Lächeln. „Sie sagte oft, dass ein Abend nach einem trockenen Champagner verlangt, sogar einem Château d'Yquem, aber sie liebte auch ihre Rot- und Weißweine aus der Bourgogne – die wir Burgunder nennen. Außer ihr war mehr nach einem Gin Tonic."

Jack schüttelte den Kopf, und Ginger kehrte mit einem Officer an der Seite ins Haus zurück. Marina starrte ihr fasziniert nach. Ginger erklärte dem Polizisten die feinen Unterschiede von Weinen, als hätte sie nicht gerade einen Eindringling niedergeschlagen. Ihre „Das Leben muss weitergehen"-Einstellung erlaubte es niemandem, ihr die Freude zu rauben – selbst wenn sie versucht hatten, ihr Haus auszurauben.

Jack deutete auf die Adirondack-Stühle an der Feuerstelle. „Warum setzen wir uns nicht?"

„Das wollten wir gerade tun, als Ginger den Einbrecher gestellt hat." Marina ließ sich auf einen der Stühle sinken, während Jack das Gas anstellte. Sofort leckten die Flammen gierig hoch, und Marina schauderte. Jack zog seine Jeansjacke aus und legte sie ihr über die Schultern.

„Das musst du nicht …" Sie unterbrach sich, als sie erkannte, dass ihre automatische Reaktion auf kleine Höflichkeiten einst eng mit ihrem Selbstwert verbunden gewesen war. Selbst Ginger hatte sie gescholten und ihr geraten, Komplimente und Hilfe mit Anmut anzunehmen. Denn nur so wüssten die Leute, wenn man wirklich keine Hilfe brauchte. Marina reckte das Kinn. „Danke. Und danke für alles, was du für Ginger getan hast – und für mich."

„Gleichfalls", sagte Jack und nahm in dem Stuhl neben

ihrem Platz. „Leo mochte die Pizza, die du vorbeigebracht hast. Und ich auch."

Der Gedanke wärmte Marina von innen. „Ich mag es, etwas für die zu tun, an denen mir etwas liegt." So, nun hatte sie es gesagt.

Jack griff nach ihrer Hand, doch in dem Moment kehrte Ginger mit einer staubigen Flasche *Saint-Emilion* zurück. „Bei der Junifrische in der Abendluft bin ich mir sicher, dass Julia einen feinen Bordeaux entschuldigen würde."

Jack öffnete die Flasche und schenkte drei Gläser ein. Hinter ihnen sprach Chief Clarkson immer noch mit seinen Officers.

„Chief, ich würde dir ja ein Glas anbieten", sagte Ginger. „Aber ich weiß, dass du ablehnen würdest. Aber komm doch mal für ein Abendessen vorbei. Und bring die bezaubernde Imani Jones mit."

Marina lächelte und fing Jacks Blick auf. „Spielst du wieder Kupplerin, Ginger?"

„Was? Das mache ich nur ganz selten", antwortete Ginger, und ihre Augen funkelten im Licht des Feuers. „Nachdem ich Anne und Charles einander vorgestellt habe – das sind übrigens nicht ihre echten Namen –, habe ich mir geschworen, damit aufzuhören." Sie zuckte mit den Schultern. „Aber alte Gewohnheiten sind schwer abzulegen ..."

Marina setzte sich auf. „Du hast die beiden einander vorgestellt?"

„Das war vor Jahren, als Bertrand in Europa stationiert war. Charles war während des Kalten Krieges ein Protegé meines Mannes. Sie sind auch keine Amerikaner, meine Liebe." Ginger hob ihr Glas und nickte Jack zu. „Die Jacht war von Anfang an verdächtig. Große Schiffe gehören normalerweise Staatsoberhäuptern, wahnsinnig erfolgreichen Geschäftsleuten, Erben oder Menschen, die zweifelhafte Geschäfte betreiben."

„Charles hat sich als Aktienhändler vorgestellt", sagte

Jack. „Aber er hatte keine Ahnung von den neuesten Börsennachrichten."

Ginger nickte. „Ja, sie waren schon immer ein wenig schlüpfrig. Ich weiß nicht, warum sie hier waren, aber als ich sie heute auf dem Festival sah, habe ich sie sofort erkannt. Jack hatte seinen Verdacht, was die beiden anging, bereits mit mir geteilt, deshalb habe ich den Chief angerufen, damit er sie beobachtet."

„Aber woher wusstest du, dass es hier Probleme geben könnte?", fragte Marina und schaute Jack an.

„Ich war mir nicht sicher", antwortete er. „Auf dem Festival hat Charles mich gefragt, ob Ginger immer noch im Coral Cottage leben würde. Nachdem ich mit Ginger gesprochen hatte, war mir bei dieser Frage nicht mehr wohl."

Die Widersprüche in den Jachtbesitzern ergaben nun Sinn, aber Marina war immer noch verwirrt. „Was glaubst du, was sie hier gemacht haben?"

Chief Clarkson drehte sich zu ihnen um. „Die Bundesbehörden haben uns auch auf sie aufmerksam gemacht."

„Nach meinen Recherchen tippe ich auf Drogen", sagte Jack. „Sie hatten vor, sie entlang der Küste zu verteilen. Ich habe viel recherchiert. Doch was genau die beiden im Schilde führen, wird sich noch herausstellen."

Nachdem sie an Bord der Jacht den Streit des Paares mit angehört hatte, konnte Marina sich das gut vorstellen. „Aber warum würden sie hier einbrechen wollen?"

Ginger nippte an ihrem Wein und nickte. „Bertrand hatte mal belastende Beweise gegen Charles. Sie wussten, dass er verstorben war; vermutlich glaubten sie, ich würde auch nicht mehr leben." Ginger zog eine Augenbraue in die Höhe. „Wusstet ihr, dass Charles und Anne vor Jahrzehnten mal zum Abendessen hier waren? Ich erinnere mich noch vage, dass Bertrand und Charles eine Zeit im Gästehaus verbracht haben, wohin mein Mann sich immer zum

Schreiben zurückzog. Vielleicht hat er als junger Mann da den Safe gesehen und angenommen, dass Bertrand die Beweise dort aufbewahrte. Vielleicht war er aber auch hinter einer meiner früheren Arbeiten her. Die sich aber nie dort befunden haben." Ginger tippte sich lächelnd an die Schläfe.

Die Codes und Schlüssel. Marina fürchtete sich beinahe davor, die Frage zu stellen. „Befinden sich die alten Beweise gegen ihn in dem Safe?"

Ginger lachte. „Nein, nicht mehr. Aber er ist so unglaublich schwer, dass er ohne schweres Gerät kaum zu bewegen ist. Ich bewahre meine Geschichten darin auf, damit ich sie nicht verlege."

Jack hob abwehrend eine Hand. „Du musst uns nicht sagen, was sich in dem Safe befindet."

Ginger erhob sich, und Jack stand aus Höflichkeit ebenfalls auf. „Ich wickle die Sache mit dem Chief und seinem Team ab und gehe dann ins Bett. So gut dieser Wein auch ist, heute bringe ich nur ein paar Schlucke herunter. Gute Nacht, meine Lieben."

Nachdem Ginger gegangen war, beugte Jack sich vor und stützte die Ellbogen auf die Knie. „Wenn du noch ein wenig länger hier draußen sitzen willst, leiste ich dir gerne Gesellschaft. Ich will dich nicht allein lassen."

Marina musterte ihn über den Rand ihres Glases hinweg. Sie könnte Ginger folgen, oder sie könnte ein Risiko eingehen. Das Flackern des Feuers spielte auf Jacks Gesicht. „Bleib. Aber nicht weil du glaubst, mich beschützen zu müssen."

„Wenn ich eines gelernt habe, dann, dass die Delavie-Moore-Frauen keinen Schutz benötigen. Die bösen Jungs sollten vor euch allen Angst haben."

„Vor allem vor Ginger, wie sich herausgestellt hat." Der Abend würde ohne Zweifel Teil der Familiengeschichte werden – eine Anekdote, über die man bei Familienfeiern lachen würde. Marina wurde ein wenig wärmer, und sie stieß mit Jack an, bevor sie einen Schluck trank. Sie war an diesem Abend zu müde für Spielchen, fühlte sich aber auch gestärkt durch das, was sie erreicht hatte. „Ich dachte mal, du wärst einer der bösen Jungs, in die sich manche Frauen verlieben. Aber jetzt glaube ich, dass ich mich da geirrt habe."

„Ich will dich nicht anlügen. Es gab Zeiten, in denen ich in meinen Beziehungen rücksichtsvoller hätte sein sollen. Ich war zu schnell dabei, einer neuen Geschichte hinterherzujagen. Das ist die dunkle Seite meines Jobs."

„Aber es war dein Beruf", sagte Marina. „Und in dem warst du hervorragend."

Jack lachte leise. „Ich habe mich immer als Superhelden mit einem Stift betrachtet."

„Das hier ist so eine große Veränderung für dich", dachte Marina laut. „Ein neuer Sohn, ein neues Haus, ein neuer Job …"

„Du hast den neuen Hund vergessen." Jack grinste. „Es ist eine Veränderung, das steht fest, aber eine, die ich willkommen heiße. Wie fühlst du dich mit deinem neuen Leben hier?"

„Seit dem Frühling wurde ich von einer Nachrichtensprecherin zu einem Meme zu einer Restaurantbesitzerin. Das war ziemlich herausfordernd, aber ich bin jetzt glücklicher. Wenn die eigene Welt explodiert, stellt man manchmal fest, dass es unter dem Schutt ein paar Funken gibt, die ein neues Feuer in einem entfachen." Sie strich sich die Haare zurück und musterte Jack, wobei sie ihre Optionen abwägte. „So wie dich."

Jack verwirbelte den Wein in seinem Glas und lachte. „Ich wurde noch nie als Funke bezeichnet, aber es gefällt mir." Er verlagerte sein Gewicht. „Es gibt etwas, das ich dir sagen muss."

Marina hörte eine gewisse Anspannung in seiner

Stimme und dachte an das, was Vanessa ihr erzählt hatte. Sie verstärkte den Griff um ihr Glas und wappnete sich, seine Geschichte zu hören. „Schieß los."

„Du weißt, dass Vanessa gut auf die neue Behandlung reagiert. Und ich habe so viel vom Leben meines Sohnes verpasst. Wie du dir vorstellen kannst, gibt es nichts, was ich nicht tun würde, um das wiedergutzumachen." Er starrte ins Feuer.

Marina beobachtete ihn und wartete ab. Er schien mit einer Entscheidung zu kämpfen.

Schließlich hob er den Kopf, zog eine Augenbraue in die Höhe und sagte: „Ich dachte, ich könnte meinem Sohn etwas geben, das er nie gehabt hatte. Ein Zuhause mit zwei Eltern."

Marina verwirbelte den Wein in ihrem Glas und dachte darüber nach. Dabei lauschte sie auf die nächtlichen Geräusche – die Grillen in der Ferne, das Rascheln der Palmen, die endlosen Wellen. Ihr wäre nichts lieber gewesen, als Stan an ihrer Seite gehabt zu haben, aber sie war stolz auf ihre Kinder – und darauf, sie allein großgezogen zu haben.

„Auch wenn das ein bewundernswertes Ideal ist", sagte sie. „Es gibt viele Eltern, die aus verschiedenen Gründen ihre Kinder allein aufziehen. Wichtig ist nur, dass die Kinder sich geliebt und umsorgt fühlen."

„Es tut mir leid. Ich weiß, dass du keine Wahl hattest", warf er schnell ein. „Heather und Ethan sind großartig und ein Beweis dafür, was für eine fabelhafte Mutter du bist." Er hielt inne und fuhr sich mit der Hand durch die Haare. „Für einen wilden Moment hatte ich überlegt, Vanessa zu bitten, mich zu heiraten. Um Leos willen. Sie ist eine bewundernswerte Frau, aber ..." Er zögerte. „Ich kann nicht jemanden heiraten, den ich nicht liebe. Nicht wenn ich ..."

Als er ihre Hand berührte, hielt Marina den Atem an.

„Nicht wenn ich mich so sehr von dir angezogen fühle", beendet er den Satz. „Ich weiß, dass ich hier ein Risiko eingehe, und du kannst mir jederzeit sagen, ich solle ins Meer springen und verschwinden."

Sie verschränkte ihre Finger mit seinen. „Hat Vanessa deinen Antrag abgelehnt?"

Jack schüttelte den Kopf. „Nein. Auf gewisse Weise wäre es das Richtige. Aber ich denke, dass die meisten Frauen einhundert Prozent von ihrem Ehemann wollen. Dasselbe gilt für uns Männer."

„Zumindest für die Guten, richtig?" Marina lächelte.

Eine Böe erwischte sie und löschte beinahe das Feuer, doch es erholte sich und flammte wieder auf.

Jacks Augen glänzten im Licht der Flammen. „Ich dachte darüber nach, was für eine Frau Vanessa ist und was sie wollen würde. Sie will kein Mitleid. Sie wollte nie heiraten – weder mich noch sonst jemanden –, und das muss ich respektieren." Zögernd strich er mit dem Daumen über Marinas Handrücken. „Und ich wollte nie, dass du glaubst, nur meine zweite Wahl zu sein."

Marina spürte, wie ihr der Atem stockte, und blinzelte ein paar Tränen fort.

Jack streckte ihr seine andere Hand hin. „Würdest du mit mir am Strand spazieren gehen, so wie wir es früher gemacht haben?"

Marina zog seine Jacke fester um sich und stand auf. Jack legte einen Arm um ihre Schultern, und Marina ließ sich von seiner Nähe wärmen.

Als sie in Richtung Strand schlenderten, schaute sie über die Schulter zurück zum Cottage. Sie glaubte, einen Schatten durch das Küchenfenster gesehen zu haben, doch da war nichts.

Abgesehen vielleicht von Ginger, die sich lächelnd wegduckte. Marina ging ein paar Schritte und schaute sich noch mal um.

Ginger hob den Arm und warf ihr eine Kusshand zu.

Marinas Herz füllte sich mit Dankbarkeit – für die

Hingabe ihrer Großmutter und dafür, dass sie heute Abend nun in Sicherheit war.

Sie erreichten den Strand, wo die Wellen heranbrandeten und schaumiges Salzwasser ihre Spuren auslöschte.

Während sie gefesselt das Meer betrachtete, dachte Marina über den Ozean und die wahre Liebe nach. Beides mochte seine Höhen und Tiefen haben, doch die Macht der Konstanz überwog diese Wechselhaftigkeit. Sie dachte an Gingers Liebe für Bertrand, und die Liebe sie sie selbst immer noch für Stan empfand.

Könnte sich so eine Liebe zu Jack entwickeln? Sie lehnte sich an ihn, als sie weitergingen, zufrieden, mit ihm allein zu sein.

Jack drehte den Kopf zu ihr. Sein Gesicht lag im Schatten des fahlen Lichtes des Neumonds. „Was wäre, wenn ich dir dieses Mal verspreche, dich anzurufen?"

Marina drückte seine Hand. „Taten sagen mehr als Worte", zog sie ihn auf.

Er zuckte leicht zusammen und grinste schief. „Ja, das habe ich wohl verdient. Aber ich fände es schön, wenn wir einander diesen Sommer besser kennenlernen würden. Natürlich nur, wenn du das auch willst. Und nicht nur über den Sommer, sondern für sehr lange, wie ich hoffe. Marina Moore, ich gehöre dir – wenn du mir nur ein Zeichen gibst."

Bevor Marina antworten konnte, rasten bläulich schimmernde Wellen an den Strand. Mit jedem Rückzug des Wassers verschwand das Leuchten und tauchte beim Heranbranden der nächsten Welle wieder auf. Das Phänomen breitete sich zu beiden Seiten von ihnen aus und ließ den Küstenstreifen unter atemberaubendem Licht erstrahlen.

Jack schnappte nach Luft. „Was ist das?"

„Das nennt sich Biolumineszenz. Ein Wunder der Natur."

Fasziniert umfasste sie Jacks Hand fester, und gemeinsam betrachteten sie staunend dieses Spektakel.

„Wenn die winzigen Planktonpartikel aufgewirbelt werden, strahlen sie dieses helle, biolumineszierende Licht aus." Sie lächelte ihn an. „Da hast du dein Zeichen."

Lachend zog Jack sie in die Arme. Sie spürte sein Herz im Einklang mit ihrem schlagen. Langsam hob sie den Kopf und schloss die Augen, als ihre Lippen sich trafen. Dieses Mal war ihre Verbindung solide. Das hier war der Mann, den sie wollte: intelligent, mitfühlend, gütig und so vieles mehr.

Um sie herum leuchtete und schimmerte das Meer, als wollte es die Magie zwischen ihnen feiern. Als Marina sich schließlich zurückzog, um Luft zu holen, füllte sich ihr Herz mit einem Gefühl, das sie bisher nur einmal in ihrem Leben empfunden hatte.

„Dieser Anblick ist noch spektakulärer als der da draußen", murmelte Jack und strich zärtlich über ihre Wange.

Marina lachte leise. „Vergleichst du mich mit einer Naturgewalt?"

„Da gibt es keinen Vergleich", sagte er. „Die arme Natur."

Marina küsste ihn erneut, und dann schauten sie engumschlungen in die tintenschwarze Nacht hinaus, über den schimmernden Ozean hinweg, wie gefesselt von dem dynamischen Strahlen des Meeres – und ihrer wachsenden Liebe.

ENDE –

ANMERKUNG DER AUTORIN

Danke, dass ihr *Neuanfang im Coral Cottage* gelesen habt. Ich hoffe, ihr hattet Spaß daran, die Eröffnung von Marinas neuem Café mitzuerleben. In *Weihnachten im Coral Cottage*, dem nächsten Band der Reihe, könnt ihr dabei sein, wenn Marina, Kai und der Rest des Delavie-Moore-Clans das Coral Café erweitern und das Theater seine erste große Aufführung veranstaltet.

Wenn ihr die *Seabreeze Inn in Summer Beach*-Serie lest, seid ihr in dem Roman *Seabreeze Wedding* außerdem auf eine Hochzeit eingeladen.

Auf meiner Webseite JanMoran.com/Deutsch bleibt ihr über alle Neuerscheinungen auf dem Laufenden. Tretet auch gerne meinem VIP-Leseclub bei, um über besondere Angebote oder andere tolle Sachen informiert zu bleiben. Mehr Spaß und andere Leserinnen und Leser, die euren Geschmack teilen, findet ihr in meiner Facebook-Gruppe.

Noch mehr zum Genießen

Wenn das hier euer erstes Buch in der Coral-Cottage-Serie ist, solltet ihr nachlesen, wie Marina überhaupt nach Summer Beach gekommen ist. Die Geschichte findet ihr in *Rückkehr ins Coral Cottage*. Wenn ihr die *Seabreeze Inn at Summer Beach*-Serie noch nicht kennt, möchte ich euch einladen, Kunstlehrerin Ivy Bay und ihre Schwester Shelly kennenzulernen, während sie ein historisches Strandhaus, das Seabreeze Inn, renovieren. Es ist das erste Buch in der originalen *Summer Beach*-Reihe.

Noch mehr Sonnenschein und internationale Reisen mit einer Gruppe von Freunden gibt es in der *Love California*-Serie, die mit dem Titel *Flawless* und einem aufregenden Trip nach Paris beginnt.

Und schließlich möchte ich euch noch einladen, meine historischen Romane zu lesen, darunter *Sterne über dem Comer See*, *Die Zeit der Traubenblüte* und *Die Chocolatière*, beides Sagas aus den 1950er-Jahren, die im wunderschönen Italien spielen.

Die meisten meiner Bücher sind als E-Book, Taschenbuch oder Hardcover, als Hörbuch und in großer Schrift erhältlich. Wie immer wünsche ich euch frohes Lesen!

CORAL CAFÉ-REZEPTE

Da sich in *Neuanfang im Coral Cottage* alles ums Essen dreht, wollte ich einige meiner Lieblingsrezepte mit euch teilen, die in dem Buch eine Rolle spielen. Viele von ihnen wurden von dem beinahe das ganze Jahr über in Südkalifornien wachsendem Gemüse und frischen Meeresprodukten inspiriert. Der Staat ist auch die Heimat der bekannten Köche Alice Waters und Wolfgang Puck, die den Gourmet-Pizza-Trend in Kalifornien mit den verschiedensten Kreationen populär gemacht haben. Solche Pizzen und Fladenbrote gibt es in beinahe unendlicher Vielfalt.

Ich habe drei meiner eigenen Rezepte für euch aufgeschrieben, die ihr vielleicht einmal probieren mögt: eine vegetarische Pizza mit karamellisierten Zwiebeln, eine einfache Pizza mit geräuchertem Lachs und eine dekadente Meeresfrüchtepizza. Außerdem findet ihr ein Rezept für einen Pizzateig, der dem von Wolfgang Puck im berühmten *Spago* in Los Angeles ähnelt. Alle diese Rezepte können genauso gut mit Fladenbrot oder glutenfreien Alternativen zubereitet werden.

Für Pizzen mit leichtem Belag kann Blätterteig eine köstliche Alternative sein. Ich belege meine gerne mit ein wenig

Olivenöl oder Crème fraîche, Champignons, karamellisierten Zwiebeln, Spinat und Ricotta oder Parmesanspäne.

Für einen neuen Dreh könnt ihr kleinere Fladenbrote oder Pizzateige verteilen und von euren Gästen selbst belegen lassen. Das ist eine gute Möglichkeit, um Kinder für das Kochen zu begeistern oder einen fröhlichen Abend mit Freunden zu verbringen.

Vegetarische Pizza Supreme

Süß-herzhafte Zwiebeln sind der Schlüssel für diese Pizza, die Marina in dem Roman zubereitet. Der Prozess, Zwiebeln zu einem leckeren Belag zu machen, kann zwischen dreißig und sechzig Minuten dauern, das kommt auf den Zucker- und Wassergehalt der Zwiebelsorte an. Das Gute ist, dass karamellisierte Zwiebeln im Voraus zubereitet werden können und sich im Kühlschrank drei bis fünf Tage lang halten.

Karamellisierte Zwiebeln sind auch köstlich in einer französischen Zwiebelsuppe oder auf einem Burger. Macht einfach am Wochenende eine größere Menge, sodass ihr sie da habt, wenn ihr sie braucht. Wenn ihr Zwiebeln kauft, sucht gezielt nach süßen Zwiebeln, da diese sich aufgrund ihres hohen Zuckergehalts am besten zum Karamellisieren eignen.

Was die Soße für die Pizza angeht, sind die Meinungen geteilt. Ich empfehle, das zu nehmen, was immer euch am besten schmeckt. Ich schlage zwar Pesto oder Tomatensoße vor, aber ihr könnt die Soße auch komplett weglassen und den Teig einfach großzügig mit Olivenöl bestreichen, damit er schön kross wird. Was den Käse angeht, schmilzt der traditionelle Mozzarella zwar am leichtesten, doch ein

Gruyère mit seinem nussigen Aroma ist eine gute, kräftigere Alternative.

Dazu passt Rosmarin gut. Andere mögen lieber Fontina oder Parmesan.

Das Gemüse ist ein weiterer Streitpunkt. Probiert es mal mit Pilzen – ob mit Champignons, Steinpilzen oder Wildpilzen. Dazu Zucchini und Artischocken, Roma- oder halbierte Cherrytomaten oder was auch immer euch schmeckt.

Mit frischen oder getrockneten Kräutern könnt ihr eurer Pizza den letzten Schliff geben. Und für ein leicht süßliches, nussiges Aroma schwitzt den Knoblauch ein wenig an, bevor ihr in auf die Pizza gebt.

Für die Fleischesser in der Familie könnt ihr die Pizza mit Salami oder Schinken belegen. Lasst eure Fantasie spielen und kocht, was ihr gerne essen möchtet.

Rezept für eine große oder zwei kleine Pizzen oder Fladenbrote

Ofen vorheizen auf 225 °C

Zutaten:

1 Pizza- oder Fladenbrotteig, Ø 25 cm (selbst gemacht oder gekauft)
170 g frische Pilze nach Wahl, in Scheiben geschnitten
1 kleine Zucchini (oder eine halbe große)
170 g Artischockenherzen aus der Dose (abgetropft)
1 bis 2 mittelgroße süße Zwiebeln
170 g Mozzarella in Scheiben oder geriebener Gruyère
80 ml Pesto oder Tomatensoße (selbst gemacht oder gekauft)
1 EL Olivenöl
1 EL Butter

1 Prise frische oder getrocknete Kräuter nach Geschmack:
Oregano, Petersilie, Knoblauch, Rosmarin
Meersalz und Pfeffer nach Geschmack

Garnitur

1 Bund frisches Basilikum, gehackt oder gerupft

Zubereitung:

Um die Zwiebeln zu karamellisieren: Die Zwiebeln in dünne Scheiben oder Streifen schneiden (5 mm). Olivenöl und Butter in einer Pfanne erhitzen. Zwiebeln hinzufügen, sodass sie gerade den Boden der Pfanne bedecken. Bei mittlerer Hitze 10 Minuten anschwitzen. Dann die Hitze drosseln und 30 bis 40 Minuten weiterkochen lassen, bis die Zwiebeln weich sind und anfangen, zu bräunen. Dabei regelmäßig wenden. Mit Meersalz und Pfeffer würzen. Damit die Zwiebeln nicht austrocknen, mit ein wenig Wasser oder Brühe ablöschen. Die fertigen Zwiebeln sollten weich und bernsteinfarben, aber nicht matschig sein. Wenn nötig, einen Teelöffel Zucker hinzugeben, um den Karamellisierungsprozess zu unterstützen. Vom Herd nehmen und abkühlen lassen.

Pilze, Zucchini, Artischockenherzen und anderes Gemüse in gewünschte Form schneiden. Die Pilze ein wenig in Olivenöl anbraten, um ihnen die Feuchtigkeit zu nehmen. Getrocknete oder frische Kräuter hinzugeben und beiseitestellen.

Pesto oder Tomatensoße auf dem rohen Teigfladen verteilen und Mozzarella oder Gruyère darauf geben. Karamellisierte Zwiebeln und zum Schluss das klein geschnittene Gemüse darauf verteilen.

Bei 225 °C für 8 bis 10 Minuten backen (5 bis 6 Minuten bei vorgebackenem Teig) oder bis der Käse geschmolzen und die Kruste goldbraun ist. 2 bis 3 Minuten abkühlen lassen, dann in Stücke schneiden und servieren.

Pizza mit geräuchertem Lachs

Alle Menschen, die Fisch und Meeresfrüchte lieben, mussten bei Pizza lange Zeit in die Röhre schauen. Ich erinnere mich noch an die erste Pizza mit Gambas, die ich in einem Strandcafé in San Diego gegessen habe. Es war eine einfache Pizza mit Pesto, gebratenen Gambas, Mozzarella und frischem Basilikum. Im *Coral Café* hat Marina diese Pizza in ihre Speisekarte aufgenommen. Es ist eine leichte Alternative, vor allem, wenn sie mit Blätterteig zubereitet wird.

Eines meiner Lieblingsgerichte für den Sommer ist eine einfache Version mit geräuchertem Lachs, die von der Pizza inspiriert wurde, die Wolfgang Puck in seinem Restaurant *Spago* serviert hat. Sie ist ein besonders leichtes, geschmackvolles Sommergericht und einfach herzustellen – vor allem mit gekauftem Fladenbrot- oder Pizzateig.

Zu der Pizza mit geräuchertem Lachs passen gut einer von Julia Childs Lieblingsweinen, ein leicht gekühlter weißer Burgunder, ein Glas Champagner oder Sekt, italienische Limonade oder Mineralwasser. Wenn ihr mögt, könnt ihr ein wenig Rucola darauf geben und mit Balsamico beträufeln oder die Pizza mit einem Salat servieren. Wer sagt denn, dass Fast Food langweilig sein muss?

Für eine 1 große oder 2 kleine Pizzen oder Fladenbrote

Zutaten:

Pizza- oder Fladenbrotteig (selbst gemacht oder gekauft)
225 g dünn geschnittener, geräucherter Lachs
Cremige Soße (s. u.) oder 100 ml Créme fraîche

Cremige Soße

350 g Sour Cream
2 TL fein gehackte Schalotten
2 TL frischer, fein gehackter Schnittlauch, Petersilie
oder Dill
1 ½ TL Zitronensaft
1 Prise weißer Pfeffer

Garnitur:

30 g (oder weniger) Kaviar oder Rogen
1 Bund gehackte oder gezupfte Basilikumblätter
mit Balsamico beträufelter Rucola

Zubereitung:

1. Die Zutaten für die Soße vermischen und zugedeckt kühl
stellen. Dann auf dem vorgebackenen Pizza- oder Fladenbrotteig verstreichen und die Lachsscheiben darauf
verteilen.

2. Nach Belieben mit Kaviar oder Rogen garnieren und,
wenn gewünscht, frische Basilikumblätter oder Rucola mit
ein wenig Balsamico darauf geben und mit den
gewünschten Kräutern bestreuen.

3. Alternative: Die cremige Soße kann auch durch 100 ml
Crème fraîche ersetzt werden.

Meeresfrüchte-Pizza Supreme

Für Marinas Beitrag im Kochwettbewerb gegen einen Spitzenkoch brauchte sie ein spektakuläres Gericht wie den Hummer Thermidor, für den Julia Child (neben anderen Gerichten) berühmt war.

In meiner Küche habe ich mich für eine einfachere Methode entschieden: Ich bestreiche den Teigrand mit etwas Knoblauchöl, um die Meeresfrüchte strahlen zu lassen. Dazu bringe ich die Aromen des Hummer Thermidor, um der Pizza mehr Charakter zu geben. Diese Pizza ist dazu gedacht, zu beeindrucken. Ein Salat dazu, Kerzenlicht und Wein – und der Genuss kann beginnen.

Falls ihr euch wundert, woher dieses Gericht seinen Namen hat: Thermidor bezieht sich auf ein französisches Theaterstück und wurde im Restaurant *Maison Maire* von Leopold Mourier erfunden, einem Beikoch des berühmten Kochs Auguste Escoffiere in Paris. Das ist ein interessantes Stück kulinarische Geschichte des 19. Jahrhunderts.

Hummer Thermidor ist eine dekadente Kombination aus Hummerfleisch, Eigelb, Senf und Cognac – eine sehr mächtige französische Mischung. Traditionell wird er in der Hummerschale oder in einer Auflaufform mit etwas Gruyère oder Parmesan überbacken und serviert. Thermidor ist ein ziemlich aufwendiges Rezept, aber es gibt im Internet viele Varianten, die für eine köstliche Pizzasoße adaptiert und vereinfacht werden können.

Für 1 große oder 2 kleine Pizzen oder Fladenbrote

Den Ofen auf 225 °C vorheizen

Zutaten:

1 große oder 2 kleine Pizzafladen (selbst gemacht oder
gekauft)
2 Knoblauchzehen, gehackt
4 EL Olivenöl
225 g Steinpilze oder Champignons, in Scheiben
geschnitten
100 g geriebener Parmesankäse
100 g geriebener Fontina-Käse
16 Gambas, mittlere Größe, ohne Schwanz
8 Garnelen mit Schwanz
150 g Hummerfleisch in Stücke geschnitten
2 TL Butter
75 ml Cognac oder Brandy
1 Prise getrockneter Senf
1 Prise frische oder getrocknete Kräuter nach Wunsch:
Oregano, Petersilie, Knoblauch, Rosmarin
Meersalz und Pfeffer nach Bedarf

Garnitur

30 g geräucherter Lachs
1 Bund gezupfte oder gehackte Basilikumblätter
Optional: 30 g Kaviar

Zubereitung:

1. Knoblauch und gewünschte Kräuter in einer großen
Pfanne über mittlerer Hitze anschwitzen. Derweil den
Pizza- oder Fladenbrotteig mit der Hälfte der Knoblauch-
Öl-Mischung bestreichen.

2. Parmesan und Fortina auf dem Teig verteilen. Die geschnittenen Pilze kurz anbraten, um die Feuchtigkeit zu entfernen, dann abtropfen lassen und auf dem Teig verteilen. Dabei den Rand aussparen.

3. Die Gambas im restlichen Knoblauchöl bei mittlerer Hitze anbraten, bis sie gar sind. 1 bis 2 Minuten abkühlen lassen und gleichmäßig auf dem Teig verteilen.

4. In einer großen Pfanne bei mittlerer Hitze die Butter schmelzen lassen und mit getrocknetem Senf und weißem Pfeffer würzen. Garnelen und Hummerstücke dazugeben und kurz anbraten. Mit Cognac ablöschen, kurz aufkochen lassen und dann die Hitze reduzieren. Weiter köcheln lassen, bis die Soße reduziert ist und die Garnelen und der Hummer gar sind. Ebenfalls 1 bis 2 Minuten abkühlen lassen.

5. Die Garnelen so im Kreis auf dem Teig arrangieren, dass die Schwänze nach oben zeigen. Die Hummerstücke in die Mitte geben.

6. Bei 225 °C für 8 bis 10 Minuten backen (5 bis 6 Minuten bei vorgebackenem Teig) oder bis der Käse geschmolzen und die Kruste goldbraun ist. Aus dem Ofen nehmen und 2 bis 3 Minuten stehen lassen.

7. Den geräucherten Lachs zu kleinen Rosetten formen und als Garnitur in die Mitte der Pizza setzen. Optional mit einem Klecks Kaviar abrunden, dann mit Basilikum bestreuen, in Stücke schneiden und genießen.

Gourmet-Pizzateig

Wenn ihr Zeit und Lust habt, euren Pizzateig selbst zu machen, ist das hier ein ziemlich einfaches Rezept, das zu jedem Belag passt. Es kann bis zu zwei Tage im Voraus zubereitet werden.

Für 1 große oder 2 kleine Pizzen

Ofen auf 225 °C vorheizen

Zutaten:

½ Paket Trockenhefe oder 10 g Frischhefe
½ TL Honig
½ TL Salz
120 ml warmes Wasser (40-45 °C)
1 EL Olivenöl
180 g Weizenmehl

Zubereitung:

1. 60 ml warmes Wasser in eine Schüssel geben, die Hefe darin auflösen und den Honig dazugeben.
2. In einer weiteren Schüssel Mehl und Salz vermischen. Die Hefe-Honig-Mischung, das Olivenöl und das restliche Wasser dazugeben und mit den Haken des elektrischen Mixers auf niedriger Geschwindigkeit 3 bis 5 Minuten kneten, bis ein glatter, geschmeidiger Teig entsteht, der sich vom Schüsselrand löst.

3. Auf einer bemehlten Arbeitsfläche den Teig mit den Händen noch einmal 2 bis 3 Minuten durchkneten und zu einer Kugel formen. Die Kugel in eine Schüssel geben und

mit einem feuchten Geschirrhandtuch bedecken. An einem warmen Ort 30 Minuten lang gehen lassen.

4. Danach den Teig in zwei Kugeln teilen, 4 bis 5 Mal durchkneten und auf der Arbeitsfläche hin und her rollen, bis er wieder geschmeidig ist. Weitere 15 Minuten in der Schüssel ruhen lassen.

5. Den Teig auf einer glatten Fläche ausrollen und bei Bedarf einen etwas dickeren Rand lassen. Den Belag darauf geben und bei 225 °C im Ofen backen, bis der Käse geschmolzen ist – ungefähr 8 bis 10 Minuten, abhängig vom Käse und Belag.

6. Wenn ihr nur eine Teigkugel benutzt, könnt ihr die andere für bis zu 2 Tage im Kühlschrank aufbewahren und später verwenden.

Ich hoffe, die Rezepte gefallen euch, und ich würde mich freuen, eure Fotos im Internet zu sehen. *Bon appétit*, meine Freundinnen und Freunde!

ÜBER DIE AUTORIN

JANICE HOLLENBECK MORAN ist Autorin von romantischen Liebesromanen, die regelmäßig auf den Bestsellerlisten von *USA Today* und dem *Wall Street Journal* zu finden sind. Zu ihren Lieblingsdingen gehören eine gute Tasse Kaffee, dunkle Schokolade, frische Blumen, Gelächter und Musik, die ihre Seele berührt. Sie liebt es, zu reisen, und ihre Lieblingsorte, um sich inspirieren zu lassen, sind die mit reicher Geschichte und Geheimnissen - ob vor verschneiten Bergen, palmengesäumten Stränden oder funkelnden Großstadtlichtern. Jan stammt aus Austin, Texas, und einen Hauch von ihrem Akzent hat sie sich bis heute bewahrt, auch wenn sie seit Jahren in Südkalifornien am Strand wohnt.

Die meisten ihrer Bücher sind auch als Hörbuch erschienen, und ihre historischen Romane werden auf Deutsch, Italienisch, Polnisch, Niederländisch, Türkisch, Russisch, Bulgarisch, Portugiesisch, Litauisch und in andere Sprachen übersetzt.

Wenn euch das Buch gefallen hat, hinterlasst doch gerne dort, wo ihr das Buch gekauft habt, oder bei Goodreads eine kurze Bewertung für andere Leser.

Um Jans andere historische und zeitgenössische Romane zu lesen, besucht sie auf JanMoran.com/Deutsch, tretet ihrem VIP-Leseclub bei und kommt in ihre Facebook-Gruppe, um stets über Neuveröffentlichungen, Sonderverkäufe und Wettbewerbe auf dem Laufenden zu bleiben.